U0478527

有一种力量，叫文学；
有一种美好，叫回忆；
有一种感动，叫青春；
有一种生命，在鲁院！

鲁迅文学院「百草园」书系

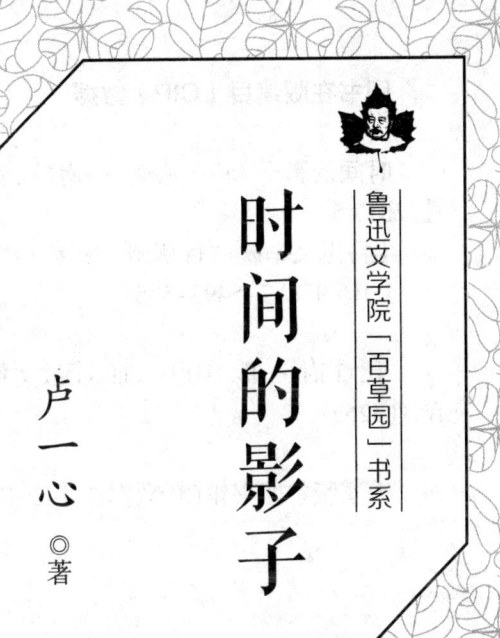

时间的影子

卢一心 ◎著

SHIJIAN DE YINGZI

时间就像幽灵一样，匆匆而过，有谁能看见其飘忽的影子？看得见时间的人，才能看见自己。看得见自己的人，才懂得珍惜。懂得珍惜的人，才会有爱。

图书在版编目（CIP）数据

时间的影子 / 卢一心著. —南昌：江西高校出版社，2017.5
（鲁迅文学院"百草园"书系 / 卢一心）
ISBN 978-7-5493-5357-6

Ⅰ.①时… Ⅱ.①卢… Ⅲ.①散文集—中国—当代 Ⅳ.①I267

中国版本图书馆CIP数据核字(2017)第100417号

出 版 发 行	江西高校出版社
社　　　　址	江西省南昌市洪都北大道96号
总编室电话	（0791）88504319
销 售 电 话	（0791）88595089
网　　　　址	www.juacp.com
印　　　　刷	北京一鑫印务有限责任公司
经　　　　销	全国新华书店
开　　　　本	700mm×1000mm　1/16
印　　　　张	15.5
字　　　　数	193千字
版　　　　次	2017年5月第1版 2020年7月第2次印刷
书　　　　号	ISBN 978-7-5493-5357-6
定　　　　价	42.00元

赣版权登字-07-2017-453

版权所有　侵权必究

图书若有印装问题，请随时向本社印制部（0791-88513257）退换

目录 Contents

踏瓷而来 …………………………………… 1

飞翔的乡土 ………………………………… 4

梯田如梦 …………………………………… 6

仁智的山水 ………………………………… 9

以诗歌的名义环保 ………………………… 13

找出生态之路，换回幸福活法 …………… 17

一条河流的梦想 …………………………… 23

探访"神仙之府"——归龙山 …………… 28

美哉！长汀 ………………………………… 32

寻兰之旅 …………………………………… 35

尤溪"沈郎樟" …………………………… 39

记住一座村庄的名字 ……………………… 43

从那座小山说起 …………………………… 48

想起那条河 ………………………………… 52

山顶上的大海 ……………………………… 56

处处飘满茶香的山村 ……………………… 60

一朵名叫"和春"的云 …………………… 65

一方水土一方人 …………………………… 69

读懂山水才能读懂女人 …………………… 73

到乡村去散步 ……………………………… 76

天下第一山 ………………………………… 82

笔架留韵杜鹃传情	86
红军造币厂光辉千秋	90
闽南"小黄山"——灵通山	94
近代海军的摇篮——福州马尾	98
站起来是东西塔	102
蔡公回首看洛阳	106
满清帝国最后崩溃的原因	110
"顺天皇帝"林爽文	112
雾峰林家:一个家族的传奇	116
话说"二王共治"	123
龙舞文化百花齐放	127
去金门看风狮爷	130
结缘西禅寺	133
天下常熟	137
回老鲁院	141
时间的影子	145
文人的脊梁	147
一滴水的光芒	150
美丽会咬人	154
国画之国	158
不流俗的写意	162
文人与茶	166
擦肩而过	169
文章千古事	173
我是谁?	177
"福"是一种心态	181
"慢"的哲学	185
路,形而上的记忆	189
世界和平大会	191
诗星陨落,硬骨矗立	195

看　戏……………………………………198
放　鸭……………………………………201
钓　鱼……………………………………204
抓　鱼……………………………………207
始祖马……………………………………210
两省村……………………………………214
母鸡下蛋…………………………………220
轻处的光线………………………………224
小隐隐于野………………………………227
大写的"九峰人"…………………………233
平和之美…………………………………235
宽　容……………………………………236
生命的底色………………………………238
卢一心：一颗诗心书画人生……………240
国画：创作随谈…………………………251

踏瓷而来

瓷是月光滴落凝结而成的，瓷是梦中的花朵。

月光皎洁如梦，洒下香水一样的清辉。途中与露水相遇，两情相悦，彼此倾心，凝成一体，然后，便有了瓷，便有了梦中的花朵。

瓷是一曲无声的旋律，于英雄和美女互相顾盼之间传响。

无声的吟唱，好像月光向竹影暗送秋波。风的轻抚，让月光和竹影欲罢不能，左摇右晃。瓷的皮肤光滑、细腻，放射出一种迷人的光芒。

瓷还是月光塑造出来的神像，也是梦中的花朵绽放出来的图腾。

瓷静静地伫立着，腆着浑圆的大肚子，犹如怀孕的美女，还有各种各样的姿态，也一样令人陶醉、令人神驰、令人想入非非，更令人顿起怜香惜玉之情。

瓷浑身上下散发出一种勾魂夺魄的神韵和魅力，让人情不自禁地想要抱起她来。然而，瓷是必须小心呵护的，不许有任何意外的碰撞，不然，瓷的梦就会被惊醒，梦中的花朵也会哗啦啦地碎成一地，令人顿生遗憾之情并惋惜不已。

如果瓷不小心被风摔在地上，魂就会一下子都散了，梦也会稀里哗啦地碎了，如玻璃一样。不过，那应该不是风的过错，也应该不是竹影的一场恶作剧，只是命运掀起的一场波浪。而谁又能帮助瓷躲过这场劫难呢？显然不可能，总有一天，瓷一定会被风摔碎的，瓷的梦也一定会魂飞魄散的，这就是命运。

果然如此，我所遇见的瓷就是这样，如今，她还躺在地下，被埋在野地里，而且已经有五百多年历史了，这些瓷差点就彻底消失了。幸好有一天，她终于被一位天真的孩子在无意中发现，此后才陆续有人向她走来，包括一些被称为专家、学者的人也来了。从此，山旮旯里的那块野地便开始沸腾起来。

于是，我也跟着踏瓷而来，这是多么残忍的事实，因为瓷是用来抱的，而且必须小心呵护，就像疼爱自己心爱的女人一样，但我却踏瓷而来，这令我有点不能原谅自己。其实我是舍不得这样做的，可是，为了瓷，为了瓷的将来，我没有别的更好的办法，只能如此。我的脚步很轻也很小心，但还是留下满地的伤痕。

瓷在我的脚底下，哗啦啦地响着，那声音像是在哭泣，又像是在低唱一首古老的童谣，而当我第一次见到瓷时，她那满脸破碎的样子，实在让我看得有点于心不忍，尤其是那既微弱，又尖利，如玻璃，又比玻璃的声音更低沉，更压抑，更惊魂，更婉约，也更伤感和悲泣，不得不令人顿起怜悯之心来。

瓷静静地躺在地下，连抽泣的声音也喑哑了，她几乎是要彻底绝望了，可是她还是始终守住自己破碎的样子，每天晚上都在仰望星空，月光是她的魂魄，她让月亮旁边的那些云朵去向天庭诉状，但求有一天能破土而出，重新亮丽于人世。

她在绝望中体验春夏秋冬和寒来暑往，包括身体的温度也完全依靠阳光在取暖，这个时候，大地就像一张棉被一样，裹在她的身上，天空上的风雨雷电，或许就是她的情绪。她虽然看上去像是一位怨妇，但她都还保持着处女之身，只不过支离破碎的样子，令她的青春和梦包括花朵，全都凋谢了，这是她最大的痛苦。

瓷的名字叫：克拉克瓷。她的祖籍地就在福建平和，而生下她的那个小乡村又在山旮旯里，那个小乡村的名字就叫五寨，也有姐妹分别在南胜等其他地方，也在平和境内。克拉克瓷的发现，确实是一个意外，就像上述所说，她是被一位年轻少年在无意中发现的，然后才引起世界哗然。有日本学者闻风而来，痛哭流涕，朝着那块土地下跪，久久不能自制，可见其动情之处，也可见其渊源，就像找到自己的老祖宗一样，事实正是如此。

　　克拉克瓷在那座小山头里被埋藏了五百多年，谁能理解她内心的痛苦呢？她没有绝望，她在暗中点亮了两盏心灯，一盏叫孤寂，一盏叫冷漠，她在地底下，在山旮旯的野地里苦等着，她相信，总有一天有人会重新发现她的。是的，她终于被那个贪玩的孩子发现了，那个贪玩的孩子原来也不认识她，只是因为觉得她好像还有点美丽，而且感到有点奇怪，为什么山旮旯的野地里会有这么多美丽的碎片呢？他显然没有往下想，把她冷落在一边，直到有一天，他也许是出自心中的好奇，向某一位博物馆馆长提起此事，那块野地才开始骚动起来。

　　是的，如今那块山旮旯的野地现在已经开始沸腾起来了，而我也正是在这个时候，踏瓷而来，我知道，对待瓷，我的脚步有点迟缓，也有点残忍，但我相信瓷是不会怪我的，因为我会通过我的文字，去向世人诉说一切，包括瓷内心的委屈、苦楚与孤独和寂寞。当然，我也知道，凭我的文字是微不足道的，也无法唤醒所有人的关注。尽管如此，我还是愿意用我的心去倾听和拥抱心中的瓷，更愿意用我的文字去热吻她，并且，久久地亲吻着她。而且，我还知道，她一定也很喜欢我这样做的，当有一天她被我的文字吻得有点喘不过气来时，一定会轻轻地推开我的身子，然后，香汗淋漓地开口冲我说出一句令人喜爱的话："讨厌！"

飞翔的乡土

象形的村庄,呵气成雾,那就是炊烟。

扶摇直上的村路,仿如似有若无的情愫,飞翔在空中。

一些文字,婉约成水稻一样的身姿。在风中,摇曳着梦想。

而梦幻一般的村庄,是那么的和谐,已用不着更多的文字来诠释。

其实历史早已证明,人类最初的梦想就是从这里破土而出的。那些水稻、番薯、麦子和甘蔗等,是那么的亲切而又自然,田野里那些成长着的象形文字就更加生动了。包括那原本简陋的瓦房和村路。

如今,一切都已经发生了根本性的变化,"九层之台,起于累土;千里之行,始于足下。"(《老子》第64章)飞翔的乡土,不再是神话。古老的传说,也大都渐渐变成了现实。而时光还在光中舞蹈着。

只见越来越多五颜六色的人群站在村口,或行走在村路上,他们重复着各自的温暖和等待,有时候泪水也会感动成一棵棵风中的庄稼,然后很快结出另一种喜悦。期盼总是那样的美好。希望中的汉字继续从地底下脱壳而出。象形的村庄,就是这样在暗中学会了飞翔。

飞翔的乡土,抛物线一样在空中画了一个圆弧,有人说,那就是村庄。此时此刻,不妨放下心情,然后抛开杂念,去静心徜徉在和谐的乡村之中,美好的家园一定会让你的眼睛发亮。灿烂的阳光挂在枝头上,也都学会了思想。是的,人们有时就是需要一些光和色彩启迪。

其实，象形的村庄，本就是一个古朴的词汇；家园，也是十分温馨的字眼。如今，它正以别致的情样出现在大地上，难怪会让泥土惊喜不已。不过，一定也会有某些东西被忘记的，譬如烟囱和炊烟等。

确实如此，认真回想起来，过去，村庄给予我们印象最深的，应该就是那些凸现于屋顶或墙侧的烟囱或袅袅的炊烟，而如今，这些朦胧而又富有诗意的意象已渐随岁月隐入山林。而这些难忘的记忆多少会勾起人们对旧梦的怀念，是的，人们也必须学会关注与思考。

不过，落后的东西终究会成为过去的，那就让我们一起进入新的情境吧。当你进入到那童话般的村庄之时，你的情思也一定会飞翔起来，有时候甚至会让你误认为进到了城市某一座公园里。这就是奇迹。

放眼处，只见村庄周围绿树环抱，还有绿草坪、假山和花卉，尤其是那楼台亭榭，石桌木椅，包括体育设施，娱乐场所等，完全跟城市公园没有什么两样。一些老人和孩子经常在公园里散步、捉迷藏。

是的，一切的诗意和浪漫都是从春天开始的。当然，也可以从每个季节出发，因为美好的寻找和等待总是那样让人向往。而象形的村庄永远是人类最诗意的栖居地，这就足够了。再说，诗意和浪漫也总是会有轮回的，也总是会获得提升的，因此，人们要唤醒的不只是记忆，还有憧憬和发现。事实上，也一定还有许多的期待正在暗中发芽。

是的，"在乡村，过城市的日子"，已经不再是梦想了。

飞翔的乡村，继续翱翔在空中，鸟声落在城市边缘。

梯田如梦

梯田如梦，摇曳着别样的情怀和欲望。

梯田如画，以山和水的形式呈现，线条流畅的美感，灵动着另一种美好。

梯田如书，以非文字的形式抒写大自然的壮丽，并以史书的形式赞颂先民们的巧夺天工，漫长的历史就是最好的见证。然而，更多的奇迹还在后面。

梯田前身，必是一位大艺术家，否则春光不会变成一把雕刻刀，雕刻着大自然迷人的形象和魅力。进入人们视野中的幻景，同时饱满着人们的想象。

水是梯田的灵魂，同时是一面镜子，照出多情的山地和朴素的情怀。山村的汉子也必是一位大艺术家，裸露出发达的胸肌，并起伏于梯田当中，多么浪漫。

牛和犁不只是意象，在梯田中构成的意境，如梦幻般延伸。春光同时是一位舞者，于天地间舞动着迷人的身姿。仿佛银带飘飘，又如仙女挥动水袖。灰白的景象，加上金色的阳光照射，梦幻的色彩更加强烈。放眼处，美得让人惊羡的感觉，有可能是一种错觉，也有可能是一种梦幻，多么撩人的神奇呈现。

山坡、村寨、梯田和水形成四度空间，不断茂密着人们的思维，并繁衍着下一代。当身着红衣的长发女子出现在田间，如蜻蜓点水一般营造诗意时，山村的汉子真是越来越有福气了。据说，在这样的情景中，谁先看见那位长发女子的真容，谁就是她心目中的白马王子。这不是传说，而是山乡人的事实。

山高谷深，沟壑纵横，是一种现实，也是一种梦幻的开始。层层叠叠的梯田，有如上天的台阶。鸟瞰全境，诗意缠绵。不过，因山势太陡，先民们垦土的艰辛也因此写在山地上，山乡人的目光太窄，也是事实。今天，我们踏着梦幻的脚步抵达梯田，以观赏者的目光进行浪漫而又充满诗意的解读，其实是另一种残酷。

时间是早晨和傍晚最好。早晨雾霭萦绕，山与寨融为一体，梯田与人混在一起，晨曦破雾而出，光线幻美，好一幅"桃源仙境"，农耕的画面朴素真实。傍晚的时候，夕阳残照，金黄的色彩更加梦幻，连四周的草木也如痴如醉。气温的变化，有时也能读出山乡人内心的冷暖。"山不在高，有水则灵"近似神话。

登高远眺，震撼力倍增。扑面而来的画面清晰可见，整洁无比。或许，只有在此时，才会真正恍然一悟，原来梯田也是有年轮的，岁月在它的额头上刻下痕迹，线条既妩媚又遒劲有力，既舒展又含蓄内敛，土地的记忆是深刻的，总是无言地诉说着历史，并记载着过去，而季节总是善于删繁就简，让春天变得更加清澈透明，又纯净得像个处子。此时此刻，梯田已是生机勃勃，充满欲望的光芒。

都说水涨山高，谁知道山高也会出现水涨的奇景。千百年来，山乡人就是生活在这种幻美当中，每大面对高山峡谷，同样能够创造出奇迹，并总结出一套垦种梯田的方法，这就是智慧的结晶。用中国画的眼光来看，肯定更加青翠欲滴。夏末秋初，稻谷成熟之际，放眼望去，更是一片金黄，如梦般的抒写和描述。

据说，最早的先民们曾经倾尽整个民族的力量开辟梯田，一把锄头、一身铁骨，加上万千豪情以及过人的智慧，开辟出生命的全部。这是怎样的一部历史！有的地方甚至还举行过拜梯田仪式，有的地方甚至把生男生女寄望于仪式上，实际上这是对土地表示臣服。事实证明，梯田是山乡人亲近大自然最好的方式和表达。

而如今，我却要说，梯田其实已经渐渐变成了现代另一种美和享受。其实，这也是祖先的荣耀，现代人审美意识的提高和转换，也代表着先民们的智慧获得了认可。事实同时也证明,梯田依旧是勤劳和质朴的象征,而且已经人格化了。

梯田如梦,诉不尽的情愫,道不完的美好,其实是一种永远。

仁智的山水

哲学是什么？哲学是一种思想。山水又是什么？山水是一种自然景观。将山水赋予哲学的思考，是人类创造力的表现，也是智慧的结晶。当山水变成一种哲学，或者说，当山水有了哲学的思考时，人类丰富的思想就纷纷出现。当然，如何解读是关键。一个好的阅读者总是能够读出别人想说而说不出来的那种沉淀。

笔者是福建人，自然以福建的山水为例。先从山说起，据了解，福建的山地加丘陵，占到全省面积的90%多。可见，将福建说成是山地省是对的。其中有两条主要山脉：一是武夷山脉；二是戴云山脉。武夷山脉是中国东南地区最大的山系，海拔最高为2157米，整个山系群峰林立，重峦叠嶂，上千米的山峰数不胜数。戴云山脉横亘在福建的中央地带，与武夷山脉相当，形成了交错。此外，还有多条并不太出名的山系纵横其中，把整个福建藏在山中并分隔成网络状。譬如洞宫山脉、鹫峰山脉和太姥山脉等。有人把福建的地形说成一个大半圆形的包围圈，仿如明代家具"圈椅"中高立的椅背，将整个福建圈在其中。这实在是高见。如果从风水学的角度来讲，这样的地形实在是上乘之选。当然，这是闲话。

山是福建的屏障，而海则是福建的出路。众所周知，福建的海岸线全国最长，达3752公里，且海湾、海岛众多，适合于建码头、港口之类，但在过去邻海并不是一件好事，邻海相当于走到绝路，因为缺乏海上交通工具，即使有也不堪海上风浪袭击和拍打，到了现代以后，随着海洋文明和科技的崛起和强盛，邻海变成一大优势和潜力，只要运用并发挥得好，屏障便变成了另一种机遇和开放。当然，地理位置上机遇和开放只是一种状态，关键在于心态要开放，才有可能化机遇为新的动力和出发点。这样说，福建的山水哲学的味道便出来了。山水有了人性以后，哲学的味道就出来了。仁智的山水产生仁智的哲学，这是必然的。

唐朝大诗人李白有一句名诗"蜀道之难，难于上青天"。其实，古人早就说过，"闽道更比蜀道难"。当然，这句话出自谁之口我没有考证，只知道这句话说得不无道理。据说当年林则徐从福州出发进京，日夜兼程，也要耗时三个月。可见，当时的闽道有多难。遥想当年林则徐步出福建的情景，其中又不知寄托着多少情感。不仅如此，在福建内陆，河流也是纵横交错，随便屈指一数就有闽江、汀江、九龙江、晋江和赛江等。这些河流再一次把福建破碎的地理分隔开来并封闭起来，可见，说福建是封闭的，这句话应该不无道理。不过，从风水师的角度来看，山多水多正是龙脉结穴的佳处，福建的封闭或许暗藏着大自然的天意和玄机。更何况，其实任何事情都是没有绝对的，有时候封闭也暗示着另一种开放。

福建人被视为敢于"闯海"的人，是很早以前的事。历史也已证明，福建人是最早"下南洋"、"闯东洋"的人。如今在东南亚各地遍布福建人，原因就在这里。另外，福建人又是最早出海做生意的人。难怪有人说广州人是"坐商"，自古就会招天下人来广州开"广交会"，而福建人是"行商"，从来就会乘着季风驾着帆船"下南洋"。不久前颇有世界影响力的《福布斯》杂志刊出全球前十大华人富豪，其中就有四人祖籍在福建。另据了解，目前福建籍的海外华侨有1000多万，分布在五大洲一百多个国家和地区。可见，福建人很早以前就有一种"漂洋过海"的心情和准备，并已经实现了愿望，封闭与开放得到进一步阐述，哲学山水的味道也更浓了。当然，要懂得品味。有哲学思想的人定能得到深刻体悟。

有一次，听一位外地人讲，他说，一进入福建头就晕了，因为福建不仅山多河流多，道路更加曲折，弯弯曲曲，拐来拐去都不知道到哪里了。当然，这有点太夸张。不过，每个人到一个从没去过的地方，难免会有生疏感或陌生感，因为什么都是第一次见到，来不及思考，因此出现头晕其实也很正常。道理很简单，一个从小生活在北方的人，第一次来到南方，看见到处都是绿油油的草地和树木包括各种各样的庄稼等，肯定会很意外很新奇甚至很晕眩，因为他们从小到大看到的大自然大都是沙漠般荒芜。同样的道理，一个从小生活在南方的人，从没去过四季分明的北方，到了那里以后，头也会发晕，因为他们会惊讶于北方的萧瑟，满眼都是枯树，他们甚至不相信那些枯树还会复活，这就是南北的差异。

其实，南北之差异还在于山地与平原。在北方，有时候看一座山要走很远的路，而在南方，尤其是在福建，一出门额头就会碰上山头。当然，这是一种夸张，或更高层次的审视和解读。此外，还有人对福建的隧道也产生了某种紧张感，甚至是一种恐惧，其实也可以理解。随着现代化的建设，福建的隧道越来越多，越来越密集，一个山洞接着一个山洞，刚从这个山洞出来马上又进入那个山洞，好像老鼠钻地洞一样，难怪会紧张和恐惧，据说福建全省有隧道350多个，多乎哉。

当然，对福建山水的哲学思考绝不止于以上所讲，正所谓有山有水必有性灵，于封闭与开放之间，福建人又找到了生存的依据和信仰的源泉。他们依山而居，傍水而眠，日出而作，日落而憩，每座山峰每条河流都是他们的信仰和依据，令人荡气回肠的山水更加富有神秘性。是的，可以说所有的山水是大自然的图腾，也是产生信仰的土壤和时空。福建人因为身处封闭的山区，又面临开放的海洋，郁闷的情感找到了释放的窗口，所以山水的哲学味道更浓。事实证明，信仰离哲学最近。甚至可以说，信仰本身就是一种哲学。山水只是一种呈现方式而已。

道家的哲学思想是崇尚自然。说白了，就是崇尚大自然的山水。山水的哲学思想由此诞生。正因为如此，福建的民间信仰多达1000多种，可谓遍地都是神，这也与山水有关，并且溶入了山水之中。举个例子，在福建众多的神祇里面，海上女神妈祖的崇拜最具代表性，湄洲湾靠山面海占尽了天时地利与人和，也阐释出了福建人复杂而矛盾的人生观与哲学思想。当然，内心的山水才是真正的山水。自古以来，当一批接着一批的中原人来到福建以后，便开始与福建的山水结缘，之后，仁智的山水不断在他们的梦境中出现，久而久之，山水便成了他们身体的一部分，也成了灵魂的附体。山水的哲学思考因此越来越深刻，越来越广博。

总之，哲学的山水已经成为福建人命运的注释和未来的出路，相信福建这块富有性灵的山水定能结出各种各样的人才，并打开机遇的窗口放飞未来和梦想。

以诗歌的名义环保

由于雾霾、干旱、洪涝等自然灾害，我们现在每天都在讲环境讲污染讲破坏讲环境保护与拯救，并大声疾呼环保的重要性和迫切性，甚至在为未来人类的生存环境担忧。先天下之忧而忧，后天下之乐而乐。人类对环境保护的觉醒，无论如何，都是人类未来的福音。然而，今天我们不能停留在大声疾呼上，而应该在实际行动上体现出来。我认为，我们每个人都应该是环境的保护者和爱心的奉献者。地球只有一个，我们没有理由不保护它。

以诗歌的名义环保。这是从文学的角度上讲的。何为文学，一般的定义是这样的，文学是指以语言文字为工具形象化地反映客观现实、表现作家心灵世界的艺术，包括诗歌、散文、小说、剧本、寓言、童话等，是文化的重要表现形式，以不同的形式（或称作体裁）表现内心情感、再现一定时期和一定地域的社会生活。从另一个角度讲，文学是社会科学的学科分类之一，与哲学、宗教、法律、政治并驾于社会之上层。是一种将语言文字用于表达社会生活和心理活动的学科，其属于社会意识形态之艺术的范畴。是作家用独特的语言艺术表现出来的独特心灵世界的语言艺术作品。也可以用来代表一个民族的艺术和智慧。

纵观古今中外文学作品，诗歌与环境的关系最为密切。在中国古代诗歌里，表现尤为突出，远的暂且不说，大家自小朗朗上口的李白的《静夜思》：床前明月光，疑是地上霜。举头望明月，低头思故乡。其实就是一首很好的写环境的诗歌。诗中那种自然是景观多么自然，多么朴素，多么淡然，又是多么空旷，多么辽运，多么无痕，仿佛空中流动着无声的音乐，那是天籁，那是福音，那是与自然同在的一种心境和情景的一种融合。像这样的环境诗歌，俯拾即是。更早之前，譬如，汉乐府《江南》：江南可采莲，莲叶何田田。鱼戏莲叶间。鱼戏莲叶东，鱼戏莲叶西，鱼戏莲叶南，鱼戏莲叶北。北朝民歌《敕勒歌》：敕勒川，阴山下。天似穹庐，笼盖四野。天苍苍，野茫茫，风吹草低见牛羊。王之涣《登鹳雀楼》：白日依山尽，黄河入海流。欲穷千里目，更上一层楼。孟浩然《春晓》：春眠不觉晓，处处闻啼鸟。夜来风雨声，花落知多少。王维《鹿柴》：空山不见人，但闻人语响。返景入深林，复照青苔上。还有，毛泽东主席写的《沁园春·雪》：北国风光，千里冰封，万里雪飘。望长城内外，惟余莽莽；大河上下，顿失滔滔。山舞银蛇，原驰蜡象，欲与天公试比高。须晴日，看红装素裹，分外妖娆。……还有，《沁园春？长沙》：独立寒秋，湘江北去，橘子洲头。看万山红遍，层林尽染；漫江碧透，百舸争流。鹰击长空，鱼翔浅底，万类霜天竞自由。怅寥廓，问苍茫天地，谁主沉浮？……如此等等，不胜枚举。无不是经典环境诗词。

其实，中国古代诗歌所讲意境，在很大程度上讲的就是环境的理念。因此，从某种意义上讲，诗歌可以保护环境，环境也可以保护诗歌，这就是诗歌与环境的密切关系。以诗歌的名义环保，目的就是为了弘扬传统文化，弘扬一种诗歌精神和环境理念，并用诗歌精神和环境理念去保护自然，保护人类赖以生存的自然环境和地球生态。时下人们普遍认为，文学作品已经越来越被边缘化了，尤其是诗歌。不可否认，从某种角度上讲，这是事实。那么，为什么会出现这种情况呢？难道人类已经越来越不再需要文学作品，尤其是诗歌了吗？我认为并非如此，从某种意义上讲，人类是永远离不开文学作品，尤其是诗歌，否则人类必将灭亡。

那么，文学作品，尤其是诗歌，为何会离我们越来越远呢？我觉得，根本原因就是我们赖以生存的自然环境和地球生态被破坏了，而且越来越严重。很难想象，一个没有诗意的地球和生存环境会是怎样？诗意的流失其实就是地球在走向毁灭的过程。当前，诗意的流失不仅体现在城市，连乡村也越来越失去了诗意的流动。城市里高楼林立，到处都是钢筋水泥，诗歌已经无法生存，乡村也正在被大气污染，古朴的有价值的东西越来越少了，连最起码的村庄一词也被城市化污染得面目全非，更别说河水干涸，汽车尾气的排放十分严重等等。人类已经越来越找不到诗意的栖息地了，如此下去，人类未来的希望在哪？诗意又将在哪安息？

以诗歌的名义环保，其实是很沉重的话题。诗歌原本应该是属于浪漫并充满激情的，可是随着诗意的流失，诗歌的话题变得越来越沉重，这是人类的悲哀，也是地球的悲哀。当前，水污染大气污染海洋污染陆地污染已经让人类有一种不可承受之重，尤其是其中造成环境污染的化学污染、生物污染、物理污染（噪声污染、放射性污染、电磁波污染等）固体废物污染、液体废物污染、能源污染，更是对人类的一大拷问。环境的话题，概念范围很广，包括以大气、水、土壤、植物、动物、微生物等为内容的物质因素，也包括以观念、制度、行为准则等为内容的非物质因素，同时包括自然因素和社会因素，并以非生命体形式和生命体形式同时存在。因此，今天我们要拯救地球，拯救被破坏了的自然环境，请从诗歌开始吧！从诗歌的自然本性来讲，或许也只有诗歌才能够拯救地球。那么，诗歌如何才能够拯救地球呢？这正是诗歌留给环境留给人类的重要话题。

回过头来，从现实的角度来讲，既然环境问题牵涉方方面面，政府就要从宏观和微观角度进行保护并进行引导，既要发动群众也要教育群众，使环境保护成为公民的自觉行动。具体地讲，就是希望政府加强对文化的重视与投资，并切实去引导社会和每个公民，让社会大众都能了解什么叫环境什么叫文化，又该如何进行保护以及保护的重要性和紧迫性。当然，从长远角度讲，文化是不以任何人任何政党的意志为转移的，政府的行为主要在引导和加大投资力度，而社会大众也要懂得积极配合，因为地球只有一个，谁也离不开它。

尊重诗歌，弘扬诗歌，不仅是对传统的尊重，更是对未来的保留，和对诗歌永恒价值的肯定与褒扬，因此，以诗歌的名义环保，绝非虚言，而是占领人美内心的精神高地，也是对生存与灵魂的自我救赎。那么，请从诗意开始吧，让诗歌重新找回灵魂的栖居地吧。

找出生态之路,换回幸福活法

一

2012年9月初,第一次踏上长汀这块土地,感觉很特殊。九世纪初,西欧封建帝国查理曼帝国的皇帝查理曼,把九月称为"收获月"。我想,此行应该也会获得丰收,满载而归吧。

在没有去长汀之前,长汀的大名早就如雷贯耳。长汀不仅是著名革命老区,还是国家历史文化名城。当年省政府的办公地点就设在长汀。长汀还被视为客家首府,又是闽地新石器文化发祥地之一,这种地方实在令人敬畏。不仅如此,现在的长汀又是一块生态圣地。年初,时任国家副主席的习近平同志连发两次重要批示,"进则全胜、不进则退。"于是,生态长汀立刻成为全国学习榜样,"长汀经验"也迅速得到了全面推广。这是长汀之福,福建之福,乃至全国人民之福,因为只要把生态环境保护好,长汀就有救了,福建就有救了,全国乃至全世界人民就都有救了。换言之,人类只有保护好自然生态环境,未来才有希望。

车,刚从这条隧道出来,又从另一条隧道进去,就这样不停地在山洞里进进出出,好像一只大老鼠。福建山多是出了名的,尤其如今各路段隧道开通后,一下子好像多出许多"老鼠洞",其实这是必然的。有数据显示，福建的山地加丘陵，占到全省面积的90%多，因此，福建有"八山一水一分田"的说法。而长汀又处于闽粤赣边陲要冲，武夷山南麓，是中国东南地区最大的山系，群峰林立，重峦叠嶂，上千米的山峰数不胜数。在这样的山区穿行，自然别有另一番感受。

　　然而，一进入长汀，立刻有种完全被颠覆的感觉，只见长汀并不完全如上所说，四周的山大都高不过300米，一座连着一座，层层叠叠，像放在蒸笼里的馒头。山上的树也都长不高，大都在3-4米左右，而且并不茂盛，后来我才知道，长汀山川属丘陵地貌，当地人果然把那些山称作馒头山，为什么会这样呢？到达长汀以后，我趁机请教了一位稀土专家，他告诉我，这是因为长汀遍地稀土的缘故。稀土量大的地方，山不高，树木也不茂盛，而且，水土流失严重，连庄稼也长不好。听完之后，我差点出一身冷汗！这样的地方，人怎么能够生存下来呢？不过，长汀的有关专家也告诉我，其实，长汀原本是非常繁华的地方，四周草木也很茂盛，环境十分优美，只是后来被破坏才变成那个样子。这个答案再次让我感到十分不解，也感到十分惊讶。

　　我翻阅了许多有关长汀的资料，证实了长汀有关专家所言不虚。历史上的长汀，这里曾是山清水秀、绿柳成荫、土地肥沃、森林茂密、河深水清的地方，沿途可见舟楫畅行，商业发达的景象，故有留镇、柳村之地名。当时，还有许多著名景点，如五通松涛、铁山拥翠、帆飞北浦、绿野丰涛、云雾宝塔、柳村温泉等，一个个水灵灵的地名，充满诗情画意。难怪曾被新西兰著名作家路易·艾黎称为，中国最美丽的小城之一。那么，又为什么会是这样呢？原来当时的长汀生态保护十分完好，几乎没有人会去破坏生态环境，因此，哪怕地底下布满稀土，基本植被还是能够保护完好，于是，千山竞秀，群峦叠嶂，风光秀美，鸟兽成群，欢悦山林，不是没有可能，也不是什么神话。

　　但是，正所谓月有阴晴圆缺，人有旦夕祸福，其实，自然界也一样，遭遇岁月沧桑也在所难免，关键要找出问题的所在。但不知从何时起，洪水泛滥、兵燹战火、乱砍滥伐，造成丘陵、山地植被被严重毁坏，水土流失连年加剧，一个接一个自然灾害和人为破坏降临在长汀这块土地上，因此，在解放初期，长汀这块土地出现以下这种状况。

只见"四周山岭尽是一片红色，闪耀着可怕的血光。树木，很少看到！偶然也杂生着几株马尾松或木荷，正像红滑的癞秃头上长着几根黑发，萎绝而凌乱。密布的切沟，穿透每一个角落，整个的山面支离破碎；有些地方，竟至半崇山峻岭崩缺，只剩得十余丈的危崖，有如曾经鬼斧神工的砍削，峭然耸峙。再登高远望，这些绵亘的红山，仿佛又化作无数的猪脑髓，陈列在满案鲜血的肉砧上面。在那儿，不闻虫声，不见鼠迹，不投栖息的飞鸟；只有凄怆的静寂，永伴着被毁灭了的山灵。"这是1941年福建省研究院"河田土壤保肥试验区"研究人员对长汀河田水土流失景象的描述。

长汀的河田镇，原本也是一座古镇，始建于唐开元二十四年，位于长汀县城之南。当时，这里山清水秀、绿柳成荫之地，故有柳村之名。后因洪水泛滥、兵燹战火、乱砍滥伐，尤其是当年国民党军队五次"围剿"中央苏区，进驻河田，开公路、筑碉堡，大量砍伐林木充作军资，还经常纵火烧山，致使残存的山地植被遭到极其严重的破坏，山崩河溃，满目疮痍，造成"柳村不见柳，河比田更高"的景象，后才改称为河田。记得，当时长汀有首民谣是这样写的："长汀哪里苦？河田加策武；长汀哪里穷？朱溪罗地丛。"还有诸如"头顶大日头，满山癞痢头，脚踩砂孤头，三餐番薯头。"等等这些民谣，生动形象地反映出了水土流失区当地人民的无边疾苦。总之，"山光、水浊、田瘦、人穷"成了当时以河田为中心的水土流失区生态恶化、农民生活贫困的真实写照。一个本来生态非常富有诗意的地方，就因为遭受自然灾难和人为破坏，导致面目全非，这是自然规律使然，还是天谴？

记得，明洪武元年（1398年），汀州路改为汀州府时，长汀还是一个很繁华的地方，直到"民国"二年（1913年），废府建置，长汀县属汀漳道，隶福建省以后，由于洪涝灾害和接连不断的战乱，生态环境才开始走向万劫不复的境地。当然，在此之前，也遭遇了各种各样灾难，但尚未形成毁灭性的严重后果，这是历史的教训，也有着人为因素。

当然，如果要进一步深究的话，中国也有一部很厚重的生态保护史。而最早的破坏应该属于自然侵蚀，而且，在不同时代由北向南扩展漫延加重，其次就是因战乱引起的种种行为，包括炮火和人为因素，譬如老百姓因生活所逼，上山砍柴烧木炭等等，构成毁灭性的灾难。直到改革开放以来，尤其是从20世纪90年代开始，这一历史性的灾难才逐渐得到恢复。也许，这是一种天意，也是历史的必然。

二

找出一条生态之路，换回一种活法。可以说是人类内心向往和渴求。人类不能永远生存在污染当中，也不能走在自我毁灭的道路上。实践证明，近年来，长汀的山又绿了，水又清了，天空也更明朗了。长汀人也开始找回久违的笑容，一个美好的家园正在重建之中。

在这里，请允许我不厌其烦地介绍长汀的生态。我认为，长汀的生态之所以能够取得如此骄人的成绩，首先要归功于历史的机遇，其次要归功于一个人。他就是国家主席习近平同志。20世纪90年代，习主席在福建任代省长时，就开始关注长汀的生态保护。那个时候，他就提出建设生态省的建议，而重点示范基地就放在长汀。

在长汀，我们专门采访了一位全国劳动模范，他叫赖木生。1981年，他把老婆的嫁妆———一辆崭新的凤凰牌自行车卖了100元，承包了5亩荒山种起了柑橘，三年后挂果丰收，随后扩种，1994年已达150亩。2000年前后，他一直义务开培训班，教大伙种果树，挂果丰收的时候，还帮着大伙找销路。慢慢地，大同、河田、策武的荒山披上了绿衣，村民们也逐渐富了起来。赖木生的行为和带头作用，得到了习主席的关注，几次亲切接见，并鼓励他继续努力，把产业做大做强。如今的他早已成为长汀由"红"变"绿"、由"绿"变"富"、由"绿"变"美"、由"绿"变"生态文明"之路的带头人。他说,"一人富不算富,全部人富了,那才叫大富。"这是一种观念的转化。

在赖木生的林场里,有一条山路,路两边长满各种各样的草木,绿荫如盖,却干净整洁,看得出生态保护得十分完好,果园里种满了板栗。赖木生说,以前天上下一点小雨,水从山头冲到山下时,就变成了泥石流,冲得整座山一道道深沟。自从搞起了水土保持,我们种上了果树,拦住了泥沙,如今这里是我们的"钱袋子"。赖木生还说,今年他还想再承包一批荒山,"接着种果树,又有收入,又能保持水土,一举两得,好得很呢!"其实,如今在长汀,像赖木生这样的人已经不少。那天,我们就又去采访了一个山东妹子,她叫马雪梅。1997年,年轻貌美的她,不顾家庭的强烈反对,毅然嫁到长汀濯田镇莲湖村。1999年,她承包了198亩山地种板栗。不过,这个开山妹子她说,当时是被一个名叫林盛清的副镇长"连哄带骗拐来的"。说起她的人生经历,估计很少有人不佩服。"村领导已种了树苗,可这山实在有问题,只要下点小雨,泥土就往下冲,在山脚看,简直是瀑布,我当时真觉得天都塌了。"马雪梅说,回忆起这些,就两个字"辛酸"。然而,凭着山东人的那股拼劲和韧劲,她并没有倒下,而是借钱买苗,再度上山,重新种植,用土办法想出"反弹琵琶"的新招术。即根据植被从亚热带常绿阔叶林→针阔混交等→马尾松和灌丛→草被→裸地的逆向演替规律,按水土流失程度采取不同的治理措施,生态修复保护植被,种树种草增加植被,"老头松"改造改善植被,发展"草牧沼果"改良植被。没想到此招大获成功,受到充分肯定。

此外,长汀还是"杨梅之乡",可惜我们这次去还不是杨梅成熟的季节。据了解,每年五六月间,红彤彤的杨梅就会挂满长汀枝头,吸引众多游客。尤其是长汀的三洲、河田拥有万亩杨梅基地,每当杨梅成熟时,那满山的红简直让人疑在梦中。"长汀的杨梅甲天下",此话并不是吹的,长汀的杨梅长出来的个头有乒乓球那么大,红彤彤、鲜艳艳,无不垂涎欲滴,许多长汀人的梦想就是从杨梅树上长出来的。

在现实面前，我们必须承认，现在的农民早已觉悟了，只要你给他们机会，他们就可以干出一番事业出了。长汀人就是这样，找出一条生态之路，就换回一种活法。如今的好日子越来越滋润了。

事实上，一个地方的生态保护，往往是从开山种果开始的，完全依靠自然环境自生自灭，这种境况在如今的市场经济时代明显不太现实，因为经济要发展，就要有开发，而在开发过程中难免造成生态破坏。尤其是针对农民而言，开山种果不失为良策之一。道理很简单，农民要致富，还是要靠那句话"靠山吃山，靠水喝水"。也就是说，要想让农民过上好日子，最直接也是最实惠的办法就是让农民去开山种果，这样做可以一举多得。当然，单纯靠开山种果也不是办法，生态林的保护才是关键。不过，长汀的生态保护与其他地方不太一样，诸如以上所言，长汀在多年前还是一片"火焰山"，根本没有多少生态林，因此也谈不上如何保护，关键还在于如何让"火焰山"长出草木，而要做到这一点，发动农民开山种果无疑是最好的办法。

不过，话又说回来，任何的开发与利用，都是一把双刃剑。也就是说，依靠农民开山种果是否为根本之策实在有待商讨，换言之，农民开山种果必然大量使用农药化肥，而这些是否会带来新的水土破坏和空气污染？如是种种引出来的话题其实也是非常值得思考的。这也是时代留给人的一个新话题和考验。

我是山区的儿子，也是农民的儿子，我对于农民心中的想法可以说也算是了然于心。我知道，老百姓心中想的是如何发家致富，福荫子孙，至于生态保护，从某种意义上讲，并没有多大在意，因此，如何正确引导是政府必须要思考和去做的事情，不能把责任推给农民，也不能推给历史。换言之，长汀的生态建设无疑是时代留下新的课题。

一条河流的梦想

翻开中华民族的发展史,你会发现,其中隐藏着一部浩浩荡荡的迁徙史,而且,你还会发现,在浩瀚的历史长河中,每一次迁徙都跟河流有关。长江、黄河就是中华民族的母亲河,也是中国人内心的骄傲,如同一场梦,永远萦绕在心头,魂牵梦挂,并且上升为一种民族精神和象征。难怪有人说,每个人心中都有一条河流。的确如此。

追溯中原人南迁的历史,其实就是在追溯一条河流的梦想。在浩浩荡荡的中原人南迁队伍中,有一支独特的族群,长期以来就被关注着,可往往又被忽视,因为这支队伍太过庞大,而又太过沉默,始终以任劳任怨的方式顽强地生存着,并不苛求什么。这支独特的队伍就是——客家族群。这支队伍抵达南方后,主要聚居在汀江两岸,因此,汀江流域一直被视为其大本营,也是主要生存之地。

一个族群的梦想就在这里形成。

一条河流的梦想也就从这里开始。

也正是因为有客家族群的到来,汀江流域才开始有了客家文化的形成,而要了解客家人和客家文化,首先就要从河流开始。有人说,到一个地方去,没有去探访下河水的源头,等于没到过,此话不假。长汀也一样。那天,我们就用将近一整天时间去探访汀江。一大早,车子直奔汀江源而去。大约半个小时后,车子来到了一个叫"龙门"的地方。其位于长汀县以东20公里处的庵杰乡涵前村,旧称龙门峡。

当地同行人告诉我们,汀江源就发源于此。只见这里崇山峻岭,山路迂回，九曲十八弯，周围无数的山泉水汇集到这里。然而，奇就奇在这座山原名叫帽盒山，因山脚下出现一个天然石洞，深数十丈，岩石壁立，如仙斧劈开似的，成桥穹形状，江水就从中流过，难怪有诗赞曰：天生一个龙门洞，千里汀江一线牵。到过汀江龙门的人就知道，这里已成长汀很重要的旅游景点。长汀的梦也就是从这里开始的。

　　从远处看，此山像是一条将要腾飞的巨龙，其峭壁酷似龙头，崖壁杂草丛生，仿如龙须，双眼暴突，形态逼真，两旁怪石密布，犹如龙爪，气势磅礴，令人望而生畏。尤其是洞底下，江水滔滔，值此夏日，清凉爽朗，果然是游山玩水好去处。洞口附近，就有竹筏供人乘坐，体验畅游龙门之乐趣。龙门左右两侧均有条小路可直达山顶，半山处有石林，千姿百态，最上面有座"龙神庙"，现改为"五谷神庙"，我却认为"龙神庙"比"五谷神庙"名字要好一些，更具象征性。当然，"五谷神庙"更贴近老百姓内心的祈求和愿望。

　　相传，此庙建于北宋年间，某年五月，连降大雨，汀江水暴涨，一天早晨，正在虎神洞打扫卫生的小和尚忽见一座大山漂来，大感惊惧，立刻报告师傅，师傅一见，立刻口中念念有词，顿时山摇地动，紧接着，只见两条飞龙腾空而去，少顷，霞光万丈，一片晴朗，漂来的大山定在眼前，横跨两岸，这就是龙门峡的由来。中国是文明古国，也是龙的传人，这样的民间传说符合百姓心理和文化的溯源。

　　不过，徐霞客的粉丝们也一定知道，天下"龙门"向以山西河津与河南洛阳最有名。汀江的"龙门"尚少有人知。而当你来到汀江的"龙门"后才会相信，天下"龙门"没有一个能和汀江"龙门"相比，因天下"龙门"都没有"门"，唯汀江的"龙门"有"门"，而且，这扇门完全是天然的，汀江水从"门"中流过，这样景点绝无仅有。据专家考证："龙门胜景，是因古代地壳变动，然后江水冲刷，期间经过万年以上漫长的时间。"这样的考证吻合了以上民间传说。

　　现在的汀江龙门虽已成为当地重要景点，但在我看来，当地政府尚有必要加大宣传力度，让全世界人都知道汀江龙门才是天下真正的

"龙门"，以此吸引更多游客增加旅游收入并借此提高地方知名度，达到招商引资和美化生态环境的目的。何况，中国有句"鱼跃龙门"的古语，意即只要这条鱼跳过龙门，就会变化成龙。比喻事业成功，或功名有望、地位高升之意。传说黄河鲤鱼是从壶口咆哮而下的晋陕大峡谷的最窄处的龙门跳过去就可以变成龙了，这是多么美丽的传说。因此我想，如果汀江龙门也能成为人所共仰的"龙门"，那么，当地旅游资源和收入包括知名度则指日攀升了。据了解，汀江龙门所在地以前盛产多种优质木材，还是有名竹制品加工地，而运出去只有走水路一条，也因此在民间有一种说法，意即只有经过"龙门"的木材和竹制品才是好木材和好竹制品，这应该就是"鱼跃龙门"的演绎。

"天下水流皆向东，唯有汀水独往南"。这是客家人母亲河的最主要特点。汀江水从"龙门"出来后，滔滔南流，经长汀、武平、上杭、永定4县，在永定县峰市镇出境进入广东省，至大埔县三河坝与梅江汇合后称韩江。众所周知，一般的河流都是自东向西，汀江水却从北向南，按八卦方位，南属"丁"位，后"丁"加水成"汀"，这就是"汀江"名称的由来。史载，古时候，汀江流域一片瘴气弥漫，莽莽苍苍的南蛮荒芜之地，属闽越地界。大约到东晋时期，聚居在中原地带的客家先民，历经五次大规模的南迁，来到汀江两岸定居，于是，汀江以其特殊的地理位置成为"客家人的摇篮"，再加上汀江两岸土壤肥沃，气候宜人，使汀江流域成为客家人生息繁衍的乐土。

历史证明，人类对河流的依赖性超越了其他任何一切，完全是一种生存和本能的客观需要。汀江作为客家人的母亲河，不仅承载着繁衍子孙和壮大客家民系的重任，同时被视为孕育两岸生物的大本源。其实，所有的河流都承载一样的功能和使命。譬如，过去汀江有"上河三千，下河八百"之说，即上杭城以上为上河，有船数千艘，以下为下河，有船数百艘。可见汀江在上杭回龙至峰市之间航运之盛。汀江航运给长汀、武平、上杭、永定等地带来的商贸繁荣，为当时的客家人找到了生存的依据和可能，这就是河流对人类的贡献。当然，一条河流的梦想远不止如此，而现实中的戏剧性却让人难以忍受。

元代，由于统治者实行民族歧视政策，大肆屠杀各族人民，致使汀江流域人口锐减，田园荒芜，生产萎缩，经济衰退。明初，朱元璋奖励垦殖，因而人口和田亩又不断增加。到了仁宗、宣宗时，由于政局稳定，社会安定，经济有较快的恢复和发展。汀江流域的造纸业在唐代制麻、楮纸技术的基础上，宋代发展到以竹造纸。汀产玉扣纸、毛边纸、连城宣纸等历来远销东南亚各国，蜚声中外。然而，梦想终归还是梦想，现实的残酷性有时候也是无法阻挡的。经历了几次繁荣与浮沉之后，汀江两岸同样避免遭遇了生灵涂炭的命运。曾几何时，汀江两岸草木还是多么郁郁葱葱，自然生态良好，气候宜人，后来，由于连年战乱，加上过多的人为破坏，导致水土流失严重，环境之恶劣，让当地人几近窒息。直到改革开放后，尤其是近十年来，汀江两岸的自然生态逐渐恢复，客家人坚强的意志和坚忍不拔的精神得到了进一步表现。这是人定胜天的赞歌，或是一种历史的宿命，耐人寻味。

回溯过去，展望未来，生态环境保护几成人类不可承受之重，那么，现在长汀人是怎样实现和还原绿色梦想呢？且看——

治荒法宝之一："四两拨千斤"，吸引来更多社会资本参与开发治理。经过多年实践，长汀政府发现，光靠政府投入远远不够，只有创新机制，鼓励民间公司、农户租赁承包山地种茶种果，经营权30年不变，并通过补助等优惠条件吸纳更多社会资本参与开发治理，达到"四两拨千斤"的治理效果和目的。

治荒法宝之二：以奖代补，充分调动人民群众广泛参与治理水土流失的积极性。也就是通过大干大补，少干少补，不干不补的资金补助模式，让下岗职工尝到治荒甜头，同时也解决了就业难和生活压力大等问题。实践证明，这是一条非常有效的模式。

治荒法宝之三："聚宝盆"引来了"金凤凰"。经验告诉我们，要治理好水土流失问题并保护好生态，人才引进是关键。也就是说，只有科学治理才能从根本上更有效解决问题。于是，长汀政府大胆出台新政策以引进人才，专门研究长汀的水土流失和生态保护问题，并与中国科学院、中国工程院、北京林业大学、福建师范大学等单位建立了良好的联系，随时请教治理方法，从而得到科技保障。

不仅如此，长汀政府还学会了一套套的创新治理方法。一边大封禁，一边"反弹琵琶"，也就是采取"草牧—沼果"循环种养方法。总之，许多村民自我摸索创造出荒山披绿"秘籍"，堪称治理荒山的标本，因此，得到中央和省委、省政府的高度肯定。也因此，"长汀经验"成了成功典范，在全国各地掀起学习的热潮，社会反响正面而积极。长汀人用自己的努力和实践证明了自己。

一条河流的梦想又开始获得延伸。"大哥，这里放养的土鸡真漂亮，逮两只卖我吧？"旅游旺季，每天总有游客央求当地人好几次，而热情好客的客家人总是笑着回答："那都是野生的鸡，漫山遍野跑。"让游客双手摸不着头脑。"这几年，乔灌草多层次的植物群落初步形成了，山上的野禽、飞鸟又回来了，村里那断流多年的小河又过流了……"村民心里面那个高兴的劲自然是不用多提了。而流露于外的自然是感恩为主。事实上，省委、省政府长期倾力抓生态治理，改善了这里的小气候和环境，为生物多样性创造了良好条件。

从长汀采风回来的路上，我就在想，也许，"长汀经验"也是人类生存自己逼出来的无奈，如果没有战争，没有那么多的人为破坏，那么，人与大自然之间的抗争就不会那么残酷。因此，从某种意义上讲，人与大自然之间的抗争其实是人类自己对自己的抗争。换言之，大自然生态平衡的破坏，在很大程度上是人类自己亲手造成的，理应引起足够警惕。不过，这样的大道理已讲得人多了，有必要深刻反省。

关于一条河流的梦想，是永无止境的，也是五彩缤纷的。当然，也有可能是灰色的，就看人类如何解读，如何善待自己。

探访"神仙之府"——归龙山

中国人向来对"神仙"怀有一种情结,充满着敬畏和神往,宁愿相信其确实存在,而且有可能就在身边,闽南有句俗话"举头三尺有神明"就是这种心态的直接反映和流露。然而,神仙何在?又是何等模样?天底下无人能说得出来,只能靠想象或寄托在某道场,借助神像假以推崇和信仰。于是,一座座青山便成了"神仙之府"所在地。

中国人对"龙"也始终怀有一种情结,同样充满敬畏和神往,于是,在中华大地上到处都有关于龙的传说,有关龙的地名也很多。长汀就是这样一个地方。9月初,我们借"生态长汀行"之机,就去探访"神仙之府"——归龙山,这是一个非常神秘并富传奇色彩的地方。

长汀有不少跟"龙"有关的地名,譬如,汀江源—龙门,是全国少有的真正有"鱼跃龙门"景象的地方;闽赣交界处的归龙山,亦即上述所说的"神仙之府"所在地,整座山常年云雾萦绕,仙风道骨,上有罗公庙,庙后有条山岭酷似龙脊;长汀县城的卧龙山,又名九龙山,山脚下就是当年省政府公署办公地点。还有,沿山脊连绵逶迤的汀州古城墙与汀江一道千年来守护着古老的汀州,其实也是一条龙。

话说"神仙之府"——归龙山,其位于长汀四都镇西南,距四都镇政府所在地28公里,海拔1036米,是四都境内最高的山峰。其山势雄伟、巍然屹立、峻峭突兀、耸天凌云。呈西北、东南走向，周围群山环绕、峰峦起伏、万木峥嵘、奇石罗列，长年云绕雾锁，为长汀十大名山之一，也是省级著名旅游风景区。据光绪五年刊本《长汀县志?山川》载：归龙山，原名鸡笼山，在县西百三十里，旧经云：高十五里。宋代有诗云："神仙之府名鸡笼，千寻翠玉擎寒空。秀色凌风入城郭，半街晓月金蒙蒙。"归龙山，原称龟龙山。其实，以我之见，龟龙山的称呼比归龙山要好，更富有诗意和想象力。

据九域志载，此山为古迹，乃宋邑人土中正的成道之处。遗憾的是，山上有关王中正的文字记载很少，只知他原名王捷，字平叔，曾修道于此。有意思的是，山上没有王捷（王中正）的庙，反而有座罗公祖师庙，香火十分旺盛。有时候，民间信仰也真是让人捉摸不透。

罗公祖师，俗世名称罗洪先，江西吉水人，原是个穷困潦倒的书生，一直靠挑货郎担为生，后来考上状元，为避战乱，隐居归龙山，因精通医术，常治病救人，深受闽赣两省边民爱戴，辞世后，人们就在归龙山上为他立庙，奉之为神。此后，每年八月初至十五山上人潮如涌。

由此我想，其实民心是非常公道的，王中正虽成道但或许因其只是出于个人的修为而不被后人重视，而罗公祖师因常治病救人，边民立庙尊他为神感恩他。这正应了那句"公道自在人心"的古话。当然，或许王中正成道也只是一种传说，所以没有被信奉。当然，也可能另有原因，但无论如何，自古至今，能让后人尊奉为神的必有道理。

更有意思的是，罗公祖师庙里奉祀着佛祖和罗公两尊菩萨，而这两尊菩萨的香火分两部分人供奉，上半年由福建人朝拜，下半年由江西人朝拜。这是该庙独特的人文景观和信仰风俗，令人会心神思。

从归龙山顶沿着山脊小路往西下行约 500 米处，有两块巨大岩石，造型优美别致，看似"危危欲坠，游人推之，摇摆晃动，旋即又稳立如故，千百年未移毫厘"，这就是"风动石"，据说这两个巨大岩石是佛祖与罗公菩萨为争座位斗法的结果。

传说佛祖得知罗公菩萨正在归龙山做庙，听说那是一块风水宝地，便来到了归龙山。他跟罗公菩萨说："天下名山皆归佛。我乃千年古佛，你是人间真神，这正殿要让给我坐。"罗公菩萨说："此山是人间仙境，它既是我发现的，又是我费尽九牛二虎之力争取来的，正殿自然要我坐。"这一佛一神为了座位争了起来，最后双方决定比功夫定夺，约定两人在5里外的山脚各抱一个石头上归龙山顶，看谁的速度快、石头大，谁赢了，正殿就归谁坐。

罗公菩萨在石寮湖小溪边抱了个石头，脚用力一蹬"呼"的一声上了山顶，石头刚放下，佛祖也到西边的山崖上。由于罗公菩萨的石头较小，飞行速度较快，放在地面，而佛祖的石头大，速度较慢，置于其上，于是，这两块巨石就成了现在的风动石。两位菩萨斗法的结果各有千秋，不分伯仲。最后罗公耍了个心眼，建议把庙左移5尺，表面上为照顾佛祖的面子，让佛祖坐中殿，实际上真正的山龙口就自己坐了。当然，传说永远只是一种传说，实际上是当地人爱面子而已。

站在归龙山上，极目远眺，一脚可以踩两省，左脚是福建，右脚是江西，瑞金和会昌就在脚下，这种感觉满足了某些人的豪气心态。那天，我们就争相与风动石合影，之后还背后江西地界拍下那份豪气。据称，该风动石高约8米重约百吨，自传说以来，历经风雨，稳如泰山，堪称镇山之石。有时候，一块石头也可被树为信仰和精神支柱。

不过，游览归龙山以后，让我最大的感受其实并不是以上这些，因为像这样的景点在别处也常有。让我最大的感动是，这里的生态自然保护得很好，风景秀丽，山林里有不少珍稀树木，譬如这里是全国唯一最大面积的国家二级保护植物伞花木群落（此项目由中国科学院武汉植物园高浦新博士调查确认），福建省唯一最大面积的天然黑锥林群落，集中成片面积达983亩；在自然保护区内还有成片的福建柏群落、南方红豆杉群落、浙江楠、沉水樟等国家一、二级保护植物，以及特有树种，闽西青冈、悦色含笑，还有丰富多彩的菌类植物，保护区内尚存有少量的娃娃鱼、还发现有华南虎的踪迹。据了解，自然保护区内共有野生动物资源达490多种，其中国家重点保护野生植物13种，国家重点保护野生动物73种，其中水鹿为全省之最，保护区水鹿驯养繁殖项目已列入省项目库。这样的景区是非常难得的，尤其是放在长汀这个曾经是全国水土和山林破坏最严重的地方。

另外，据了解，由于长汀归龙山省级自然保护区内森林资源丰富，长汀县委、县府对保护区建设高度重视，已经开始着手进行项目科考和总体规划，准备打造出"归龙山"生态品牌的功能效应，提升"长汀模式"知名度，配合红色旅游开发出长汀森林生态旅游项目，把长汀建成"山清水秀"的生态型山区县，使长汀成为海峡西岸经济区西部重镇，从而有力促进长汀经济的健康快速发展。祝贺长汀！

美哉！长汀

人类对于美的感觉，其实是一种幻觉，也可能是一种错觉。但人类需要这种幻觉和错觉，因其可以让人类获得精神上的享受和满足。德国哲学家康德曾经说过："美是没有目的的快乐"。是的，美所营造出来的空间缩短了人与人之间的距离，并营造出单纯的幸福。这种幸福才是真正的幸福，才是真正的美，才是一种值得永恒的追求。

长汀，向来被视为客家首府，又是红军故乡，还是历史文化名城，故用不着多作联想，就会感觉到这是一个很美的地方。正如新西兰著名作家路易·艾黎说，中国有两座最美丽的小城，一座是湖南凤凰古城，另一座就是长汀。长汀之美，溢于言外。不过，到过长汀的人就会知道，长汀之美，并不完全是一种幻觉或错觉，而是真实的存在。是的，长汀之美，是美营造出来的一种氛围，弥漫在感觉中。

长汀之美，在于山水，在于古城，在于历史人文和客家人的那种热情与友善。山水之美不同于别处。长汀的山，放眼过去，像是一个个馒头，不高不低，不肥不瘦，故有馒头山之称。山上的树木也一样，高不过三五米，但郁郁苍苍。后来我才知道，长汀的山和树之所以这样，是因为和稀土有关。据悉，长汀的地底下遍布稀土，而有稀土的地方，山不高，树也不高，这就是长汀的山和树与别的地方不同之处。古城之美在于历史，其始建于汉代，直至唐代才完善。自盛唐到清末一直是州、路、府的治所，可见这绝非等闲之地。古城之美还在于城墙。其始建于唐大历四年，至今已有1200多年历史。将古城门朝天门、五通门、惠吉门、宝珠门联结在一起，全长一千五百多米，至今保存完好。也许跟古都陕西相比，这样的古城不算什么，但在南方，确是很难得的景观，从中可以感受盛唐以来文化的强大。长汀的历史人文和客家人的那种热情与友善之美其实是用不着多说了，倘若换个角度来讲，似乎还可以从每位客家人的身上找到精神的活化石。至于稀土，那简直是上天的恩赐。当然，也可能是最让长汀人揪心和割舍不了的事情。长汀的土地遍布稀土，也因此造就独特的人文景观，走过长汀的山山水水会有一种厚重而大气的感觉，另外，还会感觉到一股气从地里腾出，让人温暖。据说，河田鸡之所以能天下闻名，就是因为稀土的缘故。河田鸡每天都会吃下不少稀土，因此，河田鸡有别于其他地方的鸡，肉嫩、皮薄、汤清、口感好，富含蛋白质，脂肪也适宜。更主要一个特点就是做好后的河田鸡不仅颜色好看，用筷子一夹，皮和肉自然分开，该黄的黄，该白的白，让人口齿生津，如果做法再讲究点，那简直是天庭美味人间极品了。然而，上天总是喜欢跟人类开玩笑，据说，也正是因为稀土，长汀人才至今还贫穷着。

在我的心里，很想问遍从身边经过的那些男男女女，老老少少，美到底是什么？又是什么样子的？在长汀，我也曾经问过几位"能人"，其实我也很想问遍每一位长汀人，希望他能给我一个答案。我还不停地追问自己，追问目光所及的一切，包括自然和全人类。我还很想要感谢那些能够回答我的人，因为是他们解开了内心对美的困惑。可是我至今还没有找到一个关于美的完美答案。然而，历史却告诉我们，美是无处不在，美也是不期而遇的，而美的出现，有时也是令人揪心的，诚如稀土一样。此外，时间就像黑白无常一样，一边在摧毁人们对美的想象和期盼，一边又在建立起美丽的王国。这种内心的折磨，莫非也是人类内心的某种等待，或人生的某种宿命？

长汀之美，的确是令人揪心的。十几年前，这里到处是光秃秃的，裸露的沙丘，稀疏的植被，百孔千疮的沟壑，山塘水库淤积，旱涝灾害频繁，夏季高温时，一个鸡蛋放在山头上，一会儿就烤熟了，地表温度高达60几度。当地民谣："头顶大日头，脚踩砂孤头，三餐番薯头。"把活泼乱跳的小鸡养在山上，不用多久翅膀就张开，气息奄奄的样子。种在山上的树和果苗，也不用几天就全部枯干了。最恶劣的是，大雨一下，马上山洪暴发，接着山崩地陷，连原有的路途也全找不到了，更别说其他。而如今的长汀，美丽得到处会滴绿，到处有天然的氧吧，绿油油的山坡和果树，结满了汗水和希望，然而，有多少人真正体会到其中的不容易和所付出的代价。用长汀人的话说，昔日火焰山已变成花果山了。有时候，愿望的实现所付出的代价是会被喜悦的泪水取代的。当然，长汀人永远不会忘记一路走过来的艰辛历程，尤其是客家人，顽强的个性和吃苦耐劳的精神足以让头顶上的天空和脚底下的大地感动。长汀人用他们的努力证明了自己。

长汀的山美，水美，人更美。在长汀采风的那几天，我认识了不少人，从县委书记到普遍农民，从富商到路边小贩，从他们的话语和脸色表情，我看到了喜悦，看到了美好，看到了希望。是的，长汀再也不是过去的长汀了。今日的长汀，成了八闽大地的一面旗帜，成了全国的楷模，生态保护的成功经验终于让长汀脱胎换骨了，一个崭新的长汀已跃然成为天空上一颗明亮的星星，值得骄傲与自豪。

长汀之美，确实让人动心。然而，我又在想，美，到底是什么？到底能坚持多久？假如美只是人类内心的一朵昙花，那么，一现之后的美，生命力何在？又如何让人相信，令人折服？于是我又想到了习主席的那句重要批示，"进则全胜、不进则退。"于是我悟出了一个很简单的道理，那就是，美，是一种坚持。美，是一种实践。美，是一种创造。同时，美，是一种梦想，是一种不懈的努力和追求。此外，美，是非常需要用心呵护的，就像每个人心中所深爱的人一样。

美哉！长汀。参天之木，必有其根；怀山之水，必有其源。有时候，与美相遇也是一种缘分，无论山水，无论古城，无论客家情怀，最美应该在于自然，在于原生态。愿长汀之美早日返璞归真。

寻兰之旅

民谚说，惊蛰天暖地气开。到了5月，气候已经日渐炽热了。

然而，5月24日这天，天气邪乎，说冷就冷，冷得甩不及防，不做任何酝酿和铺垫，致使采风回来后，同行的几个人几乎全被放倒了。有的当天就感觉异常，感冒了。有的隔上两三天才发作，开始吃药。而我是在回到家几天后才发觉不对劲。接下来，我注定要打破自己人生一大记录。自从懂事起，我从没有打过点滴，犯点小毛病，包括重感冒，也都是吃几包药就解决了。这次竟然连吃好几天药也不见起色，而且似乎病情不见改善，在家人恩威并放，软硬兼施下只好去打点滴。原以为打一两次就可以拔针了，没想到竟打了四五天病才见好。

那天，我们是到邵武市"中国兰花第一谷"去采风，该谷坐落于邵武市天成奇峡风景区，该景区是泰宁世界地质公园重要组成部分。在进入那个山谷之前，导游多次建议大家要多穿件衣服，说山谷里气温低，大家都不以为意，对自己的身体都很自信，结果证实，表面上看起来身体最壮实的那个人先被放倒了，他就是因为少穿了一件衣服，而我当时并没有特别的不适应，只是导游车风驰电掣进谷途中，偶感有一丝冷意，没想到就这样埋下了病根。那个山谷阴气实在太重了。

"中国兰花第一谷"的入口处有一座木门，十分简易，几根木头搭建成，上面盖一块绿色透明光板，两边门柱子挂副对联，中间

"中国兰花第一谷"下还有块木板写着"一线天"。我猜想，"一线天"大约就是指入谷那条道吧，只见两边都是高耸的山壁，谷道狭窄，果有"一线天"的感觉。进入谷门，可以看见左边山壁上题有"别有洞天"四个红色大字，走进去，每隔一段路两边山壁上便挂有一盆兰花，每盆兰花下都附有简介，仔细一看，前面那几盆兰花分别以"春、夏、秋、冬"四季命名，俨然四位绝色佳人在路口笑脸迎接客人的到来。一路进去，大大小小的兰花分置两旁，或挂半壁，或放路边，也不乏自然生长的各种草木，而这等僻静幽雅之处自然是兰草最佳修身之地。由于中国兰花第一谷的地质接近于泰宁的丹霞地貌，故其山峰也是非常有特色，斑驳陆离不说，周围草木特征也以清雅为主，譬如除了兰草之外，沿途半壁上的百合和杜鹃也是争奇斗艳，毫不逊色，吸引眼球。梦幻之间，会误为当地山寨姑娘站在山岭上欢歌或驻足观看每个入谷的游客，仿佛有意从中挑选如意情郎，风景果真这边独好。

兰花的叶、花和香味，独具四清，即气清、色清、神清、韵清，以高洁、清雅的特点令天下雅士倾倒，古今文人墨客无不垂爱之极。孔子曾说："芷兰生幽谷，不以无人而不芳，君子修道立德，不为穷困而改节。"唐代大诗人李白也留下"幽兰香风远，蕙草流芳根。"等名句。难怪兰花有"花中君子"之雅称，古代文人常把诗文之美喻为"兰章"，把友谊之真喻为"兰交"，把良友喻为"兰客"，果然有独到见解，也足见其喜爱程度。一种花能上升到如此地位，自是不凡。

据我所知，邵武市之所以会把天成奇峡风景区包装成"中国兰花第一谷"，除了因谷里自然植被未被破坏，是生长兰花天然之地外，更因为该谷里还有一种特殊的兰花品种，叫"孝心兰"。提起"孝心兰"，邵武人无人不知无人不晓，正因为如此，生长"孝心兰"的那个谷就被称为"孝心谷"。说实话，邵武市着力打造这张名片是很有眼光的，也是很有潜力的。不过，邵武市能否把"中国兰花第一谷"打响，还要看以后的宣传和对文化的理解和挖掘。从某种意义上讲，影响历史的最主要元素是文化，如何将景点文化提升到历史的地位至关重要。

据说,"孝心兰"的故事是这样的:据传,清朝道光甲午年间,福建省邵武府大阜岗江阜村有个大财主叫江敦御,以经营邵武特产"白料纸"发家。其心至孝,每当从外地经商归来,都要将在外所见的新鲜事说给老母亲听。特别是经常在老母亲面前夸耀南京的建筑如何富丽堂皇、风景如何秀丽宜人、街市如何繁华热闹。老母亲听得心动,要儿子带她去南京开开眼界,见识见识。江敦御这下可为难了,这里到南京千里迢迢,交通又不便。老母亲年事已高,就算坐轿,这一路颠簸,老人家如何经受得起。但是,老人这一愿望又不能不满足她,怎么办呢?他绞尽脑汁,想出了一个办法:在风景秀丽的天成奇峡一带选择一块风水宝地,仿照南京的皇家园林式样,建造一座"南京堂",以供老母亲颐养天年。由于老母亲生平爱兰,在选择地址时,他特意选择了一个兰花遍野的山谷,又跑了一趟南京,请名师绘制了南京的皇家园林建筑图样,回来就雇请了大批能工巧匠,在天成奇峡景区建造"南京堂"。建好的"南京堂"殿堂、亭阁、水榭、桥廊,样样不缺,就跟南京城里的皇家园林一样更兼谷内四季兰香馥郁,另外还收集到一些当地奇珍兰花,供老母亲品尝把玩。后来,有好事者告到官府,说江敦御仿建皇家园林,图谋不轨。因为这事江氏差点被朝廷满门抄斩,钦差了解真相后如实奏明朝廷才免去大祸,且因祸得福,成就数百年佳话。这也正是"江氏山庄"遗址的由来。

让我想不明白的是,邵武市政府何以要把"孝心谷"打造成"中国兰花第一谷",何不把"中国兰花第一谷"改成邵武"孝心谷",岂不更好?进入山谷,半路上可看到有一座山峰清秀透奇,半壁上题写着"中国兰花第一谷"字样,旁边还有落款,因距离太远,落款名看不太清楚,据称乃国内兰花界某名人所题。不禁莞尔,大凡名人走到哪都有人争着请其题字,而其本人也乐意为之,真乃中国古今一大风景。不过,我并不苟同,我见过有些景点就是被某些所谓的名人题坏了风景,甚为可惜并引为遗憾。中国人有个习惯,似乎什么都想争个"第一",仿佛只要封个"第一",便天下无敌了,哪怕是自封的。请问,这个"第一"经过考证了么?又经过认证了么?若没有，这样的虚名岂不成了"武大郎"心态了？

从"中国兰花第一谷"回来，我的内心多了一份说不出来的感动。历史是那样的令人悲怆，而"孝心兰"又是那样的馨香，那样的美丽，那样的自然，而这既是母爱的一种赐给，也是孝心的另一种感动。继续往大处想，正是因为有了这种感动和赐给，人类才更加美丽。当然，"孝心兰"不是真正的兰花品种，如果说是，也是孝心培育出来的独特品种。其实，无论怎么说，一种事物的存在，乃至一个地区名称的由来，都会给人别样的情怀，但愿邵武"孝心兰"的馨香会传得更远，扩散到世界各地。兰花本非俗物，何况"孝心兰"呢？

我想，以后我一定还会和朋友一起到邵武"孝心谷"赏游的。

尤溪"沈郎樟"

五月，春天已经熟透了。夏蝉开始蝉蜕。树下的土壤因雨而湿润。去秋的落叶还未完全腐烂，一片片深褐色叶子相互叠着，仿佛约好同赴另一个世界，化腐朽为神奇。是的，这个季节万物萌动，充满献身和大爱精神，最容易让人动情。

本来没有做好任何准备，应邀参加一个由省委统战部组织的全省无党派作家艺术家采风活动，为期一周，沿着闽江流域走了六县市，沿途受到热情欢迎，然而，让我感受最深的还是那条闽江，水资源还很丰沛，周围的生态相较其他地方也算是保护完好，有点欣慰，有时候保护完好本身是另一种付出和贡献。

来到尤溪，虽是行程中最后一站，却好像准时赴约的情人一样，站在朱熹公园里，就等待对方的现身。解说员是个美女，滔滔不绝。那几天，老天爷也很眷顾，一路上都把骄阳都收起来。初夏阴凉，对于一个旅游者而言，简直就是恩赐。对方终于现身了，不是帅哥，不是美女，而是两棵树，它们的名字叫"沈郎樟"。

有点意外吧。"沈郎樟"其实就是樟树。其之所以唤作"沈郎"，是因为这两棵樟树是沈郎小时候种下来的。据称，"沈郎樟"树龄距今已有850年了，可见多么难得。问，何以叫沈郎？答曰：乃公园的主人，大名鼎鼎的朱熹也。始知，这两棵樟树为朱熹小时候所种，"沈郎"乃他的乳名。朱熹，又叫朱子，号晦庵、晦翁、考亭先生、云谷老人、沧州病叟、逆翁是也。在今天，在福建很多地方，特别是在尤溪，说起"沈郎樟"，可以说几乎无人不知，无人不晓，并肃然起敬。

史书上载，朱子的学术思想，在元、明、清三代，一直是封建统治阶级的官方哲学，标志着封建社会意识形态的更趋完备。元朝皇庆二年（1313）复科举，诏定以朱熹《四书集注》试士子，朱学定为科场程式。朱元璋洪武二年（1369）科举以朱熹等"传注为宗"。朱学遂成为巩固封建社会统治秩序的强有力精神支柱。理宗宝庆三年（1227年），被赠予太师，追封信国公，改徽国公。实际上，这只是官方记载。在民间，朱子有"孔子第二"之尊奉，不同凡响。实际上，他一生著述颇丰，被誉为理学宗师，乃理学的集大成者，旷世大儒也。

据载，北宋宣和五年（1123），朱熹之父朱松任尤溪县尉，去官后寓居于邑人郑义斋馆舍。南宋建炎四年（1130），朱熹在此诞生。另据传，朱子父亲朱松曾求人算命。卜者曰："富也只如此，贵也只如此，生个小孩儿，便是孔夫子。"不知这是真人真事，还是后人附会，但无论如何，朱熹乃旷世大儒是事实。难怪朱熹逝世后，宝元年（1253），宋理宗赐额"南溪书院"，由此得名。书院内有块方塘，为朱熹幼年读书处。朱熹《观书有感》诗曰："半亩方塘一鉴开，天光云影共徘徊；问渠那得清如许，为有源头活水来"。其中的"半亩方塘"即指此处。书院左侧就是那两棵"沈郎樟"，枝干参天，高约30米，树围分别为10.8米和7.8米，有诗为赞："毓秀钟灵紫气来，香樟儒圣亲手栽。身价能留千古树，底须可做栋梁材。"这首诗为清代诗人所写，可谓眼光独到，出手不凡。

应该说，一棵树能够以一个人的乳名被命名，并非偶然。同样的道理，一个人的乳名能够以一棵树的形式被人传颂，也非寻常。也就是说，只有不寻常的人和树才有这种缘分和可能，这是人和自然的一种默契。事实证明，这两棵树不寻常，而这个人也非寻常之人。这两棵树本身就与佛有缘，而朱子从小就与佛结缘。

几年前，我创作长篇历史小说《三平祖师》时始知道，樟树乃佛树也，或说是一种佛缘甚深的树。唐会昌五年（公元845年），武宗皇帝废佛汰僧，三平祖师带领僧尼避居九层岩，一日，烈日当空，路途艰难，正不知何去何从之时，忽见沿溪水面有樟花浮动，大师阖首微笑，曰："樟花献瑞，上头定是好去处！"于是，僧徒们欢呼雀跃，继续前行。他们溯溪涧而上，进入三平山。放眼三平，山水灵秀，风光不凡，果然是一处聚徒传教的好去处。大师来到九层岩"山鬼洞"（即毛氏洞）前，将禅杖插入地里。禅杖立刻化作一棵樟树，大师就在樟树下打坐，闭目参禅，然后收服众妖。值得一提的是，以上所写并非小说家言，也非本人杜撰，而是有史为证。三平祖师乃唐朝一代高僧，位南禅正宗第十世传人，其在三平山即现在的三平寺弘法期间，与当时的漳州前后两任刺史交往密切，尤其是刺史王讽与三平祖师，二人"谈禅论易，深相印可"。正是因为如此，三平祖师圆寂后，刺史王讽为他写下碑记，史称《王讽碑》，上述描写即源自于此。

　　樟花，在佛经里被解释为一种吉祥树，并与佛有关，因此才有"樟花献瑞"之说，实际上，樟花开的时间很短，可说稍纵即逝，难得一见。正是因为如此，才颇富禅意，引领佛家进入禅悟境界，这样的树自然也非凡树。不过，令人更感兴趣的是，作为旷世大儒，一代理学宗师————朱熹，为何也会迷上樟树呢？可见其中必有玄机。果不其然，其中另有学问，也另有玄妙在里面。

　　朱熹早年就出入于佛、道，31岁时师从当时著名的埋学家和教育家程颐的三传弟子李侗，专心儒学，成为程颢、程颐之后儒学的重要人物。本来佛、道、儒应该是相通的，但问题是，当时的道学家有一部分人排佛，有一部分人醉心于学佛，这就造成了矛盾，所幸朱熹师从李侗是个理学家，不但没有发生矛盾，李侗还非常欣赏眼前这个学生，还替他取一字为元晦，从此，朱熹开始建立自己的一套客观唯心主义思想——理学。另外，朱熹之父生前好友刘子、刘勉子、胡宪三人虽皆是道学家，却也是醉心于学佛之人，这就让朱熹对佛学也有深入的研究，难怪他会成为理学的集大成者，也难怪他会喜欢上樟树。其实，这也是天意。

　　我们到尤溪时，蝉已上树了，但"知了"声尚未响起，尽管如此，当我站在"沈郎樟"树下时，已经能够听见声音了，那是来自树下的那一股清凉提醒了我，而我对这两棵"沈郎樟"其实也是非常仰望的，甚至有一种很宗教很佛学的味道。这个季节正好是樟树开花的季节，我在树底下已经能够闻到淡淡的花香，那是一种樟脑般的清香，可驱虫，且永远不会消失，夏天可安心在树底下乘凉，不必担心会被虫子咬。不过，樟树花儿很小，像撑开的小伞，不仔细看会认不出来，但它的香味是沁人心骨和肺腑的，站在树底下，香气就会裹住你，不让你离开。此时此刻，树底下已有一些樟树花儿，呈黄绿色，虽不太醒目，但已足够迷人了。

我几乎是被它的高大所吸引的，赶紧在"沈郎樟"下拍了几张照片，有点想要奔向它的感觉。我不知道这是不是一种缘分，或者叫佛缘，但我知道，现在无论到哪里都已经很难看到这么高大的樟树了，何况这是在朱熹故里尤溪，何况这是朱熹小时候亲手所栽，何况它就叫"沈郎樟"。我还在想，樟树别名叫梓树，为亚热带常绿阔叶林的代表树种，属樟科的常绿性乔木。我想，以后有关樟树的介绍应该多一个名称了，那就是"沈郎樟"。一种树木，在世界上的流传与命名，有时候就是这样自然而奇妙。文化的渗透力就这么坚强。我想象着这两棵樟树开满花的时候，整个尤溪应该都能够闻到樟脑般的清香吧。不，它应该飘得更远。

樟树之香无法复制，即便复制出来也是人工的，不像它自然的体香。再说，樟树之香凝重而不轻飘，另有一种弥久的永恒，这让我悟去了另一个道理，朱子之学问其实也是无法完全学到的，即便学到也只是皮毛或只是学到他的理论，而无法学到他的精髓。朱子之学问有如樟脑般的清香一样已扩散到空气当中。正因为如此，后世之人都可以沐浴到他的香味，这正是他的不凡和伟大之处。不过，当我看到两棵樟树都有一根大柱子为它撑着，像各自拄着拐杖一样，我想，它们是不是老了，或那两根拐杖纯属多余的摆设？据林业专家说，如此硕大的香樟，在全国并不多见。该树目前尚处于壮年阶段，堪称"中国的樟树王"，不胜感慨。

记住一座村庄的名字

在中国的土地上，不知有多少座村庄，而一座村庄的名字能够被外界关注并记住，绝非偶然，必有其独特之处。尤溪有个桂峰村，就是这样一个地方。

尤溪是朱熹的故乡。说起朱熹，天下读书人几乎没有不知道的，所谓"北孔南朱"指的就是他。能够与孔子齐名，足见朱熹的伟大。桂峰村位于尤溪县洋中镇之东北向，海拔550米，为半高山谷地。四周群山环抱，云雾萦绕，山清水秀，气候宜人，历史上曾被誉为"山中理窟"、"云霞仙境"。2007年，入选中国历史文化名村，从而吸引了众多游客前来参观。

走进桂峰村，你会惊叹于其古建筑所透露出来的古文化品位和层次。因此，可以用一个"古"字来形容和概括，古道、古街、古树、古书斋、古碑刻、古画、古族谱等。据介绍，清代以前的古建筑就有39座，而且，保存还很完整。

不过，尤溪桂峰村也不是一下子就引人关注并被记住的，外界的目光也不是一下子汇聚而来的，而是从历史时空穿透过来。当我们来到桂峰村时，我看见了四下逃窜的河流和山路，而历史就躲在角落里，有的夹在门缝里，还有的藏在墙壁中，以幽远的目光和神情观看和静听我们的到来和脚步声，包括每一位前来参观的游客。历史的呼吸声是厚重和混浊的，桂峰村给我的印象是熟悉和陌生的。

据悉，北宋名臣蔡襄之九世孙蔡长，于宋朝淳祐七年（1247）

承祖训于此避世隐居、耕读传家。非常有意思的是，自肇基以来，桂峰村全村只有一个家族，即蔡氏家族，而历史上的桂峰村，人才辈出。据记载，明清两代有进士3名，举人12名，秀才412名。新中国成立后，中专以上学历的达数百人之多。其中大学生107人，硕士7人，教授、工程师多人，难怪有"桂峰无今古，学海有后人"之美誉。

作为名门之后的蔡长，做梦也没有想到，当年，因金兵南侵，小朝廷偏安东南，中国的政治经济文化中心自北而南，而择此地而避居隐世，后来，竟会有一条尤溪至福州的官道从桂峰经过。桂峰村因此成了当时尤溪内地达官贵人、商贾小贩和艄排工人往返福州的必经之地和食宿的唯一中转站，这也是桂峰村之所以能够迅速成为繁华之地，并有"小福州"之称的原因。这真是所谓人算不如天算。

屈指数来，自蔡长以来，蔡氏子孙在此已经隐居了760多年了。然而，这里当年的繁华也是有记载的，"四寻客栈五步楼，比屋弦声乐悠悠；梦寐以求寄居地，旅客旋步三回头。"这是当时桂峰情景的真实写照。历史证明，近800年来，蔡氏子孙在这里奉行"耕读传家，经史名世"的祖训，才使文化氛围浓厚起来。蔡氏祖庙拔地而起，蔡氏因此成为方圆百里内的名门望族。整个村落的建筑风格，均依山就势分布于村中的三面山坡上。层层叠叠，错落有致。村中小桥流水，曲巷通幽，真可谓旋踵即景、移步换天。漫步村中，宛如涉足于一片梦中仙境。许多专家学者来桂峰参观后惊叹："厝厝均有文化，满街都是历史"。这样的记载并非徒有虚名，现保存完好的历史遗迹可以见证。

不过，此地原本不叫桂峰村，而是叫"蔡岭"或"蔡岭头"，后来，随着蔡氏子孙的繁衍和兴盛，并在周围大规模开荒造田，建设村庄，铺设石路，广种桂花，遂改村名为"桂岭"。再后来，才正名为"桂峰"，直到现在。然而，我想桂峰村之所以能够被授予"历史文化名村"，肯定和朱子有关。诚如以上所说，尤溪是朱子的诞生地，中国历史上"北孔南朱"之说法，足以证明朱子在中国历史上的分量。换个说法吧，一个能够出圣人的地方，其厚重感和重要性不言而喻。"半亩方塘一鉴开，天光云影共徘徊。问渠那得清如许？为有源头活水来。"这是朱子为自己的诞生之地所写下的诗句。史书上记载，北宋宣和五年（1123），朱熹之父朱松任尤溪县尉，去官后寓居于此。南宋建炎四年（1130），朱熹在此诞生。朱熹逝世后，县令李修于嘉熙元年（1237）捐资在此修建文公祠、韦斋祠、半亩方塘和尊道堂等建筑，祀朱家父子。宝祐元年（1253），宋理宗赐匾额"南溪书院"。由此可见，尤溪作为朱子的诞生地，其对桂峰村的影响力不容置疑。

值得一提的是，今日之桂峰村，因为成了"历史文化名村"，历史遗迹也就是景点保护完好，其中，以蔡氏祖庙和蔡氏宗祠最有特点，蔡氏祖庙始建于宋元时期，现存建筑基本完整，地形十分独特，背倚青山，面朝绿水，龙脉雄伟，案堂俊秀，地理先生称之为"飞凤衔书"。堂上高悬"九峰毓秀"、"进士"、"举人"、"文魁"、"武魁"、"五代同堂"等匾额。三楼大厅两侧分置两个圆窗，寓丹凤之双眼。整座建筑四周环有石砌走廊，屋后有五层花台，花台沟边左右各有一口小水井，清泉汩汩，誉为风水的"龙眼"。可见，传统文化传承浓厚。蔡氏宗祠位于石印桥上游。楣柱悬挂清乾隆宰相、内阁大学士蔡新亲笔题写的"人心知水源木本，庙貌报祖德宗功"的联筒。额悬"耆存"、"进士"、"兄弟举人"匾，左悬一匾，文曰"钦命内阁大学士兼礼部侍郎巡抚福建等处地方提督学院邵享豫为文魁同治戊辰年乡荐中武贡生蔡扬章立"。前左悬今人立"兄妹硕士"匾，前右悬今人立"硕士"匾各一方等。登斯堂者，敬仰之心油然而生。

桂峰村人是很聪明的，善于从自然界中获取启示，而且，说话很幽默。那天给我们当导游的是一个男性，其貌不扬，其他地方的导游大都是嘴巴很甜长得又很漂亮年轻女性，可是别看眼前这个皮肤黝黑有点像山里庄稼汉，当起导游来却一点也不逊色，不但把桂峰村每道沟每块石头都讲活，讲出故事来，还不时冒出几句半荤半素的小段子来逗趣，真是太有意思了。从他嘴里就听到这条谜语："远看像亭子，亭中出举人；年轻被人骗，年老骗别人。"谁能料到，谜底竟然是陈列室里的一个竹制鸟笼，据介绍，这个圆形鸟笼是以鸟诱鸟的诱捕工具，主要是用来诱捕鹩鸪。原来，经过长期观察，聪明的桂峰捕鸟人发现鹩鸪好斗，便利用"一山不容二鸟"的习性，用竹子制成圆形鸟笼，再抓一只鹩鸪，关进笼里，用黑布盖起来，提到有鹩鸪出没的山上安置妥当，再在附近设置捕鸟陷阱。圆形鸟笼里的鹩鸪，会不停地鸣叫。闻声而来的鹩鸪，以为有同类来抢占山头，遂逼近鸟笼"挑战"，不料却陷入鸟笼外的陷阱。这就是这条谜语的由来。

桂峰赏桂更是一大乐事。桂树结桂子，由于"桂子"与"贵子"谐音，当地人对桂树的珍爱程度就用不着多说什么了。民国《尤溪县志·古迹》里有这样的记载："乡之外有岭数百级，环岭皆桂，四时花放，香气袭人，距里许尚带余馨……"如今的桂峰，虽见不到"环岭皆桂"的景象，但尚有几株古桂树，可资品赏。在"印桥皓月"处，石桥旁有4株桂树，每年深秋陆续开花，清香飘逸，赏心悦目。在古建筑"玉泉斋"旁边，有株古桂树一年四季都开花，被称为"月月桂"，已有400多年树龄。由于"月月桂"长在穿村而过的小溪上游，而"桂子树"位于下游，故村子里有这样的老话："桂峰有桂，上游开花，下游结果，先因后果"。

此外，最具有诗情画意的当属位于村中心的"印桥皓月"景区，四周酒肆、商店、作坊林立，酒香、肉香、花香沁脾。置身其间，仿佛看到桂峰过去那种繁华的景象。所谓印桥，即"石印桥"，始建于明万历32年（1604），因桥下有一方巨石如印而得名。总之，据了解，蔡氏自蔡长始至今已在桂峰繁衍34代，裔孙开基发展遍及各地。承祖训以耕读传家，尤其崇文尚学，历代儒风不衰。现存明清时期的书斋有"玉泉斋"、"泮月斋"和"后门山书斋"等。墙上张贴的许多科举捷报，至今仍依稀可见。30余座不同建筑风格、不同年代的古建筑中，有一条则是相同的，那就是突出亦儒亦官亦商的文化品位，对后世进行着潜移默化的教育，影响十分巨大。我想，桂峰村是非常具有诗意的，至少让我印象深刻。

同时，我还想说的是，尤溪之所以能出圣人，而桂峰村之所以会有那么显赫的家族渊源，或许和它地处闽中、戴云山脉有关。同样是众所周知的事情，戴云山脉为福建第二大山脉，山脉横贯福建中部地区，主脊贯穿尤溪，主峰海拔 1856 米，雄伟挺拔，气势磅礴，素称"闽中屋脊"。此外，戴云山自然保护区内森林茂密、群山连绵，动植物资源丰富，珍稀动植物有苏门羚、云豹、豹猫、黑熊、鹅掌楸、福建柏、油杉、黄檀等。这样的地区没有不扬名的道理。不过，美誉之下的桂峰村，一头已经埋进历史，另一头也逐渐凋零，如冬天树上的残叶，再怎么也看不到当年的繁华了。譬如当年沿村中小河两边的店面，叫卖声和阁楼上青春女子的倩影已不见了，还有那晾在吊脚楼阳台上的衣裳，包括那些途经此地、在此过夜的那些达官贵人、商贾小贩和艄排工人的音容笑颜。总之，昔日的盛况已经不见了，只能凭想象去恢复当年那多姿多彩的情景了。或许，这就叫历史。

毫无疑问，桂峰村是一颗"闽中明珠"，值得引为关注。况且，它已经不只是一个姓氏或家族的注脚，而是另有深刻的历史价值和现代意义以及文化的延伸。换句话说，记住一个村庄的名字是不容易的，而一个村庄的名字会被记住更加不容易。正因为如此，请允许我套用一句佛语来结束此文："桂峰村是桂峰村，桂峰村不是桂峰村，桂峰村还是桂峰村。"是的，桂峰村越来越有诗意和境界了。

从那座小山说起

　　我们村背后有一座小山。那座小山由来已久，有着一则很美丽的传说，相传精卫填海的壮举，感动了天界诸多神仙，那些神仙们就用各种办法帮精卫填海，其中有个赤脚大仙就从很远很远的地方，帮她挑来一担土，不料，途经我们这里时，肩膀上的那根扁担断成两截，那担土就分立堆成两座小山，一处座落我们村背后，另一处座落在离我们村大约4公里远的地方。两座小山，不管是左看右看，前看后看，远看近看都十分相似。记得小时候，我就经常随大人到我们村后那座小山去玩，那座小山各种各样的树和石头很多，大小不一，各具形态。那些树有很多是果树。每逢果树上的果子成熟了，我就会在果树下抬头呆望着树上那些成熟的果子，垂涎欲滴。大人们就经常为我摘很多果子，于是，我就爬在石头上一边吃着果子，一边看着大人们劳动，那时候，我们村很多人在那座小山上开荒地种番薯。要回家时，我脱下外衣，包着吃剩下的那些果子，分给几个同村要好的孩子，让他们也能分享到我在那座小山上的快乐。当然，有时候我也会分享到他们从那座小山上带回来的果子。那座小山有很多山洞，深深浅浅，坑坑洼洼。那些山洞洞口，或隐埋在杂草中，或密藏在石头间，也有的明显露在外头。总之，那些洞笼罩着一层很神秘的色彩，给人一种很强烈的紧张感。听大人们说，那些洞大部分是解放初期挖的，用来准备抗战和防空，也就是多少带点避难的意思。新中国成立后，那些洞就很少有人进去，据说，是因为那座小山常有野兽出没。

有野兽出没的地方是会给人造成一种本能的恐惧感。直到我上初中时，才有一些生性大胆而又好奇的人，打着手电筒或火把去探那些洞。那座小山原本就小，海拔不上四百米，方圆也不出三百米公顷，因此有的山洞从这边山腰可以穿过那边山腰，挺有趣挺刺激的，我曾经背着大人和其他几个孩子一起去探过那山洞。有一次，当我们钻洞刚钻到一半时，走在前面的大个子男孩发出一声惊叫，大家一阵紧张，以为遇上了野兽，没想到只是遇上了一条大蛇，那条大蛇是在洞里捕老鼠，一发现有人进洞，大蛇和老鼠竟都警惕地逃开。那时我们全都吓得要命，等大蛇逃开以后，我们才从山洞里面赶快出来，浑身打着啰唆还直冒冷汗。其实那个时候，那座小山上早已不再有野兽出没了。

  忘记是从什么时候起，大约是从我上中学第二学年开始，我们村背后那座小山上，来了一批接一批的晋江人和惠安人，他们大都是一些青壮汉子，而且全是石匠，是来那座小山上打石头的。我念的那所中学正好是在那座小山朝西的半山腰上，而我们村是在山的南边；我们村和那座小山之间，原本隔着一条河，约百米宽，但那条河后来改道，河床就被填成平地，只剩下一条小水沟，不足两米宽，所以每当我上下学，就必须绕着那座小山走，而每次我都可以听到叮叮当当、杂杂沉沉的打石声和打石人卖力气时发出的"唉哟"声。晋江人和惠安人打石头是全国出了名的，尤其是惠安人，惠安女之所以会成为全国很多地方杂志封面彩照，就是出于这个原因，当然，我们也可以从中体味到当时的晋江和惠安，生活是怎样辛酸和艰苦。过去的晋江和惠安基本上每家每户都有男人外出谋生，有的甚至到了海外，而那些外出谋生的晋江人和惠安人以打石头为业者占有相当部分。直到改革开放以后，晋江和惠安那些外出谋生的人才又纷纷回到老家，而他们当中已经有许多人在海外就发了大财，成了富翁了。现在的晋江人之所以这么迅速就富裕起来，和他们这一批人回来是有关的。但是我在想，在那些海外侨胞和本土上迅速富裕起来的晋江人当中，一定有着那么一些人是曾经到过我们村背后的那座小山打过石头的。我不知道这些晋江人当中有没有谁想过，他们曾经到过的我们村背后那座小山现在变成什么样子了。(我这里提及这个问题绝对没有包含其他任何想法,我只是想向晋江和惠安来的石匠们说一说我们村背后那座小山现在变成怎样了) 我们村得背后那座小山如今就好像一位多年来一直瘫痪在地的老妇人一样,站不起身子骨,毫无生气,因为我们村背后那座小山上的石头基本上全被晋江和惠安来的石匠给打光了。山上原有的那些树全被砍光,原有的那些洞也全都塌掉,每逢下大雨,山上泥浆滚滚而不断流失,连我小时候的印象也变得斑斑驳驳,模糊不清。总之,笼罩在那座小山上的所有的神秘色彩和给人造成的紧张感全都荡然无存,甚至连鸟叫声也难得再能听见。我们村那座小山再没有什么力量可以打动人了。我少年时代的许多梦想也因此支离破碎。而我不知道也无法知道,那些曾经到过我们村背后那座小山上,以打石头为生的晋江人和惠安人,如今他们听到或者看到了我们村背后那座小山的现状,心里面会有什么感想,会不会因此在内心深处感到有某种无以名状的愧疚?当然,他们也许并不感到这会有什么不妥,因为当时就是那个样子,是一种需要,也是一种必然,而且全国很多地方也有相类似的情况,更何况一座小山上有那么多石头,即使以前晋江人和惠安人不来开采,现在或者以后,本地人或者其他地方人也会去开采的。话也许可以这样说,事情也许也有可能真的会那样发生,但是,我们村背后那座小山的的确确是被晋江和惠安来的石匠打坏了,这是不可推脱的历史责任,这也绝不是强加在他们头上的莫须有的罪名。当然,这也无法对他们进行指责,因为这是历史造成的,是贫困造成的,也是因为缺少对自然环境认识造成的,怨不得他们。我这里之所以讲到这样一件令人扼腕令人遗憾的事实,主要是因为目前正面临着一场席卷全国的山地开发热潮,这作为正在发展和腾飞的国家来说,确实是一件大喜事,应该庆贺,也值得大胆去鼓励。但是,反过来说,如果再盲目地去进行开发和利用,必然会严重破坏自然环境并导致大自然生态平衡失调,必然会使自然界许多鸟类和动植物无处安生,受到严重的生存威胁。不是全国有许多报纸纷纷报道着有关某地发生鸟类或地面上的动物集体自杀的骇人听闻事件吗?现代化轻重工业的发达,导致大气层严重被污染,以及大兴安岭原始森林火灾后患未除,这难道还不足以让人们产生忧虑并引起重视吗?人类的未来以及大自然的未来将会怎样?这一系列的问题难道还不值得人们去深入思考吗?

  我想,一个国家或一个民族要强大起来,决不可盲目以破坏自然环境为代价,也不可过分开采自然资源,假如大自然的生态平衡遭到严重破坏,受到最大生存威胁的还是人类自己。也就是说,遵循大自然的规律,适当地去开发和利用自然资源,不仅对人类有着莫大的贡献,而且对自然界本身生态繁衍以及进化也会起积极的推动作用,但愿此文能起到一定的警示作用。

想起那条河

　　河流是有记忆的，河流也是有可能被遗忘的，我是怀着敬畏的心情怀念它的。

　　记得，在农业学大寨那年头，我们村响应政府的号召，为了修筑新河道，把村子迁移到附近一块土沙坡上，也就是离原来那条河不远的一块荒地。那条河是一条无名河。其实，它是有名字的。说其无名，是因为自从修筑新河道后，那条河就渐渐消失了，也渐渐被遗忘了，先是从大河变小河，现在只剩下一条小水沟，以致现在的小孩子都不知道那里曾经有一条河。那条河的名字叫马溪，在陆路尚不发达的当初，这条河还是当地最主要的交通要道。

　　我们村村名叫"溪南"，顾名思义，是在溪的南边，故与那条河有关。小时候的我受其影响很深。那条河原河道宽百米左右，水位深浅不一，且整条河是七扭八歪的，那大概是因为常年发大水自然形成的，也可能是古人修筑河道智慧的结晶。这样的河流不仅有利于保护水土资源，也有利于保护生态平衡。那条河直通九龙江，是九龙江西溪的一条支流，因此上下游船只很多。据说，当时沿途各地商人到漳州等地进行商业贸易都要经过那条河，可见，视其为当地最主要的交通要道绝非虚言，其在当地人心目中的地位和影响力自然也不在话下。

　　那条河的历史有多久，恐怕是很少有人能说得准的。那条河附近有一座宫庙，叫山格慈惠宫，一千余年前，山格慈惠宫叫马溪岩，在山格岩那边，后才搬到现在的位置，至今也有四百多年历史了。自古以来，每年农历七月十九，即山格大众爷诞辰前后，便有各地香客不远千里从那条河搭乘船只而来。小时候常听老人们讲，在最热闹的年头，那些船只竟有数百来条，必须按到达先后次序排队，一条接一条，长达四五里地，颇为壮观。那样的盛况我虽然没见过，但对于生长在这块小地方的人来说，听起来就会感到骄傲。但因其"无名"，或因改溪造田而渐渐被后人遗忘，实在是一件很遗憾的事情，也是非常不应该的，毕竟"上善若水"，本为古训，后人岂可轻易把一条河流忘记？然而，这其实也是件很无奈的事情。

何况，山格大众爷是本地人们所推崇所供奉的地方神。据说山格大众爷前身姓林，是本地人，以前是个统兵之类的儒将，因保护着我们这块地方，使我们这地方的人都过着安居乐业的生活，所以在他死后，仍然备受人们敬仰和拥戴并把他尊为一座神，以祈永远保护着我们后代子孙的平安与幸福。而远远近近的人也因为同样蒙受到他的恩泽，百感交集之下，年年都会如期搭乘船只而来朝拜，一则烧香许愿，一则叩头感谢恩泽。于是那条河便热闹起来。然而，近年来，经各方专家反复考证，目前初步已证实山格大众爷其实就是大名鼎鼎的抗倭民族英雄——戚继光的化身。消息传出后，一石激起千层浪，山格慈惠宫更加声名远扬了。海内外信众更是蜂拥而来。关于这一点，属于另外的话题，这里暂不多做论述。

且说我们村移村那年，也就是新修河道那年，我年纪尚小，还在念小学，每当放学回家，我便沿着原来那条河回家。那条河河岸很低，两岸都长满各种各样的草，有的芒草高过个头。每到河的拐弯处就有一块沙滩，沙滩上的鹅蛋石很多，我经常和其他的孩子一起在沙滩上玩。有时候玩堆沙山，那是在沙滩上先挖个坑，然后其中某个人把两只手和两只脚埋在坑里，让它一时无法走开，其他人就欢笑起来。有时候也玩垒石塔布石林，或者到河边浅水的地方抓鱼虾之类的，甚有乐趣。可惜的是，现在的孩子尤其是城市里的孩子，大都没有这样的机会和兴趣，尽管现在的孩子家里都会有许多诸如电动玩具、手枪、布娃娃、积木等等，但那种在河边玩耍的天然乐趣，他们是永远体会不到的。那时,我们还很喜欢到河边浅水的地方去摸鱼,或去深水处钓鱼,而且经常钓到很多鱼,比如鳖,我就经常钓得,但是那时舍不得留下给自己人吃,经常拿到市场去卖,尽管价钱很便宜,至于其他鱼,就留在家里或烧或炖给家里人做菜吃。那年头农村日子普遍很苦,平日里偶尔有鱼吃,已算很不错的了。当时那条河里的鱼确实很多。

提起那条河,还有件事情至今让我记忆犹新,久久不能忘怀。那年,有一天,那条河对岸的沙滩上,不知从哪里飞来一只灰白的天鹅,长长的脖子,灰白的羽毛,叫声有如天籁,非常可爱的样子。那天放学回家时,我和同村几个同学正巧遇上这难得的机会,至今为止,那还是我所见过的最美丽的天鹅。可是,当时却发生了一件事,至今还震撼着我的心灵。当时,正巧有个退伍军人也看见了河对岸沙滩上飞来的那只灰白的天鹅,欣喜若狂,立刻回家拿着一支长管鸟枪来到河边,然后,马上进入作战状态,像侦察兵一样匍匐地爬近对岸,他要用那支鸟枪去打对岸那只美丽的天鹅。他还示意我们埋伏在附近,不要说话不要走动。出于好奇也出于兴奋,小时候的我们用手掩住耳朵,屏住呼吸,准备目睹这一激动人心的场面。忽然之间,我尚不成熟的心态里有一种不忍的感觉,希望枪能不响。

就在我懵里懵懂之时,猛然听到一声巨响,振聋发聩。枪响之后,我看见那只鸟枪枪口和枪身还在冒着白烟,原来那发子弹是那位退伍军人自己特制的,为能远距离打中那只天鹅,他冒险强加进许多火药和朱砂,接着我听见不远处还有一群小孩高兴地跳起来,叫道:"打中了打中了。"声音好像从地底下冒出来似的。我一看,果然,河对岸沙滩上那只天鹅恍了一下,好像要倒下的样子,可是接着却听见那只天鹅连声悲鸣着飞上了高高的天空,不一会儿就乘云而去了。那只灰白的天鹅飞走了,那些孩子们全都很失望我看着那位退伍军人,他把鸟枪斜靠在左脚边,抬头朝那只天鹅飞走的方向仰望着天空,他神情很茫然,很失望的样子。

改溪造田后,那条河很快就被填成小河,之后就变成一条小水沟,不足两米宽,而那只天鹅降落的那个沙滩也长满了青草,变成荒坡，于是，人们渐渐地就把那条河给淡忘了。不久前，我听说那个持鸟枪打天鹅的退伍军人在几年前已死去了，我想，他很快也会随着那条无名的河一起被人们忘记，但我永远也忘不了那条河，而且每当我重又想起那条河时，我都会自然而然地想起那只灰白的天鹅，因为它是我永远美好的回忆，同时也是我童年最难忘的一件往事。长大后，我也渐渐明白了，有天鹅出现的那块土地，一定是块风水宝地，而生活在那块土地的人们，也必将过着幸福美满的日子，我坚信着这一点。于是，我又想起那条河，那条无名的河；想起那些原来从那条河搭乘船而来的香客和商人，如今，他们的后代已经不用再乘船而来，在陆路交通发达的今天，驱车而来已很方便。

最后，值得一提的是，不久前，山格慈惠宫民俗信仰已被认定为省级非物质文化遗产，并已申报为国家级，未来的发展值得期待。日前，山格慈惠宫闽台乞龟民俗文化节刚刚落幕，其不但凝聚着两岸同胞共同的信仰和对根的追寻，也是对传统文化的认同与弘扬。因此我相信，不久的将来，山格慈惠宫将可能变成一处很好的爱国主人教育基地，因为现在山格慈惠宫主神是抗倭民族英雄戚继光。也就是说，山格大众爷就是抗倭民族英雄戚继光的化身。关于这一点，有关专家有这样解释，抗倭民族英雄戚继光当时是个"大总兵"，部将们都尊称他为"大总兵爷"，而闽南话中的"大总"和"大众"是谐音的，因此，后来"大总兵爷"才演变成"大众爷"。这是一个很有意思的话题，也是很有地方特点的一种说法。

山顶上的大海

近水楼台先得月。作为本地人，我却比许多外地游客迟上了楼台，因此也迟观赏到太极峰的月亮。当我到来时，我的视觉和思维马上受到了强烈的冲击和震撼。太极峰之奇，远远超出了我的想象。大自然之神秘，往往让人十分意外。

遍阅群山，尚没有看到哪座山能像太极峰一样给我以海的感觉。我真的怀疑，太极峰的形成有可能就是来自远古太初时期的某一次大地震或火山爆发。经天翻地覆以后，海底朝天翻滚成山峰，于是才出现山顶上那些叠加在一起的石头奇观。当然，火山爆发也会造就类似山峰，但我想，如果以上设想成立的话，太极峰应该是海底形成的，因我在山上可以闻到海的味道却看不见火山岩的结构。我在登临太极峰的路上，头脑中不断闪出一种与海有关的念头，这种奇妙的感觉，让我再一次相信史前人类确实有可能曾经被毁灭过，至少地球曾经发生过毁灭性的改造，从而大海才变成陆地，堆成山峰，而陆地沉为海底。有专家研究结果表明，太极峰的形成是燕山期地壳板块活动的结果，之前这里曾是一片海底世界，这里保留了2亿年前海底世界的原貌。果真如此，这真是太神奇了，简直让人难以置信，又非常可能是真实存在的。此时此刻，站在太极峰上，思绪万千，浮想联翩。

心想，太极峰堪称是一座石头博物馆。登临太极峰，去享受一场石头的盛宴，同时感受山顶上的大海那种奇妙的感觉，真是一次不错的旅行。或许，也只有在这个时候你才会真正体会到仁者乐山的道理。此外，我也在想，如果有机会欣赏太极峰的月亮，一定更加美妙。在我的想象中，太极峰应该是神仙们经常聚会的地方，月光下的太极峰空灵曼妙，何等超凡脱俗。何况，太极峰上的石头嶙峋俊俏，千姿百态，栩栩如生，令人叹绝，话说至此，我禁不住想到最近网络上还在热炒的有关太极峰上"男根"的话题，真是令人忍俊不禁，有人说那是不雅照，其实大自然鬼斧神工，什么样的景点和石头没有？根本无关雅不雅的问题。不过我也在想，太极峰的存在何止千年万年，可以说自远古太初时期就已经存在，何以它的"男根"直到现代才被发现？这个话题无疑非常有趣，说明人类对自然的认识与发现也是与时俱进的，同时审美情趣有待提高。当然，这是题外话。

无论如何，我坚信太极峰上的那些石头绝不是人工叠上去的，因为人力根本做不到，除非你相信宇宙间有神仙，并相信那些神仙们吃饱没事干，像顽皮的小孩故意跑到偏远的深山上去玩叠石头游戏。当然，这也只是玩笑话。但，那些叠加在一起的石头是真实的，它们以各种不可思议的形式存在着，并告诉世人它们的神秘。而我之所以会有一种海的感觉，不只是来自石头排列组合的不可思议，还在于山的地质构成。太极峰上的地质随处可见断裂层的结构，很显然它们曾经受到过某种巨大的力量推移而后形成的，而且有被海水反复冲刷过的感觉。我从那些断裂层间隙仿佛也可以闻到海的腥味，至少可以感觉到一种海的气息。正因为如此，我有理由也宁愿相信它原本就是海的一部分。当然，肯定有很多人不信，这很正常。至于山上那些茂密的树林，也好像被海水浸淹过一样，老树低矮结虬，枝丫古腐，新树也很老成，劲力霸道却也长不高，就像长期浸水含水量过高而长不大一样，却又郁郁葱葱。有时候，从某种作物也能看出奥妙道理即此。

太极峰之奇，当然不只是因为那些石头，还在于它的名称由来。上过太极峰的人就知道，太极峰上有一块镇山之石，上面刻着"太极峰"三个字，苍劲有力，旁边有落款"乙未年秋吉旦开山僧道宗勒石"。据说，太极峰就是因为这块石头而出名的。在此之前太极峰可能只是一座无名小山。现实中，一座山或一个地方因一个人而留名并且出名并不鲜见。那么，开山僧道宗到底何许人也？他何以会在这里勒石题名？关于这一点，对明末清初"天地会"历史有一定了解的人就知道，开山僧道宗就是天地会的创始人之一。他本姓张，名木，是平和县人。平和县境内有多处他们当年的活动地点，包括"天地会"的发源地也在平和，太极峰只是他们当年活动的地点之一。太极峰山脚下鼎底湖旁那座寺庙，据传也是开山僧道宗所建，可惜已毁，但遗址尚存，可见，太极峰确是一座不寻常的山峰。

那么，开山僧道宗为何将此峰命名为太极峰呢？《易传》中说，"易有太极，是生两仪。两仪生四象，四象生八卦。"根据解释，太，即大；极，指尽头，极点。意即物极则变，变则化，所以变化之源是太极。因此我想，开山僧道宗既然以"太极峰"勒石于此，肯定有他的道理。那天，我们来到太极峰，天阴阴的，风很大，凉飕飕的。一阵阵从山脚下或远处吹来，我仿佛也从风中闻到海的味道，不可思议的是，这里距离大海至少有上百公里，怎么会出现这种情况？于是，我又一次相信，人的念头有时是十分可怕的，因我从一开始就把这座山跟海联系在一起，于是就处处想到跟海有关的元素，这其中肯定存在某种自我思维的误导。不过，我宁愿相信这不是误导，而是真实的。人类的可笑和可爱之处或许就在这里。于是，我又发现这里的山风也跟海有关系，而且跟鱼有关系。

那一股股的山风从山脚下或远处吹来，就像成群结队的鱼随着海的气流汇集而来一样。它们扭动游鱼一般的身躯，以看不见摸不着的方式到来，后又无声无息地从山峰经过，这个时候，我分明感觉到四周围被一股强大的气团包围着，就像太极图中的那两条阴阳鱼在互相追逐一样。其实风原本是看不见的，只因为树在动，云雾在飘，在滚动，而让人感觉到风的存在，而风的来历肯定跟海有关系，也因此跟鱼群多少有些关系。风摇动树枝或吹动裙裾时也拂过人的脸庞和发丝，让来者感受它们的存在，尤其在这隆冬的季节，它还会以寒冷的方式提醒来者，仿佛不怀好意。其实这是一场误会，夏天的时候，风就以凉爽的方式让人欣悦叫好，大呼过瘾，这就是风的个性。它就像鱼群一样游来游去，无拘无束。

我甚至有一种错觉，我们的到来就如同那山风或鱼群一样，不经意间激起整座大山的寂寞和涟漪。山的静谧一下子被我们打破了，正如平静的海平面忽然跳出群鱼一样。这时，山和大海的兴奋是自然的，它们也喜欢热闹。可以想象得出，当阳光明媚的时候，山上的风景是怎样的迷人。与山风形成对比的是山上的石头，还有阳光。如此一阴一阳，一刚一柔，岂不符合太极精髓？山上那些石头各具形态，惟妙惟肖，有拇指石（有人说它像太极峰竖起的大拇指，而我更愿意给它取另外一个名称叫太极云帆。如果山顶上的大海能成立的话，那么这个名称应该更名副其实）、红婆石、狗断尖、水鸡石、石笋尖，也有石蛇、石屏风、石梯、石椅、沙和尚、石锁等，北面山顶上还有二块大石头，分别刻有"南无阿弥陀佛"和"欢喜池"，山腰下鼎底湖边，建有明代寺庙一座，虽已毁，但寺宅基石、石板条、瓦片等尚存，民间也还流传有关"使飞瓦"、"上山求子"、"登山骑马"等传奇故事。所有这些，足以说明并推断出太极峰在明朝时期确实曾经热闹过一阵。

太极峰真的太神秘了。忽然想起《北山经》中说，"炎帝之少女名曰女娃，女娃游于东海，溺而不返，故为精卫。常衔西山之木石，以堙于东海。漳水出焉，东流注于河"。那么，这其中之"漳水"是否暗含漳州之水之意，更巧合的是，太极峰正好处于漳州之西北向，如果此说成立的话，岂不更加神奇？只是《山海经》远在漳州地名出现之前就有了，此说难免牵强。尽管如此，何尝不是另一个有趣的话题？读过《山海经》的人就知道，里面写了许多神奇的故事，因此我想，太极峰会不会是神奇中的神奇呢？老祖宗的智慧有时真是超出现代人的想象。

山顶上的大海。或许，从某个角度上，也可视为山区孩子对大海的另一种想象和寄望吧。不管怎样，把它当成一种情感的补充和丰富也未尝不可。有时候大自然的一切和人类的心灵确实是可以互补的。何况，太极峰本身就是一座神奇。

处处飘满茶香的山村

最初的茶是神农氏品尝出来的。当第一片茶叶脱胎换骨的时候，人类才有了喝茶的愿望和梦想，而当一株株茶树站成风景时，山野阡陌上便有了一群群采茶姑娘在那边欢歌笑语，山水的浪漫与沁人心脾的茶香就这样浑然一体了。

记得，一代文豪林语堂先生曾说过：中国人只要一壶茶走到哪里都快乐。林语堂先生是平和人，而平和又是盛产茶叶的地区，难怪他会成为"茶仙"，一语就道出了茶的神韵和精髓，令茶香从牙缝和每个毛细孔沁入，这是怎样的境界？

然而，真正的好茶并不是那么容易生长出来的，只有好山好水好人情，才有可能吸收天地之精华，从而培育出上乘的茶叶。享誉海内外的平和"白芽奇兰茶"就是这样被掀开了红盖头。不过，据了解，最早的白芽奇兰茶是用粗纸包起来的，然后在外面盖上"彭溪茶"的印章。那个时候，"彭溪茶"还不叫"白芽奇兰茶"。如今，"白芽奇兰茶"已走遍全世界并为世人所熟知和热爱，这就是土地的神奇。

说到"彭溪茶"，也就是"白芽奇兰茶"，不能不说到它的原产地——平和县崎岭乡彭溪村。正如说到树木不能不说到土地一样。崎岭乡彭溪村地处平和东西半县交接处，以前到西半县去的路程很不好走，没车之前的暂且不说，有车之后，当车子在山岭上蜿蜒时，远远看过去，就像一只甲壳虫爬行在高高的藤条上一般，惊险无比。如今，沙土飞扬的崎岖山路已被平整下来，并成了宽阔的水泥路，坐在车子里往外看，再也不没有以前那种面临悬崖绝壁的紧张和恐惧感了。

不过，要到"白芽奇兰茶"原产地去，还是必须经过大协关隧道。几年前，只要说到大协关就会让闻者生畏，因为那时隧道尚未开通，山路崎岖，惊险万分，是事故的多发地点。如今，隧道从大山腹部穿过，天险顿时被化解，不过，却也有另一种神秘从心底下萌生。有人说，福建隧道之多就像老鼠洞一样，刚钻出这座山又进入另一条隧道，令那些初来乍到的人，心情一惊一乍的，这种说法不无道理。其实，这也从另一个侧面反映出人类对大大自然的敬畏，历史证明，人类总是在痛苦中挣扎并试图逃离大自然的威胁可是又无法实现愿望，偏偏又总是在挣扎与逃离的过程中创造出另一种神秘，人与自然不可思议之处即此。

崎岭乡彭溪村是个非常有诗意的地方，其在海拔近六百米的半山腰处，而生长茶叶的地方，都是在海拔一千多米的山巅上，可见确实是天然生长茶叶的地方，只见风起处白云萦绕如梦如幻，晨露沾在绿油油茶叶上的惊喜更是令人意想不到的。清风徐来，山野的个性展露无遗，空气中到处弥漫着茶香的那种感觉更加奇妙，令来者闻之顿时神清气爽精神焕发。我是在不经意间闻到这股香味的，尽管在来之前我已知道崎岭乡彭溪村是白芽奇兰茶的故乡，但具体情况却不知情，同行中有一位友人是本村人，他可能是因为从小到大沉浸在这茶香当中，早不把缕缕茶香当意外了，所以他也没有事先介绍。或许，他是故意留给我们意外和兴奋的空间的，果真如此，他就太有"心计"了。不过，那天他既当司机又当导游，还一路安排食宿，每个细节都安排得天衣无缝，实在难得。

梦幻中的茶香就像飘在山腰处悠闲的云雾，令人赏心悦目之余还会有意外的惊喜。其实车子还没进入彭溪村时，我就已经闻到了诱人的茶香。当车子在村子里的一座土楼前停下来后，同行的几个艺术家便开始四处寻找兴奋点，然后就听到相机不停"咔嚓——咔嚓——"的声音，其他人的脚步跟在后面，踏响了整座山村，不时招来村人好奇的注视目光，山村人的热情好客是没得说的，每一张笑脸都是一句温馨问候语。而我刚打开车门，马上就被一股热气簇拥，仿佛好客村人的热情，不仅如此，我分明在这股热气中闻到了浓浓的茶香，令我十分好奇。

虽然我自知非茶中好手，但那浓浓的茶香还是深深诱引着我，一下车我便走进巷道寻那茶香而去，一边探头探脑，往各家各户门窗里瞅，幸好是一行多人，村人一看便知是来采风观光的，不然定被疑惑。很快我就发现，这个村庄每家每户都有一个小工厂，里面有个小锅炉，难怪这里的气温会比别处高一些，按理山村的气候应该是比较清凉的。紧接着我知道那茶香并非飘自某一处具体的点上，而是飘自彭溪村的每家每户，或从大门或从窗口或从墙壁的缝隙处飘出来。我想，如果那些土墙也会呼吸的话，吐纳之间呵出来的气也一定是盈满茶香的。于是，我开始在心里揣摩着这块土地的神奇和风土人情，这也是我收获到的第一印象。

经常在外写生的艺术家们个个都是走村闯巷的"老江湖"，跟在他们后面我不时探头探脑，刚走出这家又闯进那户去看村人制茶、拣茶和晒茶，还拍了许多照片，真是太好了。借此机会，我再次领略到山乡人纯朴的情怀和溶入大自然的气质。只听门"吱——"的一声开了，从屋里走出一位清瘦的中老年人，一看就是个制茶高手，交谈之下，果然满口茶经。崎岭乡彭溪村不愧为"白芽奇兰茶"的原产地，果然是户户有茶香，户户有工厂，户户有技术员，这是让人意外的。

听说山上有个茶园风景很优美，于是大家兴致勃勃就赶到那里。当车行至半路时，遇上了一位村妇，穿着暗红色花格子外衣，皮肤黑里透红，一看便知是长年的日光浴晒出来的。她看见我们的车子来，主动退到路边，友人降下玻璃窗，刚要和那位村妇打招呼，她却先开口了。

"是你啊，何时回来？也要上山啊。"

"是啊，你要上山做什么？"

"采茶呀。"

"今年收成好吗？"

"一般啦，开春被霜冻了一下，不然就好了。"

"价钱怎么样？"

"今年价钱比往年好些。"

"哦，可以补回来吗"

"可以。"

"那就好。我们先上了——"

"好。有空来家里坐。"

……

车子很快就把那妇人的声音甩在后面，但我从那几句简单的对话之外，还听出了山乡的另一种朴素的情怀和浪漫，温馨与亲切更是无以言表。

不一会儿，车子就来到了茶园，该茶园就在海拨千米处的山坡上，站在那里向四周远眺，景色果然美不胜收，梯田式的茶田次第展开，绿油油的好看之极。还可以看到许多村民正在梯田上采茶，采茶机的声音在耳边嗡嗡作响。这情景不由让我想到过去采茶姑娘背着竹篓在山上采茶的辛苦，如今的设备比以前先进多了，再也不用那么辛苦了，可是却仿佛少了几许浪漫，这是没有想到的，不过，仔细一想，其实也很正常和必然，何况，新的浪漫正在延伸。

中午就在茶园用缮，过后我们到附近的一座原生态森林里去游玩，该森林离茶园只有几百米远，虽不很大，但里面有侏罗纪时期的恐龙食物桫椤，目前已被列为县级保护区。这座小小的原生态森林环境十分清幽，进入林区，鸟声阵阵，欢愉舒怡，空气也十分清新，竟没半点原始森林的腐霉味。在林区里，我们遇上了一位老人，他坐在路边的树墩上乘凉，那悠闲的样子简直可以与萦绕在山间的云雾为伍了，超然的神态令人称羡，人生若此夫复何求。

在山林里，我惊异于其中的每一棵树木，我不由一问：何以这里的树不都生长得如此笔直而挺拔。没想到话刚出口，同行中的一位女艺术家马上得到了启发，脱口而出，说了一句颇有哲理的话来，她说："这些树是因为没有受到委屈而生长得笔直。"是啊，这句话说得多好。如果每棵树木都能不受委屈多好，进而言之，难怪这里的茶香会如此独特，性灵的山水已经把自己的品性沁入茶香里了。

　　临离开彭溪村时，我又回望了四周，只见崎岭乡彭溪村是在著名的大岽山脚下，左有湖美山，右有烘炉耳尾山。于是我想，地理上的巧合也是天意吗？把采下来的茶叶放在烘炉上烤焙能不香气弥漫吗？湖美山无疑给人们留下许多联想和想象。继而又想，有茶香的地方就会有梦想，那么，被温度升高了的崎岭乡彭溪村，未来的梦想会是什么？或许，性灵的山水也已经泄露出了玄机。

一朵名叫"和春"的云

市作协组织了去华安和春村的采风活动,并举行作家创作基地授牌仪式。路上听说,华安和春村是"闽南小西藏",且是闽南海拔最高的行政自然村,好奇之心顿起。

路上还听说,在那里完全看不到现代工业的痕迹,原生态林区和村庄保护良好,单凭这一点就很有诱惑力了,再加上淳朴的民风和山野气息就更具有吸引力了。于是,在丰田开发区用完午餐后,车队便开往和春村的方向而去。谜一样的和春村就在前方召唤着我们,其实这正是大自然的神秘和美妙之处。

沿途,我一直在想象着,华安和春村到底会是什么样子的所在?据介绍,华安和春村距离县城约50公里,整个自然村都在海拔一千零三十米山坳里,因此才有"闽南小西藏"之称,村里共有一千三百多人都住在同一块高地。也因此我想,这样的地方岂不形同住在云端之上?那么,他们到底是怎么生活又是怎样与外界联系的呢?继而又想,如今我国到底还有多少人住在云端之上,而那些人的生活真的胜似神仙吗?长期生活在城里的人,口中喊着要过上低碳的生活和日子,这里不正是最好的写照吗?问题是生活在这种环境里的人,他们都感到幸福吗?还有就是,要改变这种生活是历史的必然吗?人类的许多行为其实是一种破坏,而谁能把这些问题解决好呢?今日的低碳对某些人来说其实是残酷的。

车在山路奔波,山岭曲折,蜿蜒直上,早在意料之中,没想到的是整条山路都是宽畅的水泥路。更重要的是，这条山路只通往一个地方，那就是和春村。这种情况，要是在以前，几乎是一种妄想，即使在十几二十年前，也是不可能的。或者说，在我的印象中，似乎只有美国等少数国家才具备这种能力。如今，一条通往和春村的宽畅水泥路已经铺展在车轮底下，中国社会变化之快可见一斑。

云端上的村庄，她的名字叫"和春"，多么美妙的名字，又是多么具有吸引力，我多么想马上就能够一睹芳容。相信其他同行也会有和我同样的感受，因他们也是第一次到达。下午3时左右，车队抵达和春村，接下来大家做的第一件事情便是在村址（和春小学边）开了一个简短的会议，然后举行授牌仪式。整个过程自然而又亲切，一切水到渠成，没有丝毫客套和虚假或造作的成分，文人的做法就是和官场不一样，多了些温馨和美好，如果说文人尚有可爱处或许就在这里。

授牌仪式之后，已经是晚饭时间了。这个时候我们才知道，华安和春村没有饭店也没有旅馆之类。也就是说，接下来的两天，我们必须在农家吃饭，而且住在农家。果然如此，晚饭就安排在和春村村主任家里。这一顿饭我相信大家一定都吃得特别香，特别有味，尽管这里没有珍贵的海味，但样样是山珍，比什么都好。

酒足饭饱后，大家这才闲下心来，纷纷走出村屋，漫步在乡间小路上，观赏和春村周围的景致，只见四周群山环绕，风景十分优美，尤其是此时，恰巧夕阳西下之际，远处山际一片泛红，把整个村子也衬托得喜气洋洋，每张开心的笑脸都是最好的注解。放眼过去，到处可看见许多的竹子，或在山脚下或在路边或在屋前屋后，一袭青衣，修长的身材，儒雅的风度，山风一吹，热情而又好客。当地的文化人告诉我们，竹是和春村的特征之一，并且还告诉我们，若在平时，和春村周围必是云雾缭绕，风光旖旎，宛若仙境，令人流连忘返。很可惜，那天天气晴朗，没有欣赏到那种如梦如幻的景致。不过，和春村周围空气清新，古树参天，鸟语花香，水质清澈，单凭这一点，和春村已不失为绝佳休闲胜地了。

和春村还有个这样的传说，该村始建于元朝，开村始祖姓邹名智远，据传，其聪明智慧而有远见，靠做茶叶生意盘活经济，成为富甲一方的绅士。该村至今还保存着不少名木古树、古茶树和明清时代的四片古茶山遗址，可为名证。这个时候我忽然想起，车队刚蜿蜒进入和春村时，路口就挂有一条红色条幅，上面写着"欢迎省市作家光临和春村"。这次活动，同时还有一个项目，叫作"漳州散文创作笔会"，因此也邀请了《福建文学》主编助理、散文编辑，也是散文作家小山老师前来参加，让这次活动提高了一个档次，实在也是一次难得的机会。

当天晚上举行的篝火晚会很有意思。在去和春村之前，当地文联主席就郑重预告，当天晚上会有一场篝火晚会，特地请来高山族姑娘和小伙子跳舞，这个项目对于成天沉浸在城市里的作家们来说，真是不亚于一顿美餐，其诱惑力更是无法比拟。不过，当天晚上的篝火晚会并没有如预想的那般美妙，高山族姑娘和小伙子的舞蹈并没有如期出现，倒是请来了一位很会玩的主持人，玩了不少互动游戏，还有一位美丽的姑娘用葫芦笛吹了一曲优美动听的客家情歌，令人意外的是当地一位老伯临时表演了一个节目，用闽南语说了一段又一段顺口溜，从新中国开始讲到改革开放，还讲到了家家有本难念的经，把晚会推向了高潮，之后，意犹未尽的他还舍不得走下舞台。晚会结束后，大家集中在村主任家门口，等着村主任点名，然后就有村里的人来领走我们，去他们家住。这是一次非常难得的经历，我相信，大家一定都会记住这一切的，当晚的梦也一定都很甜美，即便没有梦也一定都沉睡在梦乡里了，因这里的一切本来就不是梦境而胜似梦境。

第二天，一大早起床，我和马乔先和领我们回去的主人聊了起来，其实他已经起床很久了，并忙过自己的活了。山乡人的勤劳由此可见。这家主人在当地算是比较富裕的家庭，承包了数百亩田地种植茶叶，很有经营头脑，他告诉我们，我们这次去住的家庭都是当地最好的，而且都差不多，可见，山乡人的日子已经今非昔比，大有改观。尽管如此，由于我们的到来，昨晚那场篝火晚会还是让整个村庄不眠了，我不知道我们这次的活动和授牌仪式对这个村子的未来会产生多大的影响，但我相信，也许若干年后，这朵名叫"和春"的云会更浪漫并变幻出更多的色彩，而且非常有可能会从云端上出现一两位作家，因为和春村真的太有诗意了。更重要的是，如此浪漫的夜晚所产生的涟漪必将美好到将来。

引领我们一一领略和春村景点的，是当地的一个文化人，也是本次活动发起人之一。沿途他向我们介绍说，和春村有"三宝三绝二奇一特"。"三宝"即"古树、宗祠、杜鹃花"；"三绝"即"牛古仑日出、孔雀瀑布、民俗活动"；"二奇"即"古悬棺、云雾"；"一特"即"高山茶"。这些景点确实给我们留下很深的印象。尤其是孔雀瀑布，市作协的杨主席建议将他改名为"九音瀑布"，因为据介绍，在瀑布底下可听到九种不同声音，我支持这个更名。还有，听说杜鹃花开时，漫山遍野的红会让人发出意外的惊喜并由衷地赞叹不已。不过我想，不妨把这个村庄叫作一朵名叫"和春"的云吧，因其所处的位置就在云端。

当车队缓缓驶回城市时，我还沉浸在婀娜多姿山清水秀的和春仙境中，不愿这些美景太快从我眼幕中离去。因此，我还在想，华安地处九龙江北溪，是下游地区主要活水源头，又有华安玉、铁观音、二宜楼三宝镇守，实乃天赐之宝。何况，和春村成年累月与云为伍，住在仙乡，真正是"白云仙处有人家"，不让人心驰神往也难，尤其在当今时代，享受低碳的生活和日子正在成为时代的主流，相信其总有一天会成为真正"闽南小西藏"的。一朵名叫"和春"的云，又浮现在我的眼前。我知道，那是一种诗意的追寻，同时也是一场浪漫和等待的开始。

一方水土一方人

　　古代民间相师口中流传着一句经验之谈，即"蜀人相眼。闽人相骨。浙人相清。淮人相重。"的说法。细想之下，认为很有道理。继而想到，古代民间相师口中的经验之谈实际上和当地山水有关。有什么样的山水就有什么样的人的形态和情态。实践证明，每个人的形态和情态包括语言和声调确实都和当地山水有关。

　　闽人相骨，大体是指闽人受多山多水的影响，长相大体比较有骨质感，走起路来，脚步也较有弹性，浑身上下充满山水浪漫的情怀，动作也会令人想入非非，所以，相师在看相时以骨相为要，此说算是抓到了要领，不得不佩服古代相师的高明。相信其他地方的人，对山水的理解也一定深入到骨髓里，也因此而缠绵着。

　　进一步说，闽山闽水到处充满着龙泽水气，是因其靠近海边的缘故，另外，闽南地区常年四季多雨水，所以，山清水秀，令人陶醉，所谓"鱼米之乡"由此而来。然而，在现实生活中，真正懂得或有心去阅读和倾听山水的人并不多。大都只是就山说山就水说水而已。真正懂得并有心去阅读和倾听山水的人，定会有多种解读方式，其中之一必能够从闽南人的口语中感受到一种水汽弥漫的氛围，而这种氛围当中即包涵着山水之美。不仅如此，闽南人连走路的姿态也富有青春浪漫的气息和弹性，背影更会让人浮想联翩。可见，所谓一方水土一方人，在这里又得到了进一步的印证。其实，与其说这是一种相人观，不如说是一种自然观。

说到这里，人们应该已经能够深刻体悟到保护自然界，保护山水，保护生态平衡的重要性。换个角度讲，绝佳的自然生态环境和丰富的物产资源肯定是一座走可持续性发展城市的坚实基础，而保护好这块如梦的山水也成了历史的使命。

福建平和境内群峦叠嶂，山清水秀，物产丰富，拥有琯溪蜜柚、坂仔香蕉、白芽奇兰、山格蔬菜等四大绿色品牌，也是享誉海内外的世界柚乡、中国柚都，农业产业化走在海西前列。行走在平和的土地上，感悟绿色山水带给人们心灵上的震撼，让或激昂或委婉的风景走进人们的内心，让流淌在山水之间的记忆留存。

"上善若水，水善利万物而不争。"语出《老子》。意思是说，最高境界的善行就像水的品性一样，泽被万物而不争名利。漳州六条河流五条源自平和，可见其地理位置和生态环境保护的重要。大自然的风光更是以风情万种展示自己的魅力。大芹山是"闽南第一高峰"，素有"小黄山"之称，其海拔1544.8米，位于国强乡、九峰镇、大溪镇交界，为漳州市最高峰。顶峰有一奇石，长2.5米，宽2米，厚0.3-0.5米，由3个石柱撑着，在不同的方位敲打，会发出不同的音响，被誉为八音石。每年五月左右，满山杜鹃竞相绽放，有红的、粉红的、大红的、紫红的，一丛丛，远远看去，犹如瑰丽的云团，美不胜收。秋高气爽时，登上高峰，用望远镜可观看云霄方向的大海。主峰周围有小芹山、鹅公髻、出水仔、笔架山、黄世尖、南山崟、大尖尾、石尖仔崟、谷坪山、交洞山、溪头尾及东北边的粗科崟、北边的江秀斜崟、西北的观音崟、拉子旗等15座千米高山，常年多云雾，可看到许多奇景，令人心旷神怡。"人间四月芳菲尽，芹山杜鹃五月红。"所描写的就是大芹山的景象，目睹这一景象，无疑相当于品尝一顿大自然的盛宴。

尤为值得关注的是，平和境内的大芹山、双尖山漳州和潮州5条主要河流（包括九龙江西溪、南溪、诏安东溪、漳江、韩江）的发源地。其生态保持好坏关系到九龙江下游和潮汕地区上千万人的饮水问题，影响重大。平和县在加快发展地方经济的同时，不失时机并高标准严要求保护好生态环境。多年来，平和地方政府非常重视自然生态的保护,并大胆地引进资金和项目进行开发和利用。其中微生物技术的开发和利用尤为突出。据了解,平和三平绿源生物技术有限公司近年来开发出一种生物菌。这种生物菌适用于各种种植业和养殖业,如种果、种稻、养鸡、养鱼等。这种技术最大的特点就是环保。也就是时下最热门的说法----低碳。

其实,科学家早就得出结论,最早的生命形式是微生物。影响并改变人类命运的重要因素也必将是微生物。因此,利用微生物技术保护生态环境的重要性不言自明。尤其是平和作为"绿色、环保、生态县"而言,发展微生物技术更为重要。实际上,一方水土一方人。这句话已经说出另一种生存状态的秘密。

到过武夷山的人都知道,武夷山是以"山上看水,水中观山"而著称,桂林则以"山形奇秀,石色苍蓝"而引人注目并令人啧啧称奇,同时散发出其内在的山水魅力,这也是其活着的证据和理由,旺盛的生命力也因此而得到充分的体现。可见,山水对人的影响有多大。正因为如此,人们要对山水保持某种敬畏。

在现实生活中,其实还有许多事物和景象值得我们用心去观察和思考,而我们也必会被一些生活的细节和场景所影响和感动。这些生活的小细节和场景有可能是不起眼的,但往往就跟生态平衡有关。譬如,含羞草本来只是一种瘦弱的小草,其貌不扬,可是叶片却有着一种奇特的本能,只要轻轻地触动它一下,或者对准它重重地吹口气,它就会立刻闭合,叶柄也会下垂,仿佛不善言辞含羞的小姑娘。它的反应如此灵敏,难怪有人会突发奇想,打算模仿它的本能在阳台上建造一座地震监测中心。这种突发奇想,其实正是表现出人对大自然的敏感。

有时候,我们还会被另一些小场景所感动,譬如经常可以看到某人家楼下有棵龙眼树,树上常会长出些虫子,像蜘蛛一样把吊床安放在风中,飘荡来飘荡去,那悠闲的样子,简直不把鸟们放在眼里。这种场景其实也和生态平衡有关。可见,生态平衡平身是可以不分大小不分场景的。不健康的生存环境必然也看不到小动物们的那种悠闲。当然,并不是说所有的生态平衡都一定要看到那些小动物,说到底真正健康的生存环境必然是和谐的,唯有和谐才是生态平衡的最高境界。

　　总之,当我们看到家门口的绿树上,常常歇满了小鸟时,我们应该感到安心,虽然我们不知道这些绿树到底有什么魔法,能够使这些小鸟恋着不走,但我们可以知道,有小鸟恋着不走的地方,生态一定平衡,可见,绿树是它们的家,也是我们的希望所在。进而言之,不死的山水靠什么养活,我想,靠的就是生态平衡。

读懂山水才能读懂女人

生活不应只是忙碌，也需静下心来享受。最好的享受便是阅读。善于阅读之人，不只是阅读书本上的文字，还懂得阅读山水，阅读男人和女人。作为漳州人，借助阅读的心境，来阅读一下漳州女人，无疑是件十分优雅而美妙的事情。

要阅读漳州女人，首先要阅读漳州的山水。事实上，每个女人身上都有自己的山水，所谓一方水土养一方人，就是这个道理。漳州的山水是肥沃的，也是清秀而隽永的，同时也可以被认为是性感而富有弹性的。不信，只要你到四周去走走就知道，漳州的山水是以网状分布着的，附近重峦叠嶂，山路弯弯，起起伏伏，沿途河流密布，水声潺潺，水草茵茵，一片绿意绵绵，像极了女人的青春与激情。临水照人，沿岸老房子的倒影，虽也给人以一种沧桑之感，却也别有另一种雅致在，而这恰好符合漳州女人，既传统又现代，既古朴又新潮的特质。当然，浪漫是另一种青春写意。换言之，每个地方的山水都是当地人的写意，尤其是女人。

从历史名人而论，漳州也和其他地方一样，出现过不少光照后代的人物，像陈元光、黄道周、蔡新、林语堂、许地山、杨骚等。然而，在为之骄傲与自豪之余，却也不免引以为憾，因为我很快发现，这些漳州历史人物全都是男性，几乎看不到一位女人的身影，因此，难免产生些许失落。按说，漳州的山水是最适合女性生态的，那么，漳州女人的才气和灵性都到哪里去了呢？这真是个千古之谜。

历史留下的遗憾，又有谁能够解读出来呢？不过，即便如此，我也要阅读漳州女人，阅读她们浪漫而又优雅并带有淡淡忧愁的气质。以我看，漳州女人最大的特点便是阅历少，从小到大好像都被关在闺房里，然后用花轿把她们嫁出去，从此相夫教子，苦中作乐。或许，这就是漳州女人一直没有大出息的原因。当然，如果简单地把漳州女人归为没有大出息，显然也是有失公平的。从某种意义上讲，漳州女人是用她们的牺牲精神养出了男性的豪迈。譬如，林语堂先生，她的母亲原本默默无闻，但贤惠内淑，她的聪明才智在林语堂的身上体现得淋漓尽致。说到牺牲精神，最典型的代表莫过于林语堂的二姐，用林语堂的话说，二姐比他更有才气，因为家庭困苦而放弃学业以成就林语堂的一生，这种无私是与生俱来的。

　　所以，我要说，漳州女人最大的价值就在于奉献。有时候，走在山野间，我会突然回过头来，注视那些不远处的一座座村庄，心想，不知有多少漳州女人就这样默默地奉献，包括漳州城里的女人，她们的动人之处就在于无私。当然，这种无私和奉献，多少是带有某种小家子气的。如果说上海女人的才气和卓越是最令人羡慕的，那么，她们中最杰出代表便是那个传奇而又精致的女人——张爱玲。

　　是的，漳州女人中很难找出像张爱玲这种高贵的女人，也很难找出真正的金枝玉叶，或许，这也和脚底下的水土有关。漳州的山水虽然充满朝气并富有弹性，旺盛的生命力也洋溢着才气，并透露出锋芒毕露，但漳州的山水毕竟还带有某种野气，不像上海女人可以特意在黑色长风衣上缀一朵镶钻胸针，神态优雅地坐进简洁明亮而又雅致的公寓咖啡馆里，甚至抽上一根别有女性韵味的香烟，让整座城市都为之宁静下来。是的，按说漳州这块山水是很女性化的，应该出现许多才女才是，可是，奇迹至今还没有发生，这是为什么？当然，精致而又高贵的女人永远不可能随意出现的，否则也不会有自己的传奇。或许，这正是一座城的秘密。

　　是的，从某种意义上可以这么讲，解读一座城和一个地方的男人和女人，感情永远处于一种互相的纠缠与融合之中，漳州城也不例外，漳州女人更不例外。我喜欢漳州的山水，也喜欢漳州女人，因为她们连走路都是富有弹性的。当然，我也喜欢大城市，喜欢张爱玲那种精致而又优雅并富有传奇色彩的女人。其实，每个女人都有她们独特的风韵和气质，就像周围的山水一样。那么，且静下心来，读一读你身边的女人吧。或许，你真的可以从她们身上获得生活和创作的灵感。

总之，读懂山水才能读懂女人，这就是山水与人的哲学。

到乡村去散步

近来，晚饭后，常和朋友相约一起去散步，我们常走的路程大约有7公里多。平和县城本就不大，7公里多几乎可以走半个县城的包围圈了。我们散步的速度也不慢，大约一个半小时左右就可走完全程，回来就在老许那里吃地瓜。临出门前，老许总要洗一些地瓜放在电饭煲里蒸，回来正好吃。老许的地瓜是山里亲戚送的，山里的地瓜很甜，口感很好，市场上很难买到那么好的地瓜。

我们散步的那条路在县城西边，从东风大桥往自来水方向走，再转回平和一中，又拐往大阪洋，往职业中学再折回来，整整绕了一大圈。这一圈也就7公里多，说远不远，说近也不近，有些人听了头就晕，不太相信我们会走那么远。

有一次，有个自称很能走的朋友半路上遇上我们，也随我们一起走，从此以后，他再也不敢讲了。据说，第二天他的脚起了水泡还有大块血凝，听后直想笑。临行前他自吹自擂，每天晚上要散步一两个小时，没想到只走一圈就露出了马脚。这件事情让我联想到一些事情，如今市民们生活越来越好了，而运动却越来越少了，难怪体质下降，也难怪如今县城很流行晚上散步，把本来很小的县城挤得更满。因为县城适合散步的地方不多，熟人又多，所以我们有意避走人少的地方。此外，散步其实散的是一种心态，散的是一种习惯，懂得这个道理就能体会了。

又到了散步时间，老陈问："晚上走哪条路？"

我本想回答，这还用问吗？走老路。转念想，不如想换个方向吧，于是就说："那走山格吧。"山格是我的老家，离县城不远，大约5公里，来回10公里左右，我们已经说了好几次要走这条路了。于是，一拍即合，二话不说，上路了。

山格离县城大约5公里，是平和的东大门，未来发展趋势被看好，目前已开通一条正兴大道，宽畅而明亮，是目前平和最好的一条大道。从这条大道到山格去，不用5公里，大约走40几分钟就到，往返也就一个多小时，虽然比我们常走的老路略远一点，但还不算远。

七点准时，从正兴大道出发，42分钟后我们就到了山格。老许问我，也有问老陈的意思："不然我们走军民堤吧。顺便到你家去走走，如何？"

我笑了笑说："好啊。"

回头看老陈。这个时候，老陈也正走到兴致上，接过话来："那就走吧。"接着问我："你老家还有谁住？"

我说："没了。只剩空房子，已把它卖了。"

老陈说："不应该卖的。以后就是'故居'了。"

我哈哈一笑，还想故居呢，像我这种不起眼的小人物，靠写几篇文章混口饭吃混条路走已经不错了，岂敢妄想？关键是再不卖的话，房子没人住说不定哪天就倒了。房子倒还不要紧，影响左邻右舍就不该，心中也忐忑，不如找个放心之人便宜卖给他也等于帮助管理，再说那房子也不是最初的老房子，是20世纪70年代初政府改溪造田时搬迁的，感情毕竟不如老房子亲切，因此也就无所谓了。

那条军民堤就是20世纪70年代初修建的，那条军民堤修成后老家山格就从此没有发生水患了，也算是一件功德事。那条堤之所以叫军民堤，是因为那是一条军民合作的堤岸。当时的南京军区司令员皮定均亲临现场坐镇指挥，大干100天拿下阵地，堪称军民合作的典范。如今，随着时代的发展和县城规模的扩建，军民堤已经变成了平和新的亮点。当然，主要是东大门的缘故。

现在的军民堤内边都开发起来了，不仅新修了一条公路，还要做成休闲式公园,如今,修好的路段灯光都亮起来了,真是个好地方。据说,近来周围百姓为了征地问题闹了不少矛盾,其实这很正常,老百姓就是这个样子,放着一百年一千年不改变也不心急,如今开发起来也心急,想的事都是个人的,也只能这样,不能怪他们。不过,我相信,只要是好的政策和项目开发,老百姓最终会支持的,再说,真正直接受益的就是当地百姓,何乐而不为呢?当然,也考虑政府的智慧。

话说回来,我们就沿着那条军民堤往下走。大约1公里外,或许就因为征地问题无法得到妥善解决而暂停了,那个地方是我邻村的土地,几间老房子成了拦路虎,工程被逼暂停,真是令人遗憾,这些闲话暂且不多说了。当我们走到这里时,因为工程暂停路不通只能走原来的旧河岸,旧河岸没有灯光,但我们还是继续走,但前途一片黑暗。走着走着,我们依然有说有笑,脚步其实已经进入村庄地界了。不远处,岸边有棵百年龙眼树,旁边有几间房子。我说:"我们家最早的房子就在这,我就出生在这里,可惜房子当年已拆了。"我问他们要不要进村去,他们说不要了,不如继续走,想想也是。我已经很久没有走这条路了,周围的景物和一草一木,包括灰尘和河里的流水声还是那么的熟悉,勾起了我不少童年的往事。不过,小时候再多的委屈如今也都烟消云散了,一切都很温馨。

生活中确实有许多事是无法预料的,也充满不确定性,有时候自己想做什么要做什么自己也不知道,有时候正在做的事情也可能因为一句话或突然来的念头而改变,真是不可捉摸,仿佛一切都充满变数一样。譬如今晚我们原本没打算要来到这里的,就因为老许的一句话和突然来的兴致而踏上这条路。更没有想到,当我们踏上军民堤以后,一切计划就全都变了,仿佛没有回头路一样。我们好像受到一股神秘的力量牵引,我们正在趁着夜色走一条通往乡村之路,尽管这是我小时候生长的地方,但我至少有三十年没有走这条路了,莫非这也有某种暗示。

正常情况下,散步原本是很休闲的话题,一般是在生活区附近走走而已。散步原本也只是城里人的话题,乡下人是很少有人会散步的，因为他们白天忙的事情已经够多够累了，他们已经用不着去散步了。我们原本也只是想在县城附近散步而已，完全没有想到要到乡村去散步。然而，今晚我们散步来到了乡村。

我们沿着黑暗的方向一直往前走，左边是村庄、田野，右边是河道、流水声，不远处有灯光，那应该也算是我们的方向。是的，我们就朝着有灯光的方向走。那里曾是我小时候经常捉鱼和钓鱼还有游泳的地方，那是两条河流的交界处，一条是九龙江西溪主河道，一条就是我们正在走的这条支流。交界处那个地方沙石很多，因此那里有个采沙石的小厂，灯火就是亮在那个地方。交界处不远有一座桥，虽不很宽但通车没问题，以前没有不能过河。我们就从那座桥过去。走到这个地方我看下时间，我们已走了一个多小时，而这里离我们的出发点最多只有一半的路程。老许说："很多人一定不相信我们会散步到这里来。"

小时候邻村曾有三个小孩子被大屏山上的"蒙神"拐走了几天，后来许多人到山上敲锣打鼓才找回来。当我说出这话时，甚至怀疑我们三个人也可能是被"蒙神"拐到这里来的。以前，这里四野荒芜，稀少人迹，令人生畏，如今，有路有桥，桥是那座桥，路是眼前脚底下这条路，是一条宽畅的水泥路，不过，还是有点冷清，周围没有人居住，路上只有我们三个人在走，偶尔有一辆摩托车飞驰而过，荡起了周围的夜色。我忽然闻到了一阵阵熟悉的花香，这才发现四周围种满了蜜柚，此时正处于开花的季节，难怪花香扑鼻。同行中老陈是这方面的劳动者也是受益者，他种了几千棵蜜柚，虽然不少还没投产，但一年净利已达数拾万元，此外，他还开发出一种有机肥和生物菌，小范围市场上供不应求，连中国第一茶王也要了他的肥料和生物菌，据此运作下去，未来老陈必是造富能手。当然，贡献大于财富。平和地处九龙江西溪发源地，生态平衡和生态理念尤为重要。

四周静极了，大自然的音乐此起彼伏，那蜜柚花香荡动着情绪，仿佛就是流动的旋律。此时此刻，似暗若明的夜色在脚底下被我们踏响，我们就像地球的过客或旅行者一样，穿越在夜色和花香之中。其实我正是以倾听者的姿势在感受着这大自然的美妙。我感觉家乡虽然偏僻一些，视野也有限，但比起大西北那种开阔和苍凉，却多了许多温馨和亲切，尤其是这么多年来的变化，确实大不一样了。以前没人走的地方现在有了宽畅的水泥路，以前四野荒芜如今四处飘满花香，以前村庄里的灯光也是暗着如今连路灯也亮起来了，这就是家乡的变化。平时有人总是在怨政府怎么样怎么样，我想问题肯定是有，但大方向肯定是正确而且健康的，这就可以了，作为一个发展中国家而且开放时间尚短，有这种变化已是奇迹。

　　路上我们经过了几个村庄，我发现这些村庄已不是原来的村庄了。原来的村庄大都没人住了，旧貌换新颜，村民们新建的房子大都在路边。路边有一条小水沟。我还看见村口小水沟还专门设有村妇洗衣亭，解决了洗衣难的问题。据说那水还是从天马山上引下来的，水质优良极小污染，住在乡村比住在城里好的地方或许就体现在这里吧。此情此景，让我回忆起小时候的往事，真的颇富诗情画意。

　　途中，老陈看见有人在路边店里清点包装蜜柚苗种，于是就趋近观看，我和老许也跟上，乍见那店主，我有点眼熟可一时竟想不起来，那人也很快认出我并叫出我的名字，让我感到意外。仔细一想，恍然大悟，那是我多年前在旧城区开书店时认识他一个人，他和邻居卖服装的店主是战友，这样才认识的。这个"老战友"长着一张"江湖嘴巴"很会讲话，而且记忆力特别好，近十年前我随便讲的一些闲言碎语他竟然能够一字不漏复述出来，而且活灵活现，真是佩服之极。换成我，若非他提起，我早就忘得一干二净了，他还会很熟练地讲出一些"子丑寅卯"，听得有些人觉得高深莫测，又空惹一头雾水，不知所云。

　　从他那边重新出发，回到出发点至少还要走一个小时路程。不过，接下来的路程中越来越热闹了，不时能听到几声狗吠。其实有狗吠声更像农村，要不然狗们都变修了，不分熟人陌生人，见人只知道摇尾巴，这样的狗还有用吗？农村因为有狗吠声而让人觉得更真实，也更符合农村的特点，要不然总是会觉得缺少一些什么。就这样，我们一直走，沿途还是有说有笑，一点也不觉得累。路上遇上了有戏班在演戏，才知道前天是"二月二，龙抬头"的日子，也正是孔子诞辰。外国人可能不理解，中国农村竟也有孔子庙而且每年都有纪念活动，这样的文化底蕴和影响力足以让他们产生敬畏，事实上也是，中国民间民俗向来丰富多彩。

　　回到出发点，一看时间，扣除半路停了一会，用了两个半小时，这样算下来，按我们正常的行走速度，我们大约走了16公里路程。我说："我们今天走的路程大约把未来20年要发展的范围画了一个圈。"我相信是这样的。他们也相信。许多人也会这么认为，但这是次要的。到乡村去散步，这是我们今天最有意义的事。相信，未来会有更多的城里人想到乡村去散步，哪怕他们和我一样也是从乡村走来的。从乡村走来再走回去不是什么奇怪的事，而且是必然会发生的事。向往自然，回归自然，走向原生态，才是最朴素的情怀。明天我们还会继续的。

天下第一山

仔细一想，中国人似乎天生就有好大喜功的坏习惯，似乎什么都想"天下第一"，什么天下第一山，天下第一关，天下第一楼，甚至天下第一村，天下第一媒婆等，足以令外国人大跌眼镜。继而又想，其实这也没啥大不了，不就图个痛快吗？无非就是想争个"天下第一"而已。当然，也有更深层次的东西，譬如涉及精神信仰方面，有时这个"天下第一"还真有必要，至少可在某种层面上提高人们对某种精神信仰的认识和共识，乃至凝聚民族力量和向心力。

说起天下第一山，相信很多人马上会想到喜马拉雅山，或泰山等，所谓"五岳归来不看山"说的大概就是这个意思。喜马拉雅山以其高大和挺拔而著称，泰山以其雄伟和霸气而著称。当然，这是古人总结出来的。然而，许多人可能还不知道，在中国，真正被称为天下第一山的却不是这两座山，而是江西省境内的井冈山。井冈山是中国红色革命的摇篮和圣地。井冈山上，朱德同志题写的"天下第一山"石刻就矗立在山门口，井冈山因此成为名副其实的"天下第一山"。

井冈山，位于江西省西南部，地处湘赣两省交界的罗霄山脉中段，古有"郴衡湘赣之交，千里罗霄之腹"之称。东临江西泰和、遂川两县，南邻湖南、炎陵县，西靠湖南茶陵县，北接江西永新县，是江西省的西南门户。井冈山山高林密，沟壑纵横，重峦叠嶂，地势险峻。中部崇山峻岭，两侧为低山丘陵，从山下往上望，巍巍井冈就如一座巨大的城堡，五大哨口是进入"城堡"必经的"城关"，把守此地，有"一夫当关，万夫莫开"之势。由此足见地形之复杂和险要。

据说，井冈山名称的由来是这样的，清朝初年，有位姓蓝名子希的人，为避战乱，迁徙到五指峰下一块小平地安家立寨。由于这里四面环山，地形好像一口井；村前有一条小溪流过，客籍人称溪为"江"，遂名此地为"井江"。因村庄依山向江建造，这村子也就叫作"井江山村"。后因客籍人口音"江"与"岗"谐音，又把这个村子称为"井岗山村"。尔后又有黄氏迁居此地，居住了一段时间后，觉得村子不是建造在山头上，而是建在山脚下，就把"井岗山村"的"岗"字去掉了"山"字，称作"井冈山村"。于是便有了"井冈山"这个地名，五指峰也就被称为"井冈山主峰"。其实每一座山都有自己的故事，只是有些山的故事不被人所知，有的甚至还没有被挖掘出来，有待后人去丰富它。

井冈山之所以出名，据说最早是因为井冈山地形复杂，易守难攻，故聚集了许多土匪和强盗，也聚集了许多"绿林好汉"在那里，专门劫富济贫，据说，当时方圆百十里的富豪人家只要听到"井冈山"三个字就会吓得屁滚尿流，"井冈山"的威名从此传开。毛泽东当年带领秋收起义队伍进入井冈山时，提前通过中间人去拜会当时的"山大王"王佐和袁文才，并与之结下金兰之交。王佐和袁文才也因此带领队伍加入工农红军并成为革命将领，后来虽然被双双错杀，但毛泽东始终对他们表示肯定，新中国成立后，王佐和袁文才被追认为革命烈士，在井冈山树碑立传，也成了英雄和楷模。"井冈山"就是这样出了名的。

更重要的是，井冈山之所以会成为"天下第一山"，是因为它是中国红色革命的摇篮。"星星之火，可以燎原"就是在这里点燃的。1927年10月，毛泽东率领的秋收起义部队率先来到井冈山建立革命根据地，次年4月，与朱德、陈毅领导的湘南起义和贺龙领导的南昌起义部分部队在井冈山胜利会师，从而奠定了中国革命的基础。井冈山也因此成为中国红色革命的摇篮。如今的井冈山市不但是国家5A

级风景名胜区和国家自然保护区,还是全国红色旅游经典景区和世界生物圈保护区,而且还入选"2012年度中国特色魅力城市200强",足见这个人口只有约16万的小地方在全国乃至世界的影响力。井冈山被称为"天下第一山",也就一点也不奇怪了。当然,这个"天下第一山",最主要是指精神层面的。

说起井冈山精神,归结起来就是以下这24个字:坚定信念、艰苦奋斗、实事求是、敢闯新路、依靠群众、勇于胜利。当然,还可以继续延伸和完善,譬如坚持理想信念,解放思想,敢于创新等。十八大期间,习近平总书记讲到"中国梦"时,特别强调要继续弘扬井冈山精神,用老一辈无产阶级革命家在井冈山时期那种艰苦奋斗,不怕流血,不怕牺牲的精神去实现中华民族的伟大复兴。这就是井冈山留给后人最大的精神财富,因此,称井冈山为"天下第一山"是名副其实,也是当之无愧的。据悉,如今井冈山旅游风景区年财政收入超过22亿人民币,这就足以说明一切。当然,精神信仰不是可以用财政收入来衡量的。

到井冈山去旅游参观,乃至瞻仰先烈和伟人,是中国人所怀有的特定情愫。事实上,除了山景外,山顶上的革命烈士纪念碑也是一景。略有缺憾的是井冈山革命烈士纪念碑是用金属(铜)制成的火焰形状,太过于现代了,不过还好,星星之火可以燎原那种气势还是会给人很深刻印象。还有碑林,真是让人大开眼界,估计在别的地方很难再看到这么多领导人的题字了,从这些领导人的字迹可看出各自的性情,或刚烈,或柔韧,皆文采飞扬,不失为"天下第一碑林"。你看我,文章写着写着,到了最后,还不忘来个"天下第一",真是根深蒂固啊。

还有那些矗立在井冈山上的众多英雄和伟人的雕像,英姿卓立,不由令人肃然起敬。说实在话,或许只有到了井冈山,才会真正读懂这些英雄和伟人,以及他们对革命的满腔热血和大无畏的牺牲精神。井冈山上让我印象较为深刻的雕像有3座,他们就是"山大王"王佐和袁文才,有关两人的事迹我已在《红军造币厂》一文有详细介绍,在此不再重复。另一个是张子清,这位年仅28岁曾经担任中共湘赣边特委书记和红5军参谋长的著名将领，在红军最艰苦时期，暗中偷偷把组织上分给他食用和洗伤口的盐全部留下来，给了别的伤员，而自己因左腿发炎红肿到小腹，而不得不在没有任何麻醉药的情形下，几次进行"刮骨疗毒"，而晕昏过几次，最后也因为伤口感染而离开人世，其忠勇精神堪比关云长。

据介绍，井冈山有五井，即大井、小井、中井、上井和下井，皆因被群山环绕、宛若井状而得名，大井是其中最大的村庄，1927年10月，毛泽东率领中国工农革命军上井冈山首先到达这里。毛泽东同志旧居，红军医务所旧址等就在这里。那天，在训练有素的导游小姐带领下，我们来到这里，只见旧居处在一个小盆地里，周围视野开阔，四面青山环抱，可谓天然屏障，山上绿树遍野，翠竹茂密，轻风送爽，空气清新，尤其是进退自如，易守难攻，果然是宜居道场。

井冈山之行，让我更进一步认识到中国革命胜利的果实之来之不易，也更进一步清醒地认识到中国改革开放其实也是一场战争，只有继续发扬井冈山精神，才能发挥正能量，从而真正实现未来伟大的中国梦。

所以，井冈山被称为"天下第一山"，是当之无愧的。

笔架留韵杜鹃传情

自古以来，中国人对山始终怀有一种敬畏。这种敬畏说到底就是对大自然的敬畏。别的不说，就以笔架山为例。何为笔架山？说白了就是像一幅笔架的山。

纵阅全国各地，可谓处处有笔架山，可见这自然山水雷同之处还真不少。不过，仔细一想，雷同之何来？说白了就是人的一种敬畏心理形成的。当然，也富含另一种寄盼。笔架山，笔架山，单从这名称就可以知道，这是一个很文雅的名字，通过它，可以知道人们内心深处对它的寄盼有多深。按照中国人根深蒂固的传统思维，总是认为居家如果能面对笔架山，子孙就会人才辈出。且不说这种迷信说法是否可信，从另一个角度来讲，其实也符合人类生存和谐的大道理。

井冈山市也有一座非常著名的笔架山。相传，从前有两个穷秀才，连考三年，都榜上无名。只好上山砍柴，维持生计。后其中一人得叫花子赐赠一支毛笔，一只笔架，没想到，被另一人调包，意外落榜，而那人高中状元。那人中状元后翻脸不认人，还狗仗人势，叫花子怒发冲冠，心想，"如此衣冠禽兽之人，留下必是祸国殃民，此时不除，更待何时。"叫花子突然伸开手掌，口中念念有词："神毛笔，神笔架，物归原主。"立刻从轿子里飞出两道金光，神毛笔、神笔架徐徐落在叫花子的手掌上。叫花子对着神笔说："去除奸惩恶吧！"神笔架立即飞了起来，飞到轿子上空，轿子就被笔架紧紧吸了起来，飞呀飞呀，飞了六六三十六天，越过七七四十九条大江，最后落到井冈山这个地方，成了这座笔架山。所以，每逢松涛轰鸣，你只要认真谛听，还能听到人的哭声，据说，那就是新科状元在笔架山下的呜咽声。不过，据了解，井冈山的笔架山还有个名字叫杜鹃山。

井冈山的笔架山，也就是杜鹃山，位于五指山西南，茨坪西南20公里处，海拔1357米。景区内以扬眉峰为中心，以险峰、奇石、古松和杜鹃等景观为主要特色。那天我们上杜鹃山时，虽然还不是杜鹃花盛开的季节，但是，满山的险峰、奇石、古松和杜鹃树等无不让人叹绝，尤其是那株千年杜鹃王，由一组四十四株株株形态美观的猴头杜鹃环绕着一棵伞状形的苍松所形成，地径58厘米，高4米多，冠幅达20多平方米，其树龄高达千年以上，是名副其实的井冈山"杜鹃之王"。更有意思的是，笔架山的杜鹃和松树仿佛有一种特殊的感情，就像恋人一样，鹃因松而美，松有鹃而奇。故有"青松恋鹃"和"群鹃嬉松"的景点。此外，值得一提的是，上杜鹃山必须坐上据说曾经是"亚洲第一索"。当然，现在可能已经不是了。社会在发展，时代在进步，今天亚洲第一，明天就未必。

20世纪六七十年代初，有个红色样板戏名叫《杜鹃山》，它讲述的就是湘赣边界一支由队长雷刚率领的自发农民武装，在女共产党员柯湘的帮助下，打败白匪和地主武装，最后奔向井冈山的故事。《杜鹃山》的故事就发生在井冈山，剧中的人物形象就是根据当年一些真实人物为原型塑造的。为了传承革命历史文化，打造红色旅游品牌，井冈山管理局将故事发生地的笔架山，恢复"杜鹃山"的名字。井冈山的笔架山就这样成了今天的杜鹃山。由此可见，杜鹃山的复名跟红色革命有关，这也正是它的灵魂所在。20世纪六十年代初，上海青年艺术剧院首次演出现代话剧《杜鹃山》，之后，北京京剧团、宁夏京剧团分别将其改编为京剧，并于次年公演。剧中情节就是描写1927年毛泽东等人领导秋收起义，之后占领井冈山，前前后后的历史过程。2005年，该剧在北京京剧院复演，可见，这确实是一部伟大的史诗。一座山，一段历史，这样演绎下来并不多见。

不过，我真的有点搞不清楚，井冈山的笔架山原名叫笔架山，还是叫杜鹃山。顾名思义，笔架山是因为山的形状如笔架而得名，而杜鹃山肯定是因为山上长满杜鹃而得名。此外，杜鹃山的由来也有传说。相传，杜鹃山下有两个小伙子，自小喜欢在山上玩耍，杜鹃山是一座灵山，山中有杜鹃仙子。两人在山中意外结识了美丽善良的杜鹃小仙子。一天，小仙子下山而来，对二人道："好男儿志在四方，你们应该出去成就一番事业"。说着便从怀中掏出7件物品，置于桌上，道："这是我和我姐姐的七件宝物，你们二人各选一件，带出去各自发展吧"。还对二人说："这两件东西都是宝贝，你二人只要勤奋努力善加利用必成大器，五年后，你们回来将宝物归还与我，我自在山中等候你们二人回来。"说完便飘然而去。二人得了宝物，果然好运连连，几年间一个中了状元，一个成了富甲一方的大富豪。5年之约到了，二人衣锦还乡，迫不及待来到山中，寻找小仙子，可是寻遍杜鹃山也找不到，只是满山杜鹃花开，非常美丽，令二人喜不自禁，沉醉其中。杜鹃山就是这样得了名。

笔架留韵，杜鹃传情，果然美妙。一个象形，一个会意，真的各有千秋。笔架山以其象形，与后世之人结下情结，杜鹃山以其会意，令人后世之人无限神往，如今的她，作为井冈山的一张名片，已逐渐为世人所知，她是井冈绿色明珠，也是井冈山目前唯一一个集自然山水风光、革命历史遗迹、客家民俗风情、历史人物四位一体的生态景区。杜鹃山以"十里杜鹃长廊"、"七大峰"、"五大奇观"享誉世界。景区森林覆盖率达98%以上，被联合国环境保护组织誉为全世界仅有的保存最完好的亚热带常绿阔叶林，是名副其实的"天然氧吧"植物宝库。

末了，也想和大家分享一下，我们此行一段愉快的经历。那天，我们穿着红军服，坐索道上杜鹃山时，已是午后3点多，于是，走马灯似看了几个景点，来到二号观景点，女导游不走了，她说，下一个观景点最美，可惜时间来不及，走过去前面还很远，现在已经5点，索道工作人员5点半就下班了。看大家都在那里互相拍照留念。我和几位团员意犹未尽，很想再走一程。于是，互望一眼，二话不说，就向下一个观景点快步深入。有两位"女红军"见我们孤军深入，也紧跟上来。杜鹃山的栈道都设在半山腰，我们的脚步就像腾云驾雾一样踏响山腰,刚开始有些兴奋的那两位"女红军"开始有些跟不上了,开始小跑起来。然而,我们却不能停下来等她们,只能继续快步行军,如果她们确实跟不上只好打道回府了。我们目的地很明确,就是到三号观景点看"金鸡报晓"然后就往回走。三号观景点离二号观景点确实有点远,要在半小时内来回确实需要脚力。当我们到达三号观景点时,回头一看,两位"女红军"正气喘吁吁,香汗淋漓赶到。"快点,拍个照留念。"就这样,相机"咔嚓---咔嚓"几声之后,我们就开始往回走。两位"女红军"又是一路小跑,差点就走不动了。当我们赶上"大部队"时,大部队正好要坐索道下山,我们并没有掉队,要是不说,同志们还没有察觉。

这是一段难忘的行程,我们终于也体验到了当年红军艰苦奋斗的精神,若我们只相信女导游的话,放弃行程,那我们不仅错过了最美的景点,也错过了体验的过程。因此我想,凡事只要有信心,只要肯去努力,不怕困难,就有化一切不可能为可能的可能,这应该也是井冈山精神的另一种现代演绎吧。且以此共勉之。

红军造币厂光辉千秋

也许，当年连毛泽东做梦也没有想到，中国第一家造币厂会在井冈山创办，并且是在王佐的提议下建立起来。王佐曾经是一位"绿林好汉"，也就是曾经的井冈山"山大王"，接受改编后，才正式编入工农革命军并当上团长，后来又被推举为红四军军委委员和特委委员。不过，在历史非常时期，太多的冤假错案也的确令人惋惜，当年王佐和袁文才被错杀就是历史一大悲剧，中华人民共和国成立后，王佐和袁文才被追认为革命烈士，成为井冈山一座不朽丰碑。

王佐，原名王云辉，井冈山下庄人。早年丧父，家境贫困，从小学做裁缝。在一次给绿林好汉朱孔阳（外号朱笼子）缝衣的时候，朱孔阳见他有胆识，便邀请他充当"水客"（即搞侦探）。后来他自己买了一支枪，脱离了原队伍，另外拉起了一支几十人的武装自立为王，主要在茨坪一带活动。之后与另一位好汉，客籍人袁文才结为"金兰之好"，并称"井冈双雄"，在井冈山一带劫富济贫，令国民党军队和地方政府束手无策，民众声誉很高。袁文才生于宁冈茅坪附近的马源村，早年在永新求学。因受地方豪绅的压迫，和活跃在茅坪一带的一支绿林组织"马刀队"建立了关系。后来其母遭豪绅杀害，便公开投奔了马刀队。由于他有文化，会计谋，逐渐成为马刀队的首领，在宁冈周围有较大影响。

1927年9月，毛泽东率领秋收起义部队来到江西永新县三湾村，进行"三湾改编"，并派人给袁文才送信，表达了工农革命军要在宁冈一带建立根据地,请袁文才、王佐二人大力协助的愿望。1928年4月下旬,朱毛两军在井冈山胜利会师,王佐和袁文才给予了大力的支持和接应,也正因为如此,井冈山革命根据地顺利建立,因此,从某种意义上讲,王佐和袁文才是井冈山革命根据地的大功臣之一。但是,由于地方矛盾太尖锐的原因,才导致后来悲剧的发生。面对王佐和袁文才被杀,毛泽东说这两个人杀错了,这是不讲政策。事实证明,王佐和袁文才确实是被错杀了,而且井冈山革命根据地也为此付出巨大代价,暂且不说。

1928年10月起,在王佐一手促成下,红军官兵捐钱,附近的乡苏政府派工,在小井建成了江西一带规模最大、条件最好的红军医院。最为毛泽东称道的是王佐在黄洋界和茨坪两地建立的造币厂。早在绿林生涯时,王佐曾制造过"假花边"(也就是造假银圆),听到这个消息,毛泽东很兴奋,任命王佐为红军造币厂的主要负责人,不过前提是不能造假银圆,必须造出真银圆。为了创办红军造币厂,王佐找回以前合作过的谢亚秋、谢火龙等人,这两位师傅是造银圆方面的高手,因生活所迫,曾在井冈山湘州的上东坑村办了一个"对花厂"(即造币厂),以造"花边"(银圆),当地人称之为"谢氏花边厂"。接着,王佐在井冈山上的上井村借用农民邹甲贵的民房,并先后在上井的牛路坑、大井铁坑、茨坪和金狮面的红军洞等地设立了造币厂的粗坯车间和冲压车间,沿用"墨西哥"版别铸造了第一批银圆,并在每块银圆上凿上个标志湘赣边界工农兵政府自己发行流通的"工"字印记,称为"工"字银圆,以区别国民党统治区的银圆。这就是中国共产党领导下的红色政权最早在革命根据地内发行流通的第一批金属铸币。据记载,在鼎盛时期,王佐的造币厂每天可铸造银洋500多枚,在根据地流通使用。据介绍,当年的造币车间情形是这样的:厅堂里有一台高达的冲压架,架上安着几个滑轮,一根粗长的棕绳系在滑轮上,另一端吊着一块足有五六百斤的长方形碓石,谢亚秋兄弟拉着棕绳摆开架势拉起大碓石,随着一声震耳的巨响,谢火龙便从墨西哥版的钢模里取出一块崭新的银洋。只可惜,这个造币厂维持没多久就停业了。

1928年冬，湘赣敌军对井冈山根据地发动第三次"会剿"，造币厂迁至大井和下井，井冈山失守后，工厂被破坏，被迫停业。众所周知，当年，湘赣两省敌军对井冈山革命根据地，实行频繁的军事"围剿"和严密的经济封锁，根据地军民面临着严重的给养困难。正是因为有了这家红军造币厂才使井冈山革命根据地能够继续维持下去。1998年12月，当地政府在原址上按原貌修复红军造币厂时，出土了当年造币时使用过的工具、原料以及银圆等大量原物，这些珍贵资料足以让后人对当年井冈山工农红军艰苦奋斗的历史深怀敬意，而当年造币厂的情形无疑也会给人无尽的遐思和追忆。或可这么认为，井冈山红军造币厂其实就是第一家中国人民银行，或也可将井冈山红军造币厂视为中国人民银行的发祥地。

然而，如今回过头来，说起当年井冈山革命根据地生活的艰苦，也许现在的年轻人难以置信。据记载，最困难时期，当时一个连队上百号人一顿饭只有3斤粮食，根本无法继续生存下去，更别说穿衣之类事情，光屁股在雪地里操练是当年红军最好的御寒办法。正是在这种情况下，毛泽东采纳了王佐的建议，创办中国工农红军第一家造币厂。然而，当时的国民党军队惨无人道，不但不给中国工农红军生存的机会，连井冈山人民也不放过。1929年1月底，湘赣两省敌军调集十八个团的兵力，分五路第三次"会剿"井冈山，敌人提出在井冈山"石头要过刀，茅草要过火，人要换种"的烧杀口号，在井冈山上大肆烧杀抢掠。结果，上井红军造币厂厂房被全部烧毁，造币设备被敌破坏，人员被冲散。就这样，中国工农红军第一家造币厂从开工到关闭还不到半年。尽管如此，井冈山红军造币厂的建立和"工"字银圆的发行流通，不仅帮助了当年井冈山革命根据地军民度过艰难的岁月，也为此后的湘赣革命根据地造币厂和中央苏区造币厂积累了经验，奠定了基础，在中国革命政权的货币发展史上占有重要的历史地位。

2013年4月14日，我随福建省委统战部第五期新的社会阶层读书班到井冈山去参观学习，受到了很大的震撼和启发，对当年井冈山革命根据地建立的那段历史，头脑也更加清晰了。应该说，在此之前我已经读过不少有关当年的历了，也算多少有些了解，然而，到了井冈山之后，我感受到了另一种洗礼。且不对历史的是非功过做过多的评论，我震撼于井冈山精神，那就是：胸怀理想、坚定信念，实事求是、勇创新路，艰苦奋斗、敢于胜利，依靠群众、无私奉献。这是2001年江泽民同志视察井冈山时提出的，是非常符合井冈山精神的。十八大期间，习近平同志提出"中国梦"，也是建立在井冈山精神基础之上的。习近平指出，"实现中华民族伟大复兴是一项光荣而艰巨的事业，需要一代又一代中国人共同为之努力。空谈误国，实干兴邦。"还说这是"13亿人的中国梦"，说出了每一位中国人的梦想，也说出了井冈山精神的核心，并传递鲜明的时代特点。

井冈山精神永存！红军造币厂光耀千秋！

闽南"小黄山"——灵通山

灵通岩,又叫灵通山,也称大峰山,或大峰岩。更早之前叫大枫山,也有叫大矾山。一般文化人都知道,大凡山的名称都是有来历的。灵通岩也不例外,之前其叫大枫山,是因为满山长满枫树而得名;还有人称之为大矾山,是因为灵通岩的地质均为矾石结构。据了解,它是一座由上亿年前的火山岩堆积而成的山峰,海拔1287米;至于灵通岩的叫法则和明末大学者黄道周有关。黄道周在《梁峰二山赋》中称赞大峰山其峰"三十有六,一一与黄山相似,或有过焉,无不及者。"后来在此隐居,写下"灵应感通"四个大字,从此,大峰岩(大峰山)就改名为灵通岩,即现在所说的灵通山,自古名人与名山融为一体,在此又得到印证。

山不在高,有仙则灵。水不在深,有龙则灵。灵通岩号称"闽南第一山",并有闽南"小黄山"之美誉,山上一定也会有"神仙"吧。是的,灵通岩不仅因其险、峻、奇而吸引人,与之结缘的历史名人亦是不少,这些人就是山上的"神仙"。而在众多"神仙"中,与灵通山结缘最深的无疑就是黄道周。黄道周是福建漳浦人,历任翰林院修撰、詹事府少詹事。南明隆武时,任吏部兼兵部尚书、武英殿大学士。是明末大学者,著名理学家和抗清英雄,其从小受到道家思想的影响,对山水情有独钟,一生以崇尚自然为追求,相信大自然的伟力和神奇。

佛教有三境界:见山是山;见山不是山;见山还是山。灵通岩海拔高1287米，峭岩立壁，层峦叠嶂，怪石嶙峋，"菊花引路"、"三虫游斗"、"仙人披被"、"三童弄狮"、"画眉跳架"、"珠帘化雨"、"猛虎守峡"、"五鲤朝天"、"九牛拖车"等十八景，奇异瑰美，惟妙惟肖。其中最美妙的当数"珠帘化雨"，传说黄道周20岁那年第一次爬上灵通岩，就是为了沐浴到"珠帘化雨"。当时民间有一种传说，谁能够得到"珠帘化雨"谁就可以考中状元，成就一生功名。于是，就有不少学子跃跃欲试，想要去"应验"一下，但很少有人能实现。山的神秘由此可知。

传说当年有幸沐浴到"珠帘化雨"的人有两个，一个就是黄道周，另一个是"跛脚进士"，名字已无考。黄道周一生功名，算是应验。据说当年那个"跛脚进士"也沐浴到了，但不小心摔下悬崖，幸亏被绝壁处的一棵树拦住，才大难不死，被救起后脚摔断了，后考上进士，也算是应验。有意思的是，时隔28年后，黄道周在官场上失意而归，又来到了灵通山，并在山脚下开馆授徒，可见他对灵通山和这里的人确实是非常有感情的。如今，民间有关他的传说还很多，据传他在灵通山上隐居时，曾收服了一只白额猛虎，这只白额猛虎后来成为他上下山的坐骑，果然神奇飘逸。虽然这只是一种传说，但反映了民间对黄道周的怀念，并把他神格化了，其实这也在情理之中。试想，灵通岩那么高，四周都是悬崖绝壁，如果没有神力，又岂是一般人所能上的？历史传说有时也并非完全空穴来风。

据载，黄道周在灵通岩隐居期间，大旅行家徐霞客也曾先后两次来到灵通岩，与黄道周一起游览，"徐自毗陵来访予山中，不一日辄搜奇南下。觅篮舆追之百里乃及，相将于大峰岩次"（黄道周《分闱十六韵》诗序），文中的大峰岩就是灵通岩。黄道周还写下《赋得孤云独往还赠徐霞客》："何处不仙峤，长游已达还。猿鱼新换径，虎豹久迷关。天纵几人逸，生扶半世闲。樛枷言语外，别寄与谁酬。"可见，徐霞客之所以成为灵通岩的不速之客，与黄道周关系很大。当然，灵通岩的神奇肯定也让徐霞客赞叹不已，只可惜至今还没发现徐霞客为灵通岩所写的文章。关于黄道周，却还有一个谜至今未解，在他的老家漳浦县石斋村的明诚堂里，有一个用巨大的花岗岩建成的台子，台面上刻着16384个格子和8个大小不一的圆圈，据说这就是著名的天方盘，300多年来，天方盘引无数专家前来研究，可是都无法完全解出个中奥妙。足见黄道周在理学方面研究之深厚，令人肃然起敬。

与灵通岩结缘深厚者还有一个人，他就是开漳圣王陈元光的父亲——唐归德将军陈政，如今陈政墓就在灵通山狮子峰顶。唐高宗总章二年（公元669年），归德将军陈政奉诏南下平定啸乱，当时，福建多为狂锋獠之地，百事待兴，通过八年征战，虽多次打退当地少数民族武装，但大功未捷身先卒，病疫后葬于云霄将军山。后来有个风水先生称归德将军墓穴有王者之气，地灵钟秀，后代子孙有九五之尊，成帝王大业。其子陈元光，即后来的"开漳圣王"，对朝廷一片赤诚，忠心耿耿，并无据边称王之野心，但为避嫌，主动奏章上疏，将父墓迁往新安里大峰山上（即灵通岩的狮子峰顶），山下为陈氏集居地。这就是陈政墓的由来。值得一提的是，1991年，陈政墓已被福建省人民政府列为省级文物保护单位。

有意思的是，当年只因一句江湖话，陈政墓从漳浦将军山迁到灵通岩顶，而灵通岩就这样成为归德将军的安魂之所并传之千秋万代。这莫非也是历史故意开的玩笑，还是冥冥中自有天意？漳浦与平和交界，算是兄弟县，隔山相望。

层峰叠叠石千寻，老树寒藤隔翠岑。
烟雾中分天上下，洞门斜映日浮沉。
直从鸟道闻清梵，可怜禅声似古琴。
寄语空山旧猿鹤，何年相共守空林。

这是明东阁大学士林釬所写的《游灵通岩》。诗人寄语灵通山，在表达自己心境的同时，也把灵通山的幽静和禅意都写出来了，这就是诗人的魅力，也是文化的力量所在。其实类似这样历史文化名人还有不少，譬如张士良、陈天定、陈杨美等，他们都曾为灵通岩留下许多脍炙人口的佳话和辞章，在此不必一一例举出来。总之，灵通岩之美，之雄奇，之险峻，绝非只是因为几位彪柄千秋的历史名人的缘故，好山好水从来就是文人墨客和隐士的聚居地。灵通山也是如此。

灵通山怪石嶙峋，奇峰突兀，景色奇异瑰美，时有云雾自山谷翻滚而上，萦绕在身边，把整个身子托起来，果然有飘飘欲仙之感。最令人兴奋的还是那"珠帘化雨"的奇景。其美妙之处在于，从海拔1287米的岩顶上垂直倾泻而下，抬头仰望，只见涓涓细流，飞瀑而下，继而化成雨滴，如珠似玉，又仿佛串在一起，如珠帘挂于悬崖绝壁之处，风一吹，又缥缈不定，变幻莫测，实在很难接近。到过灵通岩的人就知道，整座灵通岩都是石头，其雄起的姿势充满雄性的力量和象征意义，而"珠帘化雨"所构成的魔幻奇景，一刚一柔，互相缠绵，更令人想入非非，莫非大自然有意在向人类暗示些什么？

近代海军的摇篮——福州马尾

往前看,历史像行驶在轨道上的一辆火车。往后看,历史更像一场宿命。

2014年3月,当我第一次踏进福州马尾船政文化遗址群时,立刻有一种被历史的纵深感所牵引的那种感觉,伴随着感受到被一种前所未有的惊涛骇浪所包围和震撼。马尾船政文化遗址群包括罗星塔园、马限山公园,园内不但有中坡炮台、昭忠祠、马江海战烈士墓、圣教医院、英国分领事馆等大量船政相关古迹,还有新建成的大型船政群雕、船政精英馆等。是名副其实的中国船政文化博物馆,也是中国第一个以船政为主题的博物馆。

在参观过程中我一直在想,如果没有满清王朝的腐败和坠落,中国就不会发生鸦片战争。如果没有发生鸦片战争,中国至今可能还闭关自守,沉沦落后。换言之,如果西方侵略者没有用"船坚炮利"打进中国,中国可能还在沉睡。也就是说,从某种意义上可以讲,正是鸦片战争给中国带来了科技的发展和海洋技术的进步。同时,也为中国打开了僵化的思维。福州马尾就是这样成为中国船政文化发祥地和近代海军的摇篮。然而,历史不会有如果。

"师夷长技"的实践就是从这个时候开始的。第一次鸦片战争时期,林则徐提出了仿造外国船舰的主张并进行活动,显示出中国海防近代化的新迹象。第二次鸦片战争的剧痛促成洋务运动启动,开始了"师夷长技"的实践。福州造船业从此迎来了新的发展时期。

历史资料显示，1842年，西方列强炮火轰开了福州大门。1866年（清同治五年），闽浙总督左宗棠在福州马尾创办了福建船政，轰轰烈烈地开展了建船厂、造兵舰、制飞机、办学堂、引人才、派学童出洋留学等一系列"富国强兵"活动，培养和造就了一批优秀的中国近代工业技术人才和杰出的海军将士。这些人先后活跃在近代中国的军事、文化、科技、外交、经济等各个领域，紧跟当时世界先进国家的步伐，推动了中国造船、电灯、电信、铁路交通、飞机制造等近代工业的诞生与发展。他们引进西方先进科技，传播中西文化，促进了中国近代化进程。他们直面强敌，谈判桌上据理力争，疆场上浴血奋战，慷慨捐躯。林则徐、严复、詹天佑、邓世昌等一代民族精英和爱国志士第一次让世界了解了福州人的骨气、智慧和力量。

然而，因为时局所限，福州马尾船政的辉煌只存续了40多年，尽管如此，并不影响其在历史上的地位和作用。充分展现出中华民族特有的砺志进取、虚心好学、博采众长、勇于创新、忠心报国的传统文化神韵，因此，福州马尾"船政文化"成了中国海洋文化不可忽视的重要内容和组成部分。说到文化，通常是指人民群众在社会历史实践过程中所创造的物质财富和精神财富的总和，包括社会意识形态以及与之相适应的制度和组织机构。福州马尾"船政文化"是指海洋方面。其在当时所发挥的主要作用，是肩负着民族振兴的重任，在如今的重要意义和价值，也是实现"中国梦"的重要课题。福州马尾"船政文化"的核心是"船"和"海洋"两方面。"船"文化代表着前承前启后，继往开来，"海洋"文化代表宽广，博大的胸怀以及以和谐为主题的大境界。当然，"政"也是文化一部分。当"政"上升为"文化"时，则意味着其已经被赋予历史使命，因此，今天我们发扬"船政文化"意义重大。

其实，福州"船政文化"有着悠久的历史。史书上载，胡人便于马，越人便于舟。《越绝书》载，越人水行而山处，以船为车，以楫为马，往若飘风，去则难从。西汉元鼎五年，"南越反，东越王余善请以卒八千人从楼船将军击之。"1973年，连江县浦口公社山堂大队砖瓦厂工人，在田间挖泥时，在地面下深约1米的地方发现独木舟的残体。据中国科学院贵阳地球化学研究所对舟体木材测定，其时间上限为公元前290年，下限为公元前100年（战国末至汉武帝时期）。由此，证实了古文献关于闽越族善于造舟的历史记载。同时，证实了福州"船政文化"的历史悠久。其实，这不仅是历史的必然，也是由独特地理位置所决定的。

　　福建靠山讨海，成了其谋生的必然手段和生存依据，从而催生出海上贸易，也因此必然伴催生出所谓"船政文化"。莆田诗人黄滔在《贾客》中写道："大舟有深利，沧海无浅波。利深波也深，君意竟如何，鲸鲵齿上路，何如少经过。"生动形象描写了商人在海上随波逐利的情形。宋代以来，中国经济中心南移，中原人口为战祸所迫纷纷南下，福建沿海一带人口猛增，许多居民被迫出洋贸易，或移居海外。据载，由于民间造船业臻于兴旺，仅福州"沿海九个县，就有三百七十三只海船。正因为造船业的发达，古代福建海上贸易的繁荣盛况是可以想象的。也因此，"海商"才会成为福建很关键的一个词和新注解。

　　当然，伴随着福建造船历史的悠久，和海上贸易的兴盛，才成为西方列强虎视眈眈的对象和窗口。由于清政府的积垢，长期的腐败和闭关自守，让西方列强找到了可乘之机，鸦片战争正是在这种情况下发生的。所以说，历史上发生的许多重大事件其实背后都有其必然的原因，而每一个必然的背后也都和人为因素有关。换个角度讲，历史上每一起重大事件的发生，无论正面与否，从历史的角度讲都有其双面性。一方面可能是正面的因素比较多，另一方面可能是负面的因素比较多，但双方面其实是共存互生的。以鸦片战争为例，其负面因素在于中国受到西方列强的侵略，由此造成国破家亡，百姓流离失所，其正面因素在于中国因此得到了警醒，由此带来科技和文化方面的发展与融合，然而，历史问题又有谁能说清呢？

　　福州马尾"船政文化"的发展，有一个非常值得肯定的特点，那就是兴办福建船政学堂并获得成功，而且，后来开办的水师学堂的总办、专业教师多是闽人。李鸿章曾说，"闽开风气之先，今日创办海军，岂能舍此而取其未习者？"然而，以笔者之见，福州马尾"船政文化"的发展，其重要意义不仅在于海洋科技方面，也不止于其成为中国船政文化发祥地和近代海军的摇篮，更重要在于提振整个中华民族的士气和爱国精神，其中出现若干历史英雄人物就是一面镜子。总之，先进的思想必然带来先进的生产力和科技，而文化的发展与繁荣是指日可待的。

最后，我想说的是，福州马尾"船政文化"的发展，既是历史的必然，也似乎已经成为某种历史的宿命。或许，这也是让许多人入迷的原因。此外，其文化的价值也是多方面的，因此，大力弘扬之外，也应不忘警钟作用。正所谓前事不忘，后事之师，就是这个道理。尤其其作为中国船政文化发祥地和近代海军的摇篮，更具有无可替代的历史地位和作用。从历史和文化角度讲，这应该也是"中国梦"的一部分。我相信，其必将给未来强大的中国提供巨大的正能量。

站起来是东西塔

泉州有句民谚："站起来是东西塔,倒下去是洛阳桥"。泉州的东西塔已成泉州人内心的图腾和象征,而洛阳桥也成了泉州人内心的典范和符号。许多外地人到泉州来旅游,都想去看看东西塔和洛阳桥,好像到泉州没有去这两处古迹胜景,就等于没来过泉州一样。

笔者为闽南人,与泉州近如毗邻,可我却是在不久前才去游赏泉州的东西塔,真是辜负了眼前的胜景。不过,其中却有个原因,潜意识里我总是认为,每个地方都该留点神秘,如果把每个地方著名景点都看过了,没了想象空间,那就太没意思了。1993年我就读鲁院期间,几乎把首都北京大部分的著名景点都游览过了,但我至今还是没登过北京天安门城楼,因此,从某种意义上讲,首都北京于我而言,至今依然是个谜,这种感觉非常好。但是,面对近在咫尺的胜景,我终于禁不住诱惑,不久前,特地去看了那站起来的东西塔。

据了解,泉州的东西塔是我国现存最高的一对石塔,位于泉州市区西街泉州开元寺内。开元寺始建于唐朝垂拱二年(公元686年),至今已有1300多年的悠久历史。寺庙规模宏伟,占地面积7.8万多平方米。气魄雄奇的大雄主殿、甘露戒坛、藏经阁和东西塔,以其古老精湛的建筑艺术和独具魅力的神韵著称于世。目前为全国重点文物保护单位。东西塔的东塔名为"镇国塔",高48.27米;西塔名为"仁寿塔",高45.06米。东西塔原为木塔,后改为砖塔,再改为石塔,仿木八角攒尖顶楼阁式建筑。东西两塔体例基本相同,塔盖上有铁香炉、铜宝盖，塔顶的八角翘檐角铁链和塔刹相勾连，塔刹尖顶装上沃金葫芦。塔身分为外壁、外走廊、内回廊、塔心柱等部分。塔内中心部位为石砌八角形塔心柱，外为回廊，塔心以横梁、斗拱与塔的外墙相联结；外壁正面设四个门，侧面设四个龛，门龛位置逐层互换，以减少上层压力；门的两旁各刻有高2米、宽1米的武士、天王、金刚、罗汉、天神、佛弟子等浮雕造像，龛的两旁则刻服饰、姿态、武器、表情各不相同、个性鲜明、形态逼真的雕像，五层共80尊。环塔身有檐廊，廊外有平座扶栏。塔基上有须弥座，全部用巨大的花岗岩石雕成。值得一提的是，塔须弥座束腰部有三十九幅青石浮雕佛传图，故事多取材于佛经及古代印度的民间神话传说，然后用绘画雕刻的手法表现出来，更显得生动、精致、珍贵。

更有意思的是，西塔第四层东北方向的一面浮雕石像。这面浮雕石像是一个猴头人身的形象，尖嘴圆目，凹鼻凸腮，头顶套金箍，耳朵挂耳环，脖项一串念珠，一直垂到肚脐，上身穿皮毛直裰，腿扎绑带，脚穿罗汉鞋，腰挂经书葫芦，袖子卷到肩头顶，左手举一支鬼头大砍刀，刀尖指向右角，刀柄有一条丝带套在左手腕，右手握在胸前，手拿一粒"念珠"，浮雕左上角刻有"猴行者"三字。经考察研究，这个猴行者就是印度教经典《罗摩衍那》里的猴王，叫哈努曼。哈努曼是风神的儿子，天生神力，拔山越海，一跃千里，本领非凡，而且心地善良，富有同情心与正义感，一位王子叫罗摩，受到迫害，被逐出国门，王妃又被魔王罗波那夺去，猴王哈努曼目睹王子罗摩的不幸遭遇，挺身而出，施展法力，帮助王子罗摩打败魔王罗波那，夺回王妃，收复王位。猴王哈努曼就成为印度教里的神，受到信徒的崇拜。这座浮雕石像证明自南宋始，泉州人民就开始接受外来文化熏染。泉州人爱看猴戏，什么《龙宫借宝》、《三探无底洞》、《火焰山》等，虽取材于古典名著《西游记》，但两者应不无关系。东西塔历经千百年风雨侵袭，地震摇撼，仍屹然挺立，确实给这两座宝塔蒙上许多神奇色彩。

关于东西塔的来历，民间有这样一种传说。相传，古代时候，泉州邻海很不平静，以讨海为生的人苦不堪言，加上泉州乃我国海上丝绸之路最重要港口，往来船只饱受波涛汹涌，更是叫苦连天，贸易常常中断，为此，当时泉州知府把情况上报朝廷。经朝臣商议，皇帝遂命两位著名建筑师到泉州建造双塔，以镇海妖。两位建筑师本为师徒，领命而来，从而成就千古佳话。然而，俩师徒为争夺名誉，也给世人留下了不好的名声。据说，俩师徒奉命赴泉州，一路上，师傅看徒弟越看越不顺眼，越想越不舒服，刚到泉州，师傅就约法三章，一、塔的高度和直径以及占地面积按照朝廷的旨意设计。二、按质按量按时完工。三、谁也不许偷看。施工之前，师傅还命人在中间垒起一堆大土堆，把一个地盘隔为两边，在建造中各自为战。鞭炮声中，东西双塔果然按质按量按时完工，游人纷纷而至，人们对着东西双塔品头论足，有的说东塔美观，有的说西塔别致，更多的人对西塔投来了赞美声。听着听着，师傅很不顺耳，当场宣布：师徒俩人要共同表演一个仙女散花节目，双双从塔顶跳下，为东西双塔的落成剪彩助威！说完，师傅递给了徒弟一把雨伞，双双登上了各自竖起的塔顶，然后双双纵身一跳。就在众人全神贯注之际，可怕的一幕出现了，徒弟撑的雨伞四分五裂，顿时命陨塔底。此时师傅却徐徐降落在塔下。原来，师傅撑着的是布伞，徒弟撑着的是纸伞，师傅故意借机整死徒弟，真是人心叵测。故在泉州有"东塔神西塔鬼"的传说。其实这只是一则民间寓言而已。细而思之，泉州人智慧，借此讽喻后人，以达警示。

　　如今，更有意思的是，在泉州安海，还流传一年一度的中秋"烧塔仔"习俗，据介绍，这一风俗源于元朝末期的一个中秋节，当地村民为反抗元兵，约好以"烧塔仔"为信号，一起杀元兵。闽南地区有句老话："三家养一元，一夜杀完全。"说的就是这个典故。活动开始前，现场已开始上演古筝弹唱、广场舞等，附近村民纷纷赶到现场，加入欢乐的人群。紧接着，活动开始，点燃两座砖塔里的燃料，不一会儿，火苗就迎风"激情四射"，火舌跳跃着钻出了砖缝。围着烧红的砖塔，大人、小孩都手舞足蹈起来，村民们纷纷掏出手机拍照，现场成了一片欢乐的海洋……这是多么温暖，活泼有趣的生动场景啊。

其实在泉州，"站着象东西塔，卧倒象洛阳桥"除了表面上是说，人长得像东西塔那么高，躺着有洛阳桥那么长，还包含另一层意思，即教育人，能做着就不站着，能躺着就不做着。也有不能懒散的意思。而我更倾向于一种内心的注解，最原始的那种诠释和诉说。文末，我想说的是，既然说到佛教，说到开元寺，说到东西塔，就不能不说到我国现代著名的高僧弘一法师。他是我国早期研究和介绍西洋艺术的先驱者，在美术、音乐、话剧、书法、金石、文学等方面都很有成就，是一位多才多艺的艺术家。他中年出家后大部分时间居住在福建，对福建的佛教和文化艺术有一定的影响，但这个是另外话题，且容后专文叙说。

蔡公回首看洛阳

说起洛阳，人们首先会想到河南，其实，福建泉州也有一个地方叫洛阳。河南洛阳有座桥叫洛阳桥，泉州也有一座桥叫洛阳桥，而且，历史一样久远。唐?李益《上洛桥》有诗："何堪好风景，独上洛阳桥。"明?张昱《感事》有诗："洛阳桥上闻鹃处，谁识当时独倚阑。"不久前，台湾著名诗人余光中来到泉州洛阳桥时，也写下一首诗。在诗中，他是这样描绘洛阳桥的"刺桐花开了多少个春天/东西塔对望究竟多少年/多少人走过了洛阳桥/多少船驶出了泉州湾/现在轮到我走上桥来/从桥头的古榕步向北岸/从蔡公祠步向蔡公石像/一脚踏上了北宋年间……"由此可见，泉州洛阳桥历史的久远，和诗人们对洛阳桥的情有独钟。

泉州洛阳桥，位于福建省泉州市东郊的洛阳江上。据考证，它是我国现存年代最早的跨海梁式大石桥，是世界桥梁筏形基础的开端，目前为全国重点文物保护单位。泉州洛阳桥原名叫万安桥，乃宋时礼部侍郎蔡襄所建。蔡襄学识渊博，书艺高深，擅长正楷，行书和草书，与"苏轼、黄庭坚、米芾"并称宋四家，《宋史?蔡襄传》中称："襄工于手书，为当世第一，仁宗尤爱之。"足见其于书法方面造诣之深。皇祐五年（1053年），蔡襄主持修建洛阳桥，时名为万安桥，桥长360丈（折1105.92米），宽广1丈5尺（折4.6米），酾水（排水孔）47道。洛阳桥建成后，蔡襄亲自撰写《万安渡石桥记》，刻碑立在左岸。如今碑尚在，文章简约，书法遒劲，镌刻传神，被誉为"三绝"。洛阳桥之所以原名叫万安桥，是因为那里有个渡口叫万安渡。之所以又名洛阳桥，是因为泉州城东郊那条江叫洛阳江，又有地名叫洛阳。不过，我想，会不会多少也和河南洛阳有点关系呢？毕竟河南省洛阳市被联合国命名的世界文化名城。当然，这只是猜测，泉州也是中国历史文化名城，或许根本不必去傍其他名城吧。再说，河南洛阳桥，原名也不叫洛阳桥，而是叫天津桥。尽管如此，天下两洛阳千古传佳话，也不失为美事。

蔡公回首看洛阳，各有各的佳话。事实也是如此，中国历史悠久，传统文化深厚，地名的由来各有各的传说，泉州洛阳桥的修建也不例外。相传一千多年前，泉州城东郊有个荒村古渡，名叫"万安渡"。这里水深浪急，过往船只每遇狂风则樯倾楫摧，不少舟舶沉埋海底，无数渡客葬身鱼腹……有一天，渡船离岸驶近江心，忽然龟蛇两怪浮出水面，顿时狂风呼啸，浊浪排空，小小的渡船眼看就有被吞噬的危险，突然从空中传来连声呼喊："蔡大人过江，休得无礼！"龟蛇闻声慌忙遁逃。霎时风平浪静，渡船安然抵岸。众人十分惊奇，不知谁是"蔡大人"。船中有位莆田孕妇，丈夫姓蔡，她心想将来生下的孩子定是非凡人物，便暗自许愿：将来孩子如能成器，定教他在洛阳江上修建一座大桥。毋庸置疑，孕妇怀中孩子便是后来大名鼎鼎的蔡襄——"蔡大人"。

一个人成就了一座桥，一座桥同时也成就了一个人。尽管这种说法本身逻辑不够严密，但是，无碍于一个人和一座桥千古留名，这就足够了。不过，让人神奇之处并不止于此，而在于它的建筑之不可思议。其全长近1200米，宽近5米，全部用长方形大块石砌起来，更不可思议之处在于这是一座跨海大桥，当时的人们又是怎么把那些巨石远到海里又搭起桥梁呢？古人的智慧有时真是让人匪夷所思。诚如以上所讲，泉州洛阳桥是世界桥梁筏形基础的开端。所谓"筏形基础"，就是用船载石沿着桥梁中线抛下大量石块，使江底形成一条矮石堤，然后在堤上建桥墩。此外，为减轻浪涛对桥墩的冲击，桥墩全中还用长条石交错垒砌，两头尖，以分水势，洛阳桥的桥墩形式别具一格，原因就在这里。不仅如此，经过长期观察，蔡襄还从礁石中生长着密密麻麻的牡蛎丛得到了启发，想出"种蛎固基法"以巩固基石，据了解，这种把生物学应用于桥梁工程中的做法，在世界上也是先创。至今，我们仍可从那些缀满白色蛎房痕迹的桥墩石，窥探它当年的模样。可见，一种智慧的做法是可以通过时间的考验，并得到历史认可的。蔡襄逝世后，泉州人民就在桥南建了一座蔡襄祠，以示对他的纪念和表达感激之情。

不过，据《泉州府志》记载，旧万安渡是北宋庆历初郡人李宠甃石作浮桥，后由郡守蔡襄主持改建成石桥。如此一来，便稍可理解了。此外，据史书记载，洛阳桥始建于北宋皇祐五年四月至嘉祐四年十二月，也就是公元1053年至1059年，整整花了六年零八个月，耗资一万四千多两银钱才建成，足见其浩瀚工程之所不易。该桥堪称中国伟大建筑，谱写下绚丽的篇章，也成了泉州人的骄傲。

石桥浮海上，洛阳入水中。泉州洛阳桥，令人倍觉有趣之处还在于，桥中间有个晋惠交界点，还刻了个界碑，一边是晋江，一边是惠安。据说，早期两边的居民互有短长，经常发生一些争执，后来干脆就在桥中间立了个界碑，以平息争端，果然相安无事。在古代，像这种划桥为界的事情比比皆是，也不值得其怪。其实有关洛阳桥界碑之类还有很多，譬如桥之中亭附近历代碑刻林立，有"万古安澜"等宋代摩崖石刻；桥北有昭惠庙、真身庵遗址；桥南的蔡襄祠里，就有蔡襄的《万安桥记》碑记，堪称珍贵文物。著名桥梁专家茅以升曾称赞说："洛阳桥是福建桥梁的状元"。我认为，即便把它放在全国乃至中国历史上，泉州洛阳桥的价值和地位也是很高的。

泉州洛阳桥，还有个显著特点，那就是周围海滩拥有一片万亩红树林，每当海水涨潮退潮都会发出哗啦啦的声响，伴随海风一起欢唱，胜似举行一场大型音乐剧。泉州的好朋友请我去参访洛阳桥，并在桥头大排档晚餐，那真是非常惬意的一件事情，我觉得，在这种地方晚餐，甚至比到五星级宾馆吃大餐还更加惬意。在这里，可以一边吃海鲜，一边享受海风带来的快乐，洛阳听潮绝对是一大胜景。

一座洛阳桥为我们留下美好的记忆，还打开古雅优美的视野和境界，这是它之所以能被保护并传承下来的原因。当然，也在于它的实用功能和现实意义。说到这里，我忽然在想，洛阳桥耐人寻味在于，其稳固近千年而不朽，那么，联想到当今那些如雨后春笋般出现各个地方的高架桥和跨海大桥，能否撑上三五百年呢？说不定大部分桥梁能顶上一二百年就不错了，果真如此，这是不是一种讽刺？古人的智慧，用最原始的办法比现代高科技还值得信任？此外，蔡襄的"万安桥记"碑刻，至今仍被传为美谈，那么，当下那又有多少文章能传颂千古呢？

一座洛阳桥令古今文化人钟情如斯，也足矣告慰先贤了。

大清帝国最后崩溃的原因

康熙皇帝称得上是一个开明的君主，并且开创了一个国家盛世气象。尤其是他大胆引进西学，让百家争鸣的做法，在当时绝对是十分了不起的事情。据载，康熙帝对于几何学原理的熟悉程度几乎可以和他的洋老师们平起平坐并且探讨问题，可见他对西学，尤其是数学已有很深的造诣。据介绍，康熙对于法国科学家巴斯加于1642年发明的手摇计算器爱不释手，下令传教士为他仿制并获得成功，尤其是天文望远镜，更让他如获至宝，摆放在自己的房间里，轻易不肯让人使用。

然而，令人大为意外的是，1715年，康熙帝突然下令禁止在科举考试中出现任何与天文历法有关的内容，也不允许主考官和考生涉及这些内容，并且提出「节取其技能，而禁传起学术」的基本原则，就这样这些近代科技成了康熙帝自己一个人的业余爱好。

那么，康熙帝为何要禁止西学呢？在康熙帝的眼中，西学要命之处在于开启了人类太多的想象空间，让世界变得缺少神秘感，如此下去，每个人都去研究西学，那国家要怎么治理呢？说穿了，他是怕西学影响到他的帝皇根基和万世基业。在康熙帝的内心深处，是想把帝皇根基当成万世基业的。

因此他就下决心严禁百姓研究西学。

与康熙帝是同时代的西方人，有一位了不起的人物，他就是历史上著名的物理学家--牛顿。康熙帝与牛顿都是热爱新知识之人，但牛顿把新知识当作学科进行研究和使用，而康熙帝只是把新知识当成一种兴趣，或者说，只是出于一种个人爱好而已，并不想把它深入进去，因为他对新知识产生了一种矛盾心理，一方面充满兴趣，另一方面又充满敬畏，所以拒绝了新知识的进入，因此可以说，后来的中国于科学方面之所以落后于西方发达国家几十年甚至上百年，和康熙帝有关。从某种意义上或许可以这么讲，大清帝国最后的崩溃，是从康熙帝开始的，因为他拒绝西学，闭关锁国，才导致后来当八国联军入侵时，大清帝国几乎毫无抵抗之力，当然，科技的落后背后也有人文的坠落与腐败。

"顺天皇帝"林爽文

中国历史上有多少个皇帝？一时半会还真说不出个准确数字。据国防大学出版社《中国皇帝史》：从秦始皇统一中国到清代宣统覆灭，我国封建社会共经历了352名皇帝，其中统一朝代的皇帝有146名。分裂时期的皇帝有206名。还有资料显示，中国共有83个王朝，共有559个帝王，包括397个"帝"和162个"王"，包括历代农民起义建元、称帝者约100人和"中华帝国皇帝"袁世凯。而在历代帝王中，寿命最长的是乾隆皇帝，享年89岁；寿命最短的帝王是东汉殇帝刘隆，2岁即亡。由此看来，如何拿出一个准确数字还真有点难。

那么，"顺天皇帝"林爽文到底算不算一个"皇帝"，也许还存在许多争议，但不管怎么说，在历代农民起义建元、称帝者中，清乾隆时期的台湾农民起义领袖林爽文绝对是个人物，不容忽视，历史也应该为他记上一笔。尤其是他作为当时台湾农民起义领袖而言更该被记住。

林爽文（1757~1788年），出生于福建省平和县坂仔一个普通贫苦农民家庭，乾隆三十八年（1773年）随父移居台湾省彰化县大里，时年17岁。据说，林爽文的祖上很穷，在村里常受恶霸、财主欺凌。有一次，本地一位土财主看上他家的一块风水宝地，就把它占为己有，林家上下无可奈何。林爽文出生时，有个游方和尚身披袈裟，来到林家门口，大声叫唱着："龟仔山，好地骨，有福气，真主出。"

林爽文父亲感到很好奇，就请这位云游和尚到家里坐，并且拿出家里最好的食粮——地瓜，招待这位特殊的客人。这位客人不客气就吃起来，之后摸摸肚子对着林劝说："这位孩子应该好好培养，日后定会干出一番惊天动地的大事业。"说话间，那个云游和尚瞬间不见踪影。后来，迫于生活无奈，林爽文随父移居台湾。

然而，当时的台湾也是战乱不止，官场腐败，民不聊生。父子俩到台湾不久，当地就因为土地开发问题而发生武装冲突（械斗），很多有钱人自组护卫队以保护家产。林爽文就同父亲商量，准备也建立一支私人卫队。林爽文的想法得到父亲的支持。林爽文从小好舞枪弄棒，对自卫队实行严格训练，自卫队很快成为一支训练有素的精锐队伍。后来林爽文凭着这股武力，保护受到地方官员压迫或是因族群冲突而避难的人，深受当地许多老百姓的赞扬，威望也日益提高。乾隆中后期，台湾吏治更加腐败，人民处于水深火热之中。俗话说，哪里有压迫，哪里就有反抗。台湾官场的腐败，终于引发了林爽文、庄大田的农民起义。

林爽文、庄大田发动的农民起义和天地会有关。乾隆四十八年（1783年），一位来自平和的天地会骨干，名叫严烟，来到台湾，并很快找上林爽文，说明发展天地会会员的意图。当时天地会在大陆打着"反清复明"、"顺天行道"的旗帜，号召民众起来反抗清朝统治，在民间影响巨大，人员众多，愿意追随者众，因此，严烟抵台很快激起了涟漪，与林爽文等一拍即合。不久，台湾天地会会员迅速发展到万余人，并相互结盟，遇到困难相互支持。林爽文也因此成了这支队伍的实际领导者，并成为台湾大地会主要发起人，从而受到热烈拥戴。

然而，很快台湾天地会组织遭告发，台湾总兵柴大纪，台湾道、台湾知府孙景燧等率兵，耀武扬威前往镇压。这些官兵一到诸罗县，不管三七二十一滥杀无辜者数十人。台湾天地会得知官府蠢蠢欲动欲扑灭刚刚点燃的熊熊烈火，这时也开始从暗处转向明处了，与官府展开公开斗争。林爽文指挥的起义大军所向披靡，取得节节胜利，声势大振，队伍也迅速扩大。乾隆五十二年十二月初，林爽文在彰化顺利建立了政权组织。起义之初，大盟主是刘升，林爽文为人豪爽，有义气，虽然没有读多少书，但却有点文韬武略，善于指挥打仗，在百姓中威望很高，不久就被众人推为盟主大元帅，并很快建号"顺天"。机构就设在彰化县署，属下分别有地方组织、军事组织以及司法、治安组织（相当于现在的公、检、法）。地方组织设节度使、知县、同知等职，军事组织设元帅、副元帅、大将军、将军、左都督、右都督、军师、总督、监军、提督、先锋等职。"顺天政权"就这样建立起来。林爽文自称"皇帝"。

其实，林爽文此人虽读书不多，却是个很实际很讲义气之人，他能够团结力量，体察民主，还十分重视农业发展，他说："吾以安民心、保农业为己任。"同时还注意改善军民关系，制定纪律，规定官兵对老百姓的东西分毫不取等等，受到众多百姓的拥护。林爽文还善于团结人，非常有家乡观念。据说当时漳州籍人与泉州籍人因为土地问题，经常有纠纷，林爽文发动起义时，呼应的主要是漳州人。但为争取更多人参加起义，林爽文经常深入泉州籍人集居地宣传发动，很快广东人、泉州人也纷纷加入，起义队伍就这样不断壮大。

乾隆五十二年八月，在清廷重兵围困之下，林爽文被捕，迅速被押解到北京，他历尽酷刑，于乾隆五十三年三月初十（又一说法是五月），在北京菜市口被斩首示众，时年32岁。为此，乾隆皇帝曾御题诗纪其事："大里灰摧破巢穴，频繁驰谕戒逍遥。抚降辑众日无暇，执讯招番进有条。究得生擒尽美善，不教余孽伏根苗。移师南指如破竹，待捷音惟幕与朝。"而庄大田在得知林爽文战败时，继续在牛庄、湾里溪等广集粮食弹药，调动和布置兵力，坚持抵抗清军。但最后也因寡不敌众而被捕，并在台湾府城被斩首。至此，起义宣告失败。

福康安平台大军凯旋时，乾隆皇帝亲自赐宴并再次御诗："……西域金川宴紫光，台湾凯席值山庄。敢称七德七功就，又报一归一事偿。戒满持勇增惕永，安民和众系怀长。养年归政应非远，益此孜孜励自强。"不过，据说，"顺天皇帝"林爽文被押解到北京斩首示众当天，北京菜市口上空，阴云密布，接着，天空下起倾盆大雨。因此，民间流传一种说法，说林爽文的父亲林劝，在离开大陆时，做了一个坟墓，没有注意到"金斗"下面有一团干草，林爽文起义失败时，正是这团干草腐烂之时，干草腐烂，致使"金斗"的分金变了，所以注定林爽文"皇帝"宝座不会坐稳。虽然这只是民间流传的一种唯心说法，但也反映出当时的社会和民心，历史耐人寻味之处就在此。这也是后人有必要了解一下"顺天皇帝"林爽文这个人和这次起义的原因。另外，有关林爽文与天地义的事情，也是很有争议的话题。

回过头来看，林爽文起义，前后经历一年零三个月，时间虽短，但参加人数达数十万，足见其影响力，难怪乾隆会将平台民变一事，列入十全武功。如今，历史烽烟已经消失，但冷静细想，林爽文起义算是台湾历史上规模最大，而且是清代历史上一次规模较大的农民起义，其历史经验和教训是值得深思的。当然，历史上这个"顺天皇帝"，已经成为一种传说。

雾峰林家：一个家族的传奇

中国人向来比外国人重视家族传承，而且由来已久。

《管子·小匡》："公修公族，家修家族。使相连以事，相及以禄。"南朝宋鲍照《数诗》："一身仕关西，家族满山东。二年从车驾，斋祭甘泉宫。"宋曾巩《徐孺子祠堂记》："当是之时，天下闻其风、慕其义者，人人感慨奋激；至于解印绶，弃家族，骨肉相勉，趋死而不避。"清吴伟业《毛子晋斋中读<西台恸哭记>》诗："龚生夭天年，翟公湛家族。"由此可见，中国人的家族观念根深蒂固。

光宗耀祖，慎终追远，因此成为历代家族的使命和职责。

台湾"雾峰林家"，就是一个响当当的家族例子，不妨做些了解。

2012年10月16日，台湾雾峰林氏后人返乡祭祖，其实这已经不是第一次，而且已回过家乡多次，此次不同以往之处在于以"台湾抗日志士亲属协进会福建参访团"的名义返乡祭祖。作为祖籍地的福建平和县五寨乡埔坪村林氏宗亲，以当地最热烈的欢迎仪式迎接台湾林氏宗亲回乡谒祖。于是，上演了一幕令人激动的场面。

其实追溯台湾"雾峰林家"家族史，要从200年前，即康乾年间（1754年）说起。那个时候，大陆沿海地区人口密集，生存困难，而台湾地旷人稀，资源丰富，民间有"台湾钱淹脚目"的传言，因此，许多大陆沿海地区人纷纷投奔台湾。雾峰林家就是这个时候过去的。

最早渡台的雾峰林氏，是一位从漳州府平和县五寨乡埔坪村过去的青年，名叫林石。他凭着坚强的个性，东渡台湾，开创基业。然而，那个时候，台湾其实是荒芜一片，险恶重重，当地土著番人又凶狠残暴，因此，创业非常困难。尽管如此，雾峰林家还是能够扎根下来。

乾隆五十一年（1786年），正当林石的拓殖事业进入旺盛发展之际，彰化地区爆发了林爽文事件。林爽文，原籍平和县，与林石算是同乡旧识。后来，林爽文起义失败，雾峰林家受到了牵连，由此破败。林石本人也在这场灾祸中惨遭死亡。其子孙四处逃散，后大里杙（今台中大里）迁到阿罩雾庄（今台中县雾峰乡），从而重新开创"雾峰林家"百年基业和万代辉煌。历史的偶然性有时候也会演变成某种必然，而这是没有人能够说清的。

雾峰，原来叫阿罩雾庄。是平埔族群的一个地名，介于草湖溪与乌溪之间，靠近内山，易遭番害，当时仍是一片草莽未辟的险地。据《林氏族谱》记载，黄端娘移居时，筑草庐以蔽风雨，披荆棘以启山林，过着十分艰辛的生活。其后代子孙林献堂于家谱中也写道："忍饥寒以成复兴之业，斯则我雾峰一系所当铸金而事者也。"由此可见，当时的雾峰林家是多么不容易。不过，一个家族要崛起有时是挡不住的。雾峰林家的发迹史，就是从这个时候开始。

黄端娘教子有方，其两个儿子也不负母望，能够继承父业，不仅经商有道，还擅于人际，很快成为当地富甲一方人士，受到尊敬和爱戴，从而奠定了"雾峰林家"千秋基业和好名声。

其实在当时，阿罩雾庄这个地方并不太平，土豪恶霸横行，为争夺土地、水源、山林，不时发生冲突械斗，雾峰林家作为外来闯入者，要想立足并不容易。长子林定邦就死于一次械斗中。为了复仇，林定邦长子林文察就开始展开了激烈的报复行动。林文察自小文武双全，才气过人，后来就被朝廷征召，从此踏上为民请命、为朝廷效力的征途，并屡立奇功。在特殊年代里，一个人的命运往往和整个民族连在一起。当然，前提是这个人要怀抱一颗火热赤诚的爱国之心。

咸丰八年（1858年），林文察因累积大功，获赏六品翎顶，"以游击分发福建,归筹饷例补用"。咸丰九年,林文察率台勇渡海西征。当时,阿罩雾兵勇多随林文察、文明兄弟赴大陆,转战闽、浙等地。同治三年(1864年)四月,福建延平军务危急,闽浙总督左宗棠急令林文察内渡驰援。同治三年11月,林文察率军到漳州,驻扎洋州;12月,移驻万松关,后遭太平军用计设伏,"先以赢卒诱,击走之",而"文察督勇奋斗,鏖战五时,所部死伤略尽,援兵不至,突围不能出;遂中枪,殁于阵",享年37岁,由于他屡立奇功,后朝廷追赠其为太子少保,赏骑都尉世职,准建专祠于漳州(今芗城区新华西路宫保第)与台湾的东大墩(台中市)两地,以供后人凭吊。

"出师未捷身先死,长使英雄泪满襟"。林文察英年早逝,对当时的朝廷而言,是一大损失,对"雾峰林家"而言,也是一大沉重的打击,之后一连串不幸之事发生,加深了灾难。譬如时为拥有"雾峰林家"家长的林文明之死就让整个家族笼罩在不祥的阴影之中。

然而,正所谓时势造英雄。光绪十年(1884年),随着中法战争扩及台湾,清廷为解决兵源、饷需问题,号召台湾绅民捐饷募勇,协助御敌。林家报国心切,积极响应,踊跃而上,指派长房(下厝林定邦派下)兵部郎中林朝栋捐饷募勇北上,效力刘铭传;二房(顶厝林奠国派下)林文钦南下,协助台湾道台刘璈,一同开赴前线,抗法保台。

林朝栋就是典型儒将,自幼熟读兵书,喜欢练武。在中法战争中,表现出色,不负所望,骁勇善战,大败法军,立下战功,朝廷大悦,钦加二品衔,赏戴花翎。光绪十年,刘铭传向朝廷奏称:"郎中林朝栋急公好义,自备资斧两月,募勇五百名来助防剿。臣设法凑解军械,令赴暖暖,共图捍守。"林朝栋夫人杨萍,也是个巾帼英雄,曾率雾峰乡勇6000余人击败法军,后亦被清廷封为一品夫人。夫妻英雄,满门忠烈,可钦可佩,谱写了一曲满门忠烈的赞歌。

之后的雾峰林家回归家族本身的发展,是从光绪十一年(1885年)开始的。这一年台湾刚刚建省,被称为"台湾近代化之父"的刘铭传再次倚重林朝栋,委任他为中路营务处,擢抚垦局长,以招抚

"山番",林朝栋又立新功。清廷为嘉其功,又赐劲勇巴图鲁徽号,命统领全台营务,授全台樟脑专卖之权。须知,樟脑是清末台湾三大出口商品之一,主要市场是德、法、英、美、印等国。由此林家垄断了全台生产和贸易的经营权而获大利。不仅如此,林朝栋还主持伐木局,为台湾铁路提供枕木;办煤油局,试验开发台湾的石油资源;开垦拓殖,辟田树木,于干溪万斗六之山中种有大片茶树,积极引进优良的茶叶品种,聘请印度的制茶大师傅,采用先进的种植和焙制技术,为振兴台湾茶业贡献甚多。这个时候,"雾峰林家"开始真正走向鼎盛,成为台湾省的名门望族,"雾峰林家"在台湾的地位得到了巩固。

甲午战争后,腐败的清廷政府被迫签订《马关条约》,将台湾和澎湖割让给日本。这对台湾而言,不亚于一场海啸和地震,对"雾峰林家"而言,同样是一场灾难。为免于被割让,林朝栋鼎力支持筹组"台湾民主国",推举台湾巡抚唐景嵩为总统,改元"永清"。尽管"台湾民主国"在世上仅存在150天就灭亡,但林朝栋的爱国心却不死。乙未战争,他组织抗日义军,率师北援。1897年两度奉旨晋见皇帝。之后又再"栋军",驻防江苏海州。1904年6月13日病死上海,享年五十四岁,身后归葬漳州香亭坂。所幸的是,"雾峰林家"并没有因为林朝栋的死而覆灭,而是将门出虎子,后继有人,而且再创辉煌。

俗话说,"虎父无犬子"。此话不假。

林祖密,名资铿,字季商,也是一名响当当的抗日民族英雄。他是林朝栋的儿子,后来与其祖父林文察并称平和人过台湾的"三代公卿",声名远播,在近代闽台史上确占有重要位置。有关林祖密的事迹在民间广为传播,尤其在两岸。此次雾峰林氏回乡谒祖其中一个行程就是在厦门参加台湾爱国志士林祖密雕像揭幕仪式,足见其影响力。历史向来是十分公正的,一个家族对民族的贡献永远不会被埋没。

不妨简单回顾一下,林祖密祖父林文察官至福建陆路提督,逝世后赠太子少保衔。父亲林朝栋因抗击侵台法军,开拓台湾有功,钦加二品顶戴，赐黄马褂，统领全台营务。他自己从小追随军旅，早年就参加孙中山组织的中华革命党，先后担任陆军闽南军司令、孙中山大元帅府参军、福建省水利局长等职，故祖孙三代被后世称为"三代公卿"，名副其实。一个家族创造这样的传奇在中国近代史上并不多见。

借此机会，不妨也对林祖密的一生传奇，多作一些了解。

林祖密不仅是个革命家，还是个实业家。18岁时他随父奉旨内渡大陆，不久遵奉父命回台经营雾峰产业。不过，那时正值丧权辱国的清政府与日本侵略者签订不平等《马关条约》将台湾割让给日本之际，林祖密的爱国之心迸发，子承父业，不负众望，继续高举"有国才有台，爱台先爱国"和实业建设的大旗，驰骋在海峡两岸，为中国民主革命事业努力奋斗。在此期间，他秘密资助一连串抗日活动。

光绪三十三年（1907年），漳州地区水灾严重，他慷慨解囊，捐资5万银圆购粮赈民，当时漳州人民众口皆碑盛赞祖密功德；民国二年，他先是在南靖县径口置田900多亩，开办垦牧公司；接着耗资6万元，创办郭坑后港林场；继又聘地矿师赴龙岩、漳平探测煤矿，并投资7万元开办漳平梅花坑煤矿；为繁荣经济和便利煤炭外运，他组建了华丰疏河公司，疏浚北溪河道；铺设程溪至漳州的轻便铁路，前后历时两年，耗资20万元。此举对促进漳州、北溪水陆交通便利，贡献极大。以上这些史料，都是有据可查的，林祖密"爱国甚爱家"的精神感动了不少人，从而也在闽台历史上留下了佳话。

林祖密的一生也很短暂，享年仅四十七岁。1925年8月，林祖密被北洋军阀李厚基的部下张毅杀害于店仔圩（今华安县新圩镇，已为虚墟），就这样结束了宝贵的生命。其实他早在1915年，就参加孙中山组织的中华革命党，次年，便收编闽南靖国、护法两派队伍，并捐数十万银圆为军饷，建立一支革命军，参加讨袁护法战争。1918年，林祖密被孙中山委任为陆军闽南军司令。鉴于当时闽南军界缺乏军事骨干，他在漳州创办"随营学校"（军校），创办时间比黄埔军校还早5年。只可惜，英年早逝，要不然定会做出更多建功立业大事。

不过，林祖密的一生虽然短暂，却在中国民主革命史上留下光彩的一页。1940年，国民党当局追念林祖密的突出贡献，明令抚恤，并以其事迹宣付党史。1965年，中国国民党追怀义烈，特颁"忠烈永式"匾额，以示旌扬，现匾额悬挂在"雾峰林家"宫保第。

以上这些历史资料都是有翔实记载的。至此，可以说"雾峰林家"三代公卿的使命已经完成，其青春热血、感人肺腑、令人荡气回肠的动人篇章也已经谱写完毕，历史也已经为其家族写下不朽的篇章。可贵的是，其后世子孙并没有因此而骄傲自满，或放弃建功立业的爱国热情，而是继续秉承先祖遗愿和未竟事业，一份忠贞报国之心淋漓尽致，令人由衷佩服和景仰。譬如林祖密之子林正亨，从小在林公馆（厦门宫保第）内长大，自幼受到父亲的革命思想熏陶。在日军大举侵占东北和华北大片土地之后，毅然弃笔从戎，报考南京陆军军官学校，并在抗战爆发后不久投入抗战。随后，转战湖南、广西等战场。在赴广西作战前夕，林正亨拍了一张戎装照片，并在照片上写下了这样的文字："戎装难掩书生面，铁石岂如壮士心，从此北骋南驰戴日月，衣霜雪。笑斫倭奴头当球，饥餐倭奴肉与血，国土未复时，困杀身心不歇！"体现了其坚强杀敌之心。这样的家族后人令人击节叫好。

雾峰林家不仅尚武，也不乏崇义之人。据史料上记载和对雾峰林家后人的了解，雾峰林家崇文是从林文钦起。林文钦乃林奠国之子，而林奠国乃林文察之叔。而林奠国有三子，文凤、文典、文钦，其中以文钦为能。林文钦性情温和，喜欢读书，不仅继承了林家遗风，垦种习武，而且兼有经世致用之抱负。如今在"雾峰林家"花园景薰楼堂屋前面，中央还悬挂着林文钦考中举人所设立的"文魁"匾额。左上方写着"顶戴兵部尚书闽浙总督部堂兼代办，监临兼理船政福建巡抚军谭锺麟代办监临日沟起居注官詹事府司经洗马提督福建全省学政王锡审"，右下角写着"光绪癸巳恩科乡试中式第七十九名举人林文钦立"。该匾额见证了世代武将出身夺得荣耀的林家，成功转型为名副其实"文武双全世家"的历史事实。就是他将"雾峰林家"

由武功转为文人书香世家的关键人物。林文钦之后，雾峰林家开始从粗犷豪爽的武将身份晋升为官绅阶层，后来还出现"雾峰三诗人"林朝崧、林资铨、林幼春三叔侄。雾峰林家人才济济，可谓名不虚传。

  一个家族的传奇能够延续百年，并代代人才辈出，可以说非常难得，尤其是像雾峰林家这样的家族，更是百年难得一见。其从逃难的拓荒农户小家，成长为集政、军、农、商于一身的显赫家族；从反抗地方土豪劣绅，到反抗外族入侵，参加民主革命，一个融入大历史背景的家族其实并不是历史的偶然。可贵的是，200百年后的今天，雾峰林家还是一个充满生机的家族，而且俊彦辈出，分布两岸和世界各地。另外，其实后人可以从雾峰林家传奇家族史中看到中华民族不屈不挠的性格特点和民族精神，也可以从中看到台湾的发展史和闽台两岸的血缘与亲情关系。总之，这是一个可歌可泣的家族，令人钦佩。

话说"二王共治"

中国历史文化名镇——平和县九峰镇,有一座府级建制的都城隍庙,里面供奉主神是唐代的著名诗人王维。也许,有些人会想不通,平和县建县至今才不过500年左右,而王维乃唐代诗人,他怎么会跑到平和县九峰镇当起都城隍爷?另外,一个小小的山区小镇又怎么会有一个府级建制的都城隍庙呢?这会不会太牵强?更有意思的是,由于王维的出现,平和县古县城九峰形成"二王共治"有趣局面,此事说来话长,且听我慢慢道来——

王维,唐代诗人,字摩诘,汉族,祖籍山西祁县,开元九年(721年)中进士,授太乐丞,被贬为参军后,复官为尚书右丞,世称"王右丞"。在中国文学史上享有"诗佛"之称,现今有存诗400余首。"空山新雨后,天气晚来秋。明月松间照,清泉石上流。竹喧归浣女,莲动下渔舟。随意春芳歇,王孙自可留。"《山居秋暝》;"人闲桂花落,夜静春山空。月出惊山鸟,时鸣春涧中。"《鸟鸣涧》;"独在异乡为异客,每逢佳节倍思亲。遥知兄弟登高处,遍插茱萸少一人。"《九月九日忆山东兄弟》。这些流传千古,脍炙人口之诗作就是出自他手。在唐代,王维与另一位诗人孟浩然并称"王孟",可见两人均非等闲之辈。

再说平和建县历史:明正德二年(1507年),漳州南靖与广东、龙岩交界处的农民在詹师傅与温火烧的率领下举行起义,不久就被官府镇压下去。八年,起义烽火再度燃起,而且声势比前次更为浩大,起义军转战闽粤赣三省边区，致使"三省震动"。十一年（1516年）冬，朝廷派王阳明为都察院左佥都御史，巡抚南赣、汀漳等地，镇压了詹师富等。于是生员张浩然、耆民曾敦立并山人洪钦顺等上书呈请设县，王阳明也认为"不设县治贼无由息也"，遂于明正德十二年五月二十八日具本请旨，在《添设清平县治疏》中申说理由"呈乞添县治以控贼巢，建设学校以移易风俗，庶得久安长治。"并踏勘县治所于河头大洋陂（即今九峰镇）。上疏不久便得到明王朝恩准，于正德十三年（1518年）三月置县。取寇平而民和之意义定县名为"平和"。由此可见，平和县最早县治就设在今九峰镇，而且，是由王阳明一手操办的。此外，王阳明还根据明朝政府的规定在建置县衙的同时兴建了城隍庙。有关这点可以从王阳明写于正德十三年十月十五日的《再议平和县治疏》中写道："正德十二年十二月初九日，本职督同各官亲到河头告祀社土，伐木兴工。……至次年五月，外筑城墙俱已完备，惟表墙因风雨阻滞，期在九月完工。县堂、衙宇、幕厅、仪门、六房俱各坚完，惟殿庑、分司、仓库、城隍、社稷坛，亦因风雨阻滞，期在仲冬工完。"（《平和县志》第975页）足以证明。

　　从历史的角度来说，王阳明还有一层身份更为重要，即他是我国宋明时期心学集大成者，可以说是个大哲学家。在历史上，王阳明的心学与和孔子的儒学、朱熹的理学，并称为孔、朱、王。由此可见，他的历史地位和影响力。其实王阳明还是位著名的诗人。他非常热爱故乡的山山水水，回故乡时，常游览名胜古迹，留下许多脍炙人口的诗篇。如《忆龙泉山》："我爱龙泉山，山僧颇疏野。尽日坐井栏，有时卧松下。一夕别云山，三年走车马。愧杀岩下泉，朝夕自清泻。"还有《雪窦山》："穷山路断独来难，过尽千溪见石坛。高阁鸣钟僧睡起，深林无暑葛衣寒。垫雷隐隐连岩瀑，山雨森森映竹竿。莫讶诸峰俱眼熟，当年曾向画图看。"这些诗明丽、秀拔，数百年来被人们传诵不息。可见，他与王维之间是有共同语言的，说他在诗学上崇拜王维也是说得过去的。

　　那么，王阳明到底是怎样请王维来当九峰镇都城隍爷？不妨看看以下推测，或许也是个非常有趣的话题。当然，或许还有其他因素暂时不得而知。

　　大家都知道，王维乃唐代诗人，而王阳明是明朝诗人，二者是如何扯上关系呢？有人说，是因为两个人都姓"王"，有渊源关系，也有人说，王维是王阳明崇拜偶像。其实，无论怎么说，王阳明把王维请来当都城隍爷在民间已经流传近500年了，而且香火旺盛，这是事实。回过头来仔细一想，王阳明把王维请来当都城隍爷也不奇怪，首先，王阳明是当时平和县的最高长官，想立谁为都城隍爷可以自己拍板；其次，王维是王阳明崇拜偶像，又都姓"王"，加上王维官至尚书右丞，请他来当都城隍爷并不为过；第三，也是最重要一点，就是两人"志趣相同"，都是诗人，又都对儒、释、道三教深有研究，可谓知己。

　　话说至此，我仿佛突然明白了，原来王阳明请王维来当都城隍爷是有"私心"的，那就是想要形成"二王共治"的局面。也就是说，王阳明和王维都姓"王"，又是崇拜偶像，因此他希望能够在自己创建起来的县治实现"二王共治"的愿望。也就是说，一个人管阳世，一个人管阴间，这样岂不妙哉?！当然，这只是我个人臆测，但我认为，王阳明作为一代心学宗师，他的造化境界当比我等俗辈高妙得多，因此，我宁愿相信"二王共治"符合王阳明的心学意境。当然，"二王共治"对平和县而言，也是非常有意思的组合，并传出许多佳话。在九峰镇和秀峰乡就有关于"城隍妈"的传奇，也因此成为信仰的依据之一。

　　九峰镇都城隍庙，始建于于明正德十四年（公元1519年），至今近500年历史，尽管清朝康熙、乾隆年间曾多次重修，之后也有过修复，但基本保存完好，没有太多改动，在都城隍庙里的二进和四进的回廊壁上，绘有《福禄寿星》、《十八层地狱图》、《二十四孝》等40多幅精美壁画，据众多专家考证，应为宋代作品，如此弥足珍贵的文物为"全国少有"，难怪平和县九峰镇会被评为中国历史文化名镇。

　　然而，令我更感兴趣的是，王维是个诗人，也就是所谓的文官，而王阳明是个理学家，又是平和县开县始祖，暂且不讨论他为何要把王维嬗变为地方黎庶的保护神和官吏执政的监督神,单就这一举动就道出了中国民间传统文化的特点,也传达出王阳明文治武功的愿望实现以及对文官制度和太平盛世的期待。或许,最有意思最耐人寻味之处就在这里。当然,历史真相如何,已很难考证还原了。

龙舞文化百花齐放

龙舞文化，百花齐放，是一件好事，这是一种巨大的民族精神力量的象征，同时是一种文化的演绎，有必要大力弘扬并引起足够重视。

江苏省昆山市陆家镇被誉为"中国民间文化艺术（龙舞）之乡"，其龙舞文化源远流长，尤其"段龙舞"节目久负盛名，曾入选《中国舞蹈集成》，同时被列入苏州市非物质文化遗产代表名录。另据悉，龙舞文化跟陆家有着很深的历史渊源，全国民间龙舞文化论坛曾经在陆家举行，而且每年也都会举行隆重的活动。据悉，作为舞龙之乡，"陆家杯"江浙沪舞龙邀请赛已连续举办两届，吸引众多来自江苏、上海、浙江的舞龙队参加，比高低。2012年10月，参加邀请赛的选手包括文化部"群星奖"获得者、中国民间文艺山花奖获得者，还有香港、澳门的选手等，盛况空前。据了解，全镇现有舞龙队20多支，数百号舞龙手。除了舞龙，陆家还有两大特色文化较为突出，即陆家浜鼓手和陆家球操，足见其内容丰富多彩，确是件好事，中国传统文化就应该这样传承下来并且百花齐放，各地都有。

实践证明，龙舞文化作为一种传统民间艺术和精神力量的象征，其民间保留方式很多，各地都有。我的家乡福建省平和县就长期保存并传承下来这一种民间艺术和活动内容，并广泛流行。每年春节和元宵，我的家乡都会举行隆重游龙艺活动，尤其是每年正月十五，活灵活现的龙艺穿行在大街小巷，为节日增添了喜庆的色彩。龙艺一般由

"龙头"、"龙段"、"龙尾"三部分组成。龙头和龙尾的扎制、装饰以及舞蹈动作略同于传统"舞龙"。龙段由数十块"艺板"连接而成，每块木艺板称"节"。每节长约3米，宽约0.3米，木制。每节艺板由两位壮汉肩抬，称"扛艺"。艺板上用竹、木、纸、绢等材料扎成楼、阁、舟、车模样，并点缀花卉草虫鱼和彩灯，此项工艺称"装艺"。每块艺板上站一位5至8岁少女或少男，全部按戏曲人物打扮，称"艺旦"。龙艺的节数不一，有24节、36节、48节等。2007年元宵，我的家乡平和县设计制作118节，400多米长龙艺，创下吉尼斯世界纪录。2008年，被福建省文化厅正式命名为"中国龙艺之乡"。

我的家乡游龙艺的历史，在清康熙版《平和县志》卷十《风土志》有载："民间结采架，选童男靓妆立架上，扮为故事，数人肩之以行，先诣县庭，谓之呈春。"这采架应该就是龙艺的雏形。解放前的龙艺活动，多由各村村民凑合，并推出一名会首筹办。每户或每二三户负责结一节艺，富裕人家结二节、三节不等。"装艺"的人不但要出钱，还要出人"扛艺"，并视扛艺为光彩事。五十年代后，龙艺活动多由集体举办。艺棚的装饰和艺旦的打扮趋于华丽。电力照明（日光灯、节日灯）的运用取代原始的火把、灯笼、瓦斯灯，且伴有广播歌曲，场面更为壮观。历史上最长有达72节，也是闽南历史上最长的——尾龙艺。龙艺出游称"迎艺"。"龙艺"踩街时还配套有彩灯队、彩旗队、彩车队、舞狮队、锣鼓队、落地扫等。近年来，我的家乡举行龙艺活动，内容和形式越来越丰富，主题也越来越突出，一般分为"古代篇"和"现代篇"两部分。"古代篇"由神话、历史、戏曲3部分构成，"现代篇"主要包含国防、科技、平和特产、奥运等4个主题。为彰显"巨龙腾飞"这个文化内涵，龙艺设计者在"龙艺"设计制作过程中，注重追求一种融民俗性、艺术性、科学性、思想性于一体的观感效果。譬如，"古代篇"里包含"八仙过海"、"穆桂英挂帅"、"天女散花"、"木兰从军"和一些老百姓喜闻乐见的戏曲文化等主题，其中"八仙过海"，为了收到"船摇波漾"的动感效果，设计者特意采用活动转轴与电源驱动配置手段，让人观之倍感真实与可亲。"现代篇"里则特设了"长征一号"与"长征四号"火箭模型，同样为了追求逼真，"火箭"升空点火处采用照明与风扇原理，造出一种"火箭"腾空而起的气势。此次活动获得巨大成功。有意思的是，每当游龙艺时，总是热闹非凡不说，所到之处，街旁的商家、居民都争相燃放烟花鞭炮，把夜空渲染得分外美丽，整个县城成了欢乐的海洋。特别是每年元宵节的游园活动已经成为传统保留节目，不仅仅丰富了群众的节日文化生活，也成为民俗文化展示的载体和平台，深受群众欢迎。值得一提的是，历年来，我的家乡游龙艺的重头戏，都是由小溪镇西林村扮演，118节龙艺也是出自其杰作。西林村有个侯山宫，是一座连接两岸的桥梁，创建于明正德三年（1508年），供奉主神是玄坛元帅——赵公明（又称财神爷、玄坛爷、银主公王）。民国初年，增奉关圣帝君。左侧附建碧云室供奉慈航真人（观音菩萨）。长期以来，侯山宫形成了自己独特的风俗习惯，民俗活动丰富多彩，其中以迎神、迎龙艺、结彩楼、演戏、建醮等为主要特色。当然，附近几个村包括乡镇每年也会举办同样的节目，然后一起到县城来进行活动，颇有互相比拼互不服输的味道，节目丰富多样，令人大饱眼福，大呼过瘾。

是的，中国龙舞文化精彩纷呈并博大精深，是民族精神力量的象征，故应大力弘扬并矢志不移。我也应该看到，要弘扬龙舞文化，未来还有走不完的路，挖掘不完的潜力，而要完成这项伟大工程不仅要靠官方推动，更要靠全民（民间力量）来传承和发扬。

去金门看风狮爷

去金门,只要跨过一道门槛就可以了。此言不虚。厦金两地,门对门,就像邻居,走几步路就到了,随时可以互相串门。喝喝茶,聊聊天,想去就去,想回就回,就这么简单。可能有很多人不知道,如今的金门岛还是属于厦门地区,不少金门人在厦门同安也有户口,厦金一体,名副其实。两岸距离之近,不用多作解释。

据说,刚从世界银行副行长、首席经济师位置上退下来的林毅夫,当年就是从小金门游泳过来的,这件事情至今还成为世界性热门话题和关注点,其实不应该也没必要。因为现在两地年轻人几乎每年都会在这里举行游泳比赛。为何会出现这么大差距,也不用多说了。

我去金门,最感兴趣不是以上所讲。有心之士,到过金门旅游的人一定知道,金门的风狮爷特别多,几乎随处可见,而且,每座风狮爷都是香火不断,构成了独特的人文风情和景观,颇让人玩味。这是一个有趣的现象,说明金门人对风狮爷的信仰已深入到灵魂里去了。

风狮爷,又称石狮王,石狮公,实际上是一头站立起来的狮子,造型古朴、憨态可掬。在金门,各个村庄路口、庙前都会有这样一尊披着红袍,高大威猛,精神抖擞的狮子石雕,它就是传说中的风狮爷。对风狮爷文化有一定了解的人就知道,它是从"石敢当"文化中演化过来。石敢当,又称泰山石敢当,民间专门用来避邪,据说很灵验。

中国人向来讲究风水学,深信风水的好坏会影响人的一生和家庭乃至整个家族的命运，并关乎荣华富贵，尽管这是一种迷信，但民间信仰就是这样形成的，谁也无法改变。风狮爷的出现也是风水学的产物。中国人相信世间有鬼怪存在，也相信万物有灵，包括风、雨、雷、电和自然界的一切都可能影响人类生存，故风狮爷有辟邪挡煞之说。

据金门县政府统计，金门现存的风狮爷共有68座：金沙镇风狮爷41尊、金宁乡风狮爷8尊、金湖镇风狮爷13尊、金城镇风狮爷6尊。须知，金门县不足5万人口，而风狮爷却遍布整个海岛，确实是很有意思的地方。据悉，这些风狮爷造型是由庙宇门口的石狮形象演变而来的。庙宇确是民间信仰最集中的场所，也是精神归依之地。

在金门时，我是无意中发现风狮爷的，可能是因为随处可见的原因吧。也不完全如此。据了解，金门的风狮爷信仰是从厦门传过去的，我完全相信这一点。如今，在厦门中华街区石顶巷就有一座"风狮爷"庙，据称，庙口那尊风狮爷已有六百余年历史，是厦金两地最早的风狮爷，多年来，每年都会有不少金门同胞从金门赶回厦门参拜。可见，厦金两地风狮爷同宗共祖，一脉相承不用怀疑。

众所周知，厦金两地都是名副其实的海岛，尤其是金门，处于风口浪尖上，自古以来，饱受风患侵蚀，于是在各个村庄路口、庙前树立风狮爷的石雕，以期镇风，庇佑百姓，驱魔镇风，符合民众心理需求，也是美丽得让人揪心的愿望。百姓祈愿合境平安，风调雨顺，这是人类最基本的信仰和生存依据。何况，厦金两地居民本来就是来自"同一个村"的，有共同的信仰本来就是天经地义，符合常态。

有意思的是，狮子为百兽之王，主要产地在非洲和美洲，中国自汉朝引进狮子后，狮子的形象就被用作辟邪招福的辟邪物。这正是中国民间信仰最为独特之处。当然，亚洲也有狮子但个头较小，而且大都生存在印度，中国虽也有狮子但可以说不多，尤其在南方更是少见，厦金两地几乎可以说是从来没有过狮子出现，可是，厦金两地人却愿意把狮子当成信仰之物，并奉为风狮爷。由此可见，民间信仰本来就是建立在大众内心，不一定是现实存在，而这恰好体现出人与自然乃至动物之间的关系，狮子作为百兽之王，人类对它产生敬畏并奉为信仰可以理解。据悉，不久前，"闽台风狮爷信仰"已被列入福建省第三批非物质文化遗产名录，这是个非常好的消息，以此推广，必能找回民间深层次信仰的依据和记忆。我认为，厦金两地有必要共推此事。

不妨回头，再说一说几个有关金门风狮爷的传说。据传，金门著名的陈祯墓自建立以来，面向的吕厝村即祸事不断，吕厝村的居民于是设立了的风狮爷，面向陈祯墓，用来破解风水。而刘澳村的风狮爷，是用来镇水箭，防止水鬼作祟，保住钱财不被水带走。还有，位于山后村的风狮爷，面向西方，用来破解地势较高的中堡村住宅的燕脊的风水。如此等等，无一不是在诉说人们对自然环境的重视和敬畏。当然，民间信仰本身就是一种心理积淀过程，视为某种心理暗示也行。

金门岛北山风狮爷也非常有名，其坐落于双鲤湖畔，昔日帆渡由此出海，到闽南沿海诸地，尤其是厦漳两地。风狮爷镇守海口，具止风，驱邪，护佑海上交通安全之象征意义。除了风狮爷外，古龙头的水尾塔也很有特点。相传，清代古龙头的殷商巨贾很多，可是都富不长久，富得快，退得也快。之所以这样，族长们认为，是因为附近海潮盈虚过大引起的，故建水尾塔以镇水。民间对风狮爷和水尾塔这种本能的信仰和依赖，由此可以得到印证。石器崇拜的想象也得到延伸。

总之，去金门看风狮爷，绝对是一个非常有趣的活动，千万不要错过，它不仅能让你更真实地体会到厦金两地连成一体的那种感觉，还能领悟到一种海岛独特的文化信仰和精神依赖。此外，风狮爷作为石器崇拜又一种呈现，已经成为两岸文化和信仰的胎记和注解，从某种意义上讲，既是历史所赋予的使命，也是民间信仰崛起的另一种召唤。相信，只要两岸携起手来，就能找回民族文化的核心和生存依据，并能把共同信仰发扬光大，从而获得精神上的超越与慰藉。实际上，从风狮爷民间信仰的出现，也可看出金门人乃至两岸同胞千百年来不屈不挠，愈挫愈勇，坚忍不拔，团结一致的民族精神和美好愿望。

结缘西禅寺

何为禅,佛经上说,禅,梵文"禅那"的略称,意译为"静虑"、"思维修"、"弃恶"等。人生无法,法于自然。拥有一颗宁静的心,质朴无瑕,回归本真,这便是禅。一般认为,达摩是中国禅宗始祖,慧可为二祖。到了惠能,凭借:"菩提本无树,明镜亦非台;本来无一物,何处惹尘埃。"偈语而得衣钵,成为六祖,自此,中国才有真正属于自己的禅宗。

何为禅寺,又称丛林、禅院,其实这只是中国禅宗修行道场的说法而已。六祖惠能,传至怀海,百余年间禅徒只以道相授,多岩居穴处,或寄住律宗寺院。到了唐贞元、元和间(785~806),禅宗日盛,宗匠常聚徒多人于一处,修禅办道。江西奉新百丈山怀海以禅众聚处,尊卑不分,于说法住持,未合规制,于是折中大小乘经律,创意别立禅居,此即禅寺之始。

西禅寺名列福州五大禅林之一,为全国重点寺庙,位于西郊怡山之麓,工业路西边南侧。古刹大门坊柱上镌刻一副楹联:"荔树四朝传宋代,钟声千古响唐音。"这是清代周莲撰写的联句,点明"西禅寺"是唐朝的古寺。据传,南北朝时炼丹士王霸居此"炼丹成药,点石为丹"。每逢饥岁,便靠卖药卖金换米救济穷苦百姓。后来王霸"服药仙蜕"人们便在他的故居建寺。隋末废圮。唐咸通八年重建,定名为"清禅寺",后改"延寿寺"、"怡山西禅长庆寺"俗称"西禅寺"。西禅寺占地7.7公顷,古刹巍峨壮观,藏有清康熙御笔《药师经》、清代壁画等。有诗为证：井碑舍利春光里，古塔玉雕图画中。点石神仙忧乐共，炼丹道士苦甘同。松林走兽寻幽梦，荔树飞禽指碧穹。御笔天香留雅韵，西禅寺院沐清风。由此看来，西禅寺号称八闽名刹并列为五大禅林之一，并非徒有虚名。

西禅寺名扬四海，我虽寡闻，却也听说过，但之前去过福州很多次，一直没有时机去拜访。近来，因缘际会，在不到半年里却去了两次，而且两次都是在我毫无心理准备的情况下去的。第一次去西禅寺是今年3月份，那阵子我在福州学习半个月，有一天，朋友（政府部门里的人）打电话来，问我有没有空，我说有。于是他便过来我的住处（每次到福州，他再忙也会想办法抽时间见我一面，自掏腰包请我吃一顿饭，一直铭感于心，这次也不例外。）一看时间还早，朋友问，要不要去哪里转转？我说好。他问我，想去哪？我说都可以。记得有次来他就带我到号称福州最有文化的地方三坊七巷去转了一下，那也是我第一次去探访传说中的三坊七巷。此次，他问我，西禅寺去过没有？我说没有。他就说那就去一趟，那是一个值得去的地方。于是我们就到了西禅寺。来到西禅寺一看，果然是个好地方，环境古雅，清幽别致，禅院森然，水榭亭台，林荫间道，一树一花，一石一鸟，无不诉说着禅语，这种地方确实适合禅修。让我略感意外的是，西禅寺似乎没有我想象中的热闹，香客三三两两，足音清晰可辨，但香炉紫气蒸腾，弥漫一种神秘与空灵。不过，这倒也让我悟到了几分难得。心想，若是禅院热闹非凡，则不是禅院了，禅院之禅在于静，在于悟，在于空。

第二次去西禅寺是最近的事了。那天，去参加了一个会，朋友说，过两天地藏菩萨诞辰之日，你应该到西禅寺去烧个香，此后你将转运，开始新的人生旅程。我的这个朋友，原来也是衙门里有一定影响力的人，阅人无数，经验老到，一般很少看走眼，退下来后是许多民间机构争着抢要去"压阵"的人。我和他认识，并很快成为我的"大哥"（说实话，这是第一个从我口中叫出来的"大哥"），既然这样，"大哥"说话了，我能不去吗？何况"大哥"不是普通人。据说每年农历七月三十日就是地藏菩萨诞辰之日，我约了个朋友一起去，出发前给大哥打了个电话，想约他一起去，没想到，八点三十分，当我们到西禅寺时，他已经在大殿烧香了。于是我们顺着林间石砌小道，入山门，步进天王殿，穿廊历庑，来到大雄宝殿。进去后，马上就遇见他和另一个人，她是大哥的朋友，我们已经见过两次面，还一起吃过一次饭。没想到在此又一次遇上她，彼此会心一笑，便不再相扰，各自活动。有缘走到哪都会见到的。在禅院里，我们还遇上两位老板，其中一个手里拎着一个女式提包，可见还有另一个她。互相见面时，彼此也都很意外，但我马上明白了，他们也是大哥约来烧香的。果然，烧完香出来，我们走在一起了。不过，走到禅院门口就各自分开了。大哥他们回商会，我们另外有约。大哥的朋友开车送我们到目的地，为我们省下了一笔打的的费用，哈哈。

西禅寺就是个说禅问禅的地方。说白点，所谓禅，真有点像打哑谜。其实，人生就是像打哑谜。人和人之间也像在打哑谜。因为说不清楚的东西太多了，想不到的事也太多了，谁和谁遇上，谁和谁结缘，谁和谁分开，都打哑谜，谁也不知道结局，甚至连见面也像一场意外。但是，缘来缘去，终究是有天意的。也就是说很多事情看似一场意外，其实是必然的。这就是缘。人生苦短，要懂的东西太多，而我们懂的东西真的是太少了。禅是什么？佛家言，枯枝败叶也是禅。

西禅寺至今有一千一百多年。一座寺庙能够承载这么厚重的历史灰尘是多么不容易啊，其间所经历的风风雨雨，又岂是短短几句话就能说明白。据说，怡山是"飞凤落羊"的一块福地。怡山就是西禅寺所在地。王霸当年就是在此"炼丹成药，点石为丹"，尔后得道成仙，或许这本身就是天意。唐朝时，高僧大安和慧稜等曾在这里修行，宋时文慧、如然等禅师也曾在这里修行，之后，历朝历代都有人承继香火，正因为如此，西禅寺才会成为八闽名刹，福州五大禅林之一。

话说至此，有一事值得一提。据载，建寺之初，西禅寺周围遍植荔枝，故有千年"怡山啖荔"的风俗流传至今。据《西禅小记》中载，"最多时有荔枝树四五百株，其中多名种，核小、肉厚、汁多、香甜异常。"明朝开始，寺僧每年均举办荔枝会，邀请地方人士参加，寺里拿出保存的古今字画，请人赏析。每年盛夏蝉声高鸣荔枝红熟之际，福州文人雅士应邀莅寺，开园采摘品尝荔枝。击钵擘笺斗韵，挥毫书画，堪称盛事，留下许多轶事与诗词，成为福州一大传统民俗文化。记得蔡襄曾经这样称赞西禅寺的荔枝："荔树风光占全夏，荷花颜色未留香。"1981年全国佛教协会会长赵朴初首次到访就留下名句："百柱堂空观劫后，千年象教话当时。禅师会得西来意，引向庭前看荔枝。"

由此看来，"怡山啖荔"也是佛缘深厚，富含禅意，只可惜未见做足文章。或许，这也是另一种天机和禅意吧。我相信，西禅寺是个可以悟道的场所。

天下常熟

那天,孔子沿长江至武城,沿途看到滚滚长江东逝水,心潮澎湃,至武城后,听到了处处有弦歌之声,于是微笑着对迎接他的言偃说:"割鸡焉用牛刀?"

言偃不解。就问:"以前老师不是曾教导我要用礼乐来教育大众吗?并说,做官的人学习了它就会有仁爱之心,老百姓学习了它就容易听指挥,听使唤,教育总是有用的啊!"

孔子一听,脸露笑容,表示满意。

言偃即言子,常熟人,即孔子在江南唯一的弟子,晚年归里兴学,道启东南,文开吴会,被后世尊为"言子",是吴文化先贤之一。此人处世周圆,颇得孔子赏识,常与之交谈,令人刮目相看。

话说常熟,名起于"土壤膏沃,岁无水旱之灾。"可见确实是个好地方。明代沈玄有诗《过海虞》是这样描写常熟古城的:

吴下琴川古有名,放舟落日偶经行。

七溪流水皆通海,十里青山半入城。

齐女墓荒秋草色,言公家在旧琴声。

我来正值中秋夜,一路哦诗看月明。

其实常熟古城素有"鱼米之乡"之美称,至今已有1500年的历史。

从地理位置来讲,常熟地处江苏省东南部长江三角洲经济发达地区,且为中心地带,难怪会吸引天下豪客蜂拥而聚,争相挖宝藏,或吸收天地之精华。

　　从历史的角度来讲，不仅历史悠久，且人文荟萃，以上言子只是其中之一，此外尚有仲雍等。仲雍，又名虞仲，为殷末周族领袖古公亶父（周太王）次子，后成为吴君，殁后葬于常熟乌目山，乌目山因而改名为虞山。可见影响深远。

　　从景点上看，有辛峰亭、兴福寺等。辛峰亭位于常熟虞山东岭之巅，为虞山上标志性建筑。始建于南宋嘉泰初，名"望湖亭"，后更名为"极目亭"。明初废。嘉靖年重建，取名"达观亭"，又废。万历间再重建，因地处城之西，取名"辛峰亭"。兴福寺，原名破山寺，号称江南四大名刹（杭州灵隐寺、镇江金山寺、常州天宁寺、常熟兴福寺）之一，位于虞山北岭下。南朝齐始兴五年邑人郴州刺史倪德光舍宅建，唐咸通九年，赐额"破山兴福寺"。唐常建有诗《题破山寺后禅院》为证：

　　清晨入古寺，初日照高林。
　　曲径通幽处，禅房花木深。
　　山光悦鸟性，潭影空人心。
　　万籁此都寂，但余钟磬音。

　　通过以上介绍，可以感受到历史的厚重感和传统文化的不可或缺，更可以感悟到今天的常熟之来之不易。坎坎坷坷的历史道路，不仅有坎坎坷坷的历史人生，还会沉淀下厚厚的感情。历史之不可承受之重，何尝不适用于人生和命运？

　　说到这里，我又不由自主地想到"江南好，风景旧曾谙。日出江花红胜火，春来江水绿如蓝。能不忆江南？"这首诗。众所周知，这是唐代伟大的现实主义诗人白居易写的一首诗。通过这首诗，诗人把对江南的深切感受表达得畅快淋漓，也寄托了诗人对美好未来的无限憧憬与向往。当然，也是对历史的无限怀念与感恩。总之，江南的一草一木，一花一石，哪怕飘落在路边的一片落叶都能唤醒诗人内心深处的无限柔情。当然也能感化所有的读者。名诗名人之影响力莫过于此。

事实上，滚滚长江东逝水，不知有多少历史往事已成云烟，又有历史往事成了千古典范。更重要的是要抓住现在，这样才有可能展望未来。当然，萦绕在心头上的历史云雾，不仅是一种心灵的牵挂，更是一种灵魂的归宿。"能不忆江南"的痴情美景因此一幅幅被展现出来，同时也将带向未来，带向永远。

回到现实中来，今天的常熟，依旧会让人有一种"能不忆江南"之感。实践证明，作为"历史文化名城"之常熟，不但崇尚传统文化，同时也崇尚自然，有一种回归大自然的紧迫感。举个例子，常熟虞山上有一种绿茶，名叫剑门绿茶，就是生长在虞山山顶上，那里的山峰状如刀劈斧砍，因此叫剑门，周围又是奇石林立，然而山势却平坦，可见种满垅垅茶树。又因其面向碧湖，空气清纯，每年"谷雨"前后，茶树长出嫩芽，及时采摘，精工焙炒，制出驰名中外的高级绿茶，故此得名。类似这种透射大自然芬芳和魅力的例子，比比皆是，可见并非虚名。

当然，"能不忆江南"忆的不只是山水和茶树之类，还应该忆出一种情怀。正所谓一方水土养一方人。一方人的血液里面必有一方水土在，生命力顽强和万物生生不息的道理就在这里。江南不仅有小桥、流水、人家，更有如流水般潺潺而过，荡动在心头上的情怀。而这情怀不仅是美好的，更是生命力和健康的表现。

由此我又想起了孔子与言子的那段对话，可谓是经典，甚至是千古绝唱。"能不忆江南"的情怀里其实也应该或已经饱含着对孔子与言子的感恩和怀念。从某种意义上讲，今天的常熟人文地埋之和谐就是从孔子的礼乐中演化过来的，同时也是现代教育成功的典范，其经典意义绝对具有不可替代的地位和价值。

或许，对有些人来说，孔子与言子包括其他人只不过是历史人物或符号而已，尤其是在当今这个正处于全面解构的时代，相信会有人对历史人物不会再像过去那样尊重和崇拜，甚至有一种欲将之束之高阁的心态。其实这是缺乏历史眼光的。须知现在的一切包括未来的到来都将成为历史，到时候能留下多少东西垂范于后世，实在值得思考。更何况，现在的一切包括未来的一切也都是历史必然的产物，因此我们没有任何理由忽视历史和历史人物，更应该深怀感恩之心。天下常熟的道理也就在这里。另外，耐人寻味的是，天下常熟，以何为常？以何为熟呢？

这个时候，我仿佛又看到了孔子与言子师徒俩又站在长江边上，远望着滚滚的波涛奔腾而去，溅起的水花化作了一只只白鹭，时而潜底，时而飞翔在浪花之上，而孔子在岸上，用拉长的声调说，天下有常，尔乃熟也。

回老鲁院

趁赴京学习期间，抽空回老鲁院。屈指一算，距离1993年3月已经十九年了。此时，夕阳西下，放射出金色的余晖。你还是你，没有变，依旧是当年那个熟悉的样子，亲切而又儒雅的微笑，让我再次感受到了暖流，目光莹动。

之前，听说你搬家了，搬到中国现代文学馆去了，那里条件更好教学楼史宽畅更明亮，周围环境也更优美更现代化。想当年，老鲁院是何等风光，何等神圣，何等威望，何等让人敬仰和神往。事实上，许多当代著名作家就是从这里走出去的。此外，不知有多少作家做梦也想进入这所被文学界誉为中国作家"黄埔军校"。如今的新鲁院似乎更上层楼，令人欣慰。但我还是回到了老鲁院。这里有我的记忆，有歌，有酒，有喜，有泪，有文学，还有其他种种，让人难以忘怀。

当年的那棵诗歌小树已经长高了。绿荫下，繁花似锦，花铺修得整整齐齐。风一吹，到处都能闻到花草的馨香。当年那个朗诵诗歌的女同学，现在还写诗吗？擦肩而过的轻声细语，已经消失。教室，食堂，还有那个小操场，包括大门口和保安室（传达室），全都重新装修了一遍，修旧如旧，感受仿佛回家一样。

如今的北京城，早已不是十九年前的样子了，就连老鲁院门口的那条街道和对面的民居，也已挤建成几十层的高楼大厦，街道上车流如梭，不亚于三环以内，不过，路边还有几间小房屋没拆，不会是"钉子户"吧，但也很难说。北京是首都，各种文明汇集的地方，城市新旧吻痕自成一景,看似不合理其实很正常。

赵兴红是个很随和的老师,在她的办公室里聊天时,突然门口风风火火闯进一个年轻男子,体型略胖,语速很快,而且大大略略,不等发问,自己就先开口打断我们说话。"请问,这里是鲁迅文学院吗?"还没回答,他又抢话了。"太好了。我就想来这里学习。我会来这里学习的。我已经跟我们市文联领导说好了,说我要到鲁迅文学院学习,他们同意了,所以,我一定会来这里学习的。"

等他说完一大堆话后,赵兴红老师才问他怎么进来的,要找谁?

"你是这里的老师吗?那太好了,我就是要来找你的。我先来打探一下,回去后就跟我们市文联领导说,我要到鲁迅文学院学习,他们会同意的,我已经跟他们说好了。"

赵兴红老师很耐心地听他把话又重复说了一遍后,才对他说:"鲁迅文学院没有对外招生,现在也搬到新址去了,不在这里办班。"

"能告诉我搬到哪里去吗?我知道鲁迅文学院没有对外招生,但我已经跟我们市文联领导说好了,他们会让我来学习的,一定会的。我是个退伍军人,我当过排长,我写过一些报道,有在报纸上发表过一些,我可以来这里学习的。"

……

好不容易才把这个"文学青年"送走。

然而,这一幕让我想起十九年前的另一幕。

鲁院五楼,也是最顶层,有3间宿舍,和教室连在一起。当时,我和另外两个同学同住那里。有一天傍晚,我们正在聊天,突然闯进一位女子,又黑又矮又胖,起初以为是来打扫卫生的,再看她神色不太自然,上气有点接不了下气的样子,欲言又止,于是问:

"请问你找谁?"

"大哥,我想到这里读书,你们能帮我吗?"

不等我们回话,她又焦急地说:

"我是从新疆来的,乘好多天火车才找到这里的。我要到这里读书,你们帮帮我好吗,我求你们了。"

之后,才知道她从新疆来,身上没有钱,逃票乘火车来的,还走了两三天的路，目的就是要到鲁院来学习。她听说过鲁院，知道鲁院是培养作家的地方。

她拿出两三张新疆报纸，说里面有她发表的文章，让我们看。

由于鲁院不是一般的学校，没有对外招生，学员主要是各省作协推荐来的，并符合一定条件，即必须在省刊以上发表一定数量文学作品才可以。而眼前这位从新疆来的文学青年，虽对文学怀有万般情怀并求知若渴，也终归条件不足，再加上本班已过半学期，故结果不言自明。尽管如此，她的行为还是感动了不少同学。文学的内在魅力和吸引力也确实足以上人产生敬畏，信仰的力量无处不在。

还有一件事情让我印象深刻，并深受感动。

我们有个来自某省的女同学，快五十岁了。她是个乡下人，由于家里穷，十一岁就当了人家的童养媳，连小学都没毕业，她非常热爱文学，靠自学硬啃下不少名著，可是，十几年过去了，她只在地方小报发过几篇小稿，尽管如此，她依然如痴似梦追求文学的梦想，但世俗的力量对她产生巨大的压力。

在传统上，中国人受封建思想影响，女子要讲究"三从四德"。即未嫁从父、既嫁从夫、夫死从子；和妇德、妇言、妇容、妇功等四德。也就是说，一个女人要"嫁鸡随鸡""嫁狗随狗"，不许僭越"男尊女卑"的原则。换言之，就是应了那句话"女子无才便是德"。可是，这位女同学却硬是"不守妇道"，正式婚嫁后，总是身后背着孩子，一边喂猪一边看书，不惧流言蜚语，力抗压力，矢志不渝，坚走文学道路。后来，她的事迹终于引起注意，才被引荐到某省文学院学习，之后，又被推荐到鲁院学习。这个时候的她，已经是某省很有名气的女作家了。

值得一提的是，在鲁院学习期间，她的第一部长篇小说终于脱颖而出并举行隆重研讨会，之后，又改编成大型电视连续剧，在中央一套播出，并在全国产生广泛影响和好评。最让人感动的是，她的作品研讨会结束后，举行宴会时，不仅开怀畅饮，喝得满脸通红还要与同学喝交杯酒，看得连在座的汪曾祺、林斤澜等前辈们也都乐开了怀。更精彩的还在后头呢，就在宴会即将结束时，鲁院门口来了两位

"不速之客",分别是她离婚多年的丈夫和已经十八岁的儿子。而此次她丈夫是专程赶来要和她复婚的,当时,那个若即若离的场面完全不亚于电影镜头。

往事已矣,情思不断,不免喜忧参半,几多话语尽在不言中。

晚餐时间到了,赵兴红老师盛情留我在老鲁院的食堂里用餐,我很乐意地满口答应了。其实,我心里也真想留下来吃饭。这里虽只有快餐,可此时此刻,却比山珍海味还豪奢。食堂做的饭菜味儿依旧地道,因为还没开学,食堂冷冷清清,几个伙计和我们一起,各坐各的,各吃各的快餐。多么惬意的一顿晚宴啊!

话题还是离不开当年的鲁院,虽只有短短六个月,但记忆深刻。这种发自内心最真实的感情是没有期限的,也不需要保质期,时间仿佛永远停在新鲜的位置上。晚宴前,赵兴红老师带我重温教学楼。看到当年我住的那间宿舍,心头涌起无限的暖意,仿佛回到了过去。赵兴红老师的盛情我心领了。老鲁院本来就是很有故事的地方,许多名人都曾在这里留下过去,恕我无法一一将他们提起。

那些埋在这里的故事还在成长,有的已经长成大树,有的才刚刚发芽。赵兴红老师就住在这座院子里,相信老鲁院也有她难以忘却的情怀。其实,每个人的人生都一样,只是诉说的方式不同而已,听说老鲁院现在以网络培训为主,我相信精彩还在继续。

该到了离别的时候了。人活着终究敌不过时间的撕扯。爱一个人,和爱一个地方,其实是一样的。或许,老的地方会一如既往,但,我会永远爱着么?临别时,且让我再回头看一眼。此时,最后一缕夕阳已隐去,但天空却还明亮无比。

老鲁院,我还会再回来的。

时间的影子

时间就像幽灵一样，匆匆而过，有谁看见其飘忽的影子？

每个人都是被时间折磨过的人，而且正在被折磨着。每个人也都将是被时间抛弃的人，时间冷酷无情，但谁也没有办法反抗，只能默默地忍受。时间让宇宙运转，让地球上的万物生长并出现新陈代谢，从而繁衍不止。

非常佩服玛雅人，他们早在3000多年前就已经知道地球上一年为365天零24分又20秒，他们还知道"金星"上一年为584天，他们遗留下来的计算式，大约有6400万年了，而且精准无比。不过，据说有人曾经试图让时间停止，让世界凝固，让万物永恒，但最后失败了，因为他很快发现，当时间停止后，世界立刻失去感知能力，存在的意义也随之丧失，所谓永恒成了一句谎话。

时间其实是有影子的。自从万物有了生存的欲望和记忆后，时间的影子就出现了。人们通过万物生存的欲望和记忆找到了时间的影子，也找到了自己的影子。时间其实也是有名字的，就叫：过去、现在和将来。演绎成另一种说法就是昨天、今天和明天。然而，当我冷静下来时，心头上忽然一惊，恍然大悟，原来过去就是现在，现在就是将来。也就是说，昨天就是今天，今天就是明天。

接着，我又悟出了另外一个道理，即时间其实是用来回望的，成长中的记忆也是。当时间走到一定的时候，一定会停下来，给人有回望的机会，这就形成了历史，出现了记忆，这就是温馨，这也就是另一种痛苦必然存在的原因。时间因为有记忆而幸福并痛苦着,这是历史的必然。时间就像一个穿着黑衣的巫师。

　　事实上也是如此,我们的生活以及赖以生存的这个现实世界,已经有太多的东西被时间忘记,有些正在被遗忘之中。最朴素的也是最自然的,而最自然的也往往是最容易被忘记的,但它同时又是最接近人的情感和怀念。然而,现在连最朴素的也逐渐淡出我们的记忆,而我们看见了吗?又记住了吗?现在,我把看见的东西记录下来,以丰富记忆,这样会感觉会充实一些。我在扮演时间的记录者,其实也是时间的过客和被记录者。是的,我努力通过手中的笔去记录历史的片断,并加入自己的看法。然而,相对于时间而言,情感是靠不住的,但它是必需的,我试图用时间去看见和记录历史和记忆包括情感,这是应该的,也是一种偶然吧。

　　是的,昨天就是今天,过去就是现在,今天就是明天,现在就是未来。当一个人真正懂得怎样去看见一切时,心情一定是平静的。我喜欢用这种方式去看见一切,正如有些人喜欢用照相机或者画笔等记录对时间的记忆和感慨一样。我通过自己的看见去告诉别人我看见了什么?我会继续在这条路上行走,时间就像一位冷静的哲学家。时间正在无情地摧毁过去,现在也马上要粉身碎骨。

　　现在,我想问的是,你看见了时间吗?

　　看得见时间的人,才能看见自己。

　　看得见自己的人,才懂得珍惜。

　　懂得珍惜的人,才会有爱。

文人的脊梁

明代中期以后,特别是嘉靖以来,思想家和文学家引领整个社会思潮,商人的消费方式影响着价值观的形成。然而,中国知识分子的脊梁也是在清朝被折断的。洋务运动发生前,知识分子们的聪明才智皆用于"朴学"即考据之学,远离了社会,远离了民众,听不到他们关注社会关注民众的呼声,沉浸在整理中国古籍当中,导致当洋人携带着坚船利炮卷土重来之时,清政府瞠目不知所措,失去方向。从某种意义上讲,我赞成以上观点,同时也认为,这应该是当代知识分子对历史的一种思辨方式。

以史为鉴,可以知兴替明得失。清代统治者的思想影响着整个社会潮流,直至晚清,肃杀之气尚存,龚自珍"避席畏闻文字狱,著书全为稻粱谋"叹言在耳。从文人的脊梁可以看出一个朝代的思想和价值取向。有学者认为,从维护社会稳定来说,清代有借鉴意义,但从倡导自由开放和社会发展来说,似乎明代更见胸襟和气度。应该说这种观察角度很独特,思维和视野都很开阔,也相对客观和冷静,值得借鉴。当代中国知识分子就应该有这种眼光和思维,这样才能知道当代文人的脊梁在哪里,能不能或该怎样挺起。其实每个朝代文人都有自己的脊梁,也都能挺起,关键在于当代政府是否愿意让它形成一种思潮,如果愿意,则文人幸,如果不愿意,则文人只好退避三舍,而最后却需要整个时代买单。

现代中国文人的脊梁又开始硬朗了。改革开放三十多年来,经济的快速发展改变了中国人的价值观，包括整个社会的思维方式。然而，到了今天，中国人才开始发现，经济的发展并不是唯一的，社会上除了钱以外，更需要文化的滋养，否则整个社会的精神就会溃散，社会的发展也会处于不稳定当中，而且越来越严重。正因为如此，文人的脊梁又开始苏醒了，他们必将负起重要的历史使命和义务。现当代中国领导人提出，要实现"中国梦"，我认为这个中国梦首先应该是文人梦，因为文人梦可以让整个国家的精神为之一振，从而凝聚起来，紧接着"强军梦"、"强国梦"都可以一个个实现，因此可以说，这是一个了不起的时代。

那么，现代中国文人的脊梁又在哪里呢？我认为首先要重树民族的自信心，营造民族大团结的氛围，而这正是现代中国文人所必须关注并肩负起的使命和义务。也就是说，现代中国文人不仅要去整理中国古籍，也要关注社会，关照现实和人生，同时也要亲近民众，倾听民声，反映民众的喜怒哀乐和需求，包括愿望和理想的实现。总之，现代中国文人的脊梁就应该成为整个社会乃至时代的脊梁，这样，"文人梦"就能够实现了。当然，不只是"文人梦"要实现，"强国梦"也要实现。然而，同时也必须注意到的这样一个事实，即现代中国文人的脊梁其实也是非常多元化的，而且大势所趋，必须用心去关照和维护。

在网络化迅速崛起并形成的今天，文人的脊梁也已经伸进其中，并成为时代的一股洪流，因此，如何在网络里挺起文人的脊梁，无疑也成了当今社会的重中之重，因为未来的网络必将覆盖到每一个中国人身上。据不完全统计，如今中国的网络大军已超过4亿，而且网络写手多达2000万人。在这种情况之下，文人的脊梁如何在网络里挺起无疑至关重要。也就是说，文人影响社会思潮的时代又即将来临了，这是一个必须面对的事实。尤其是在一个市场化商人社会里，文人的脊梁所可能取到的作用和影响力是不可能也不应该被低估的。

在商人社会里，大吃大喝，贪图享受之风盛行这是必然的，商人的价值观必须重树，这也是时代赋予文人的使命和义务。当然，商人永远是商人，商人的价值观永远不可能和文人一样，但是，有一个共同点就是，商人发展到一定阶段，也需要并追求品位的提升包括生活质量的提高，而这就是文人的使命和义务。除了商人以外，官场内外，也是文人关照的重点对象。众所周知，一个腐败之风肆虐的时代，最需要的就是对精神垃圾的清理。而眼下的中国社会正处于全面转型和提升的阶段，如何改变官场风气在很大程度上也需要文人的介入。读书改变人，也改变社会，乃至整个时代，这正是文人所能取到的作用。一个能够把读书视为人生乐趣并养成社会风气的国家，必将是一个高品位有追求的国家。

21世纪中国迎来了"文艺复兴"的新时代，中华文明再次展露了兴盛的端倪。作为一个文人，他的"中国梦"必然也就是文艺复兴。西方的文艺复兴运动，建立在对古典的重新发掘与认识上，而中国的文艺复兴推陈出新，与现代接轨，这就是文化的使命。诚如以上所述，商人时代，是消费方式影响价值观的形成，而文人时代，则是品位的追求和对人生理想的实现，因此，这个时代必须挺起文人的脊梁，让民族精神重新焕发青春魅力。说得更直白一点，就是文人要有文化的承担，而这个时代现在已经来临。关注现实，弘扬主旋律，这就是一种承担。

冯骥才先生说，"一个民族的复兴需要有一批艺术家、作家站出来成为志愿者，承担这种责任。"我觉得，这句话讲得很到位很透彻了，但以笔者见，每个普通人都有自己的文化担当。文化人自觉地承担，普通人不自觉地承担，其实方向是一样的，使命必达。著名影星濮存昕说："我们每一个中国人，不管是不是知识分子，其实干的事儿都是过日子——像父辈、先贤们那样，吃中国的饭、说中国的话、想中国的事儿、办自个儿想办的事儿——这其实就是文化担当的基本内涵。而且我们要养育子孙，把祖上对自己的影响传给下一代。"这是大实在话。

总之，中国"文艺复兴"的新时代已经来临，文人的脊梁必须挺起来。

一滴水的光芒

　　大海是平静的，同时是汹涌澎湃的，大海因辽阔和深不可测以及变幻莫测，常会让人产生某种心虚乃至畏惧。然而，一滴水的光芒，却足以让整座大海变得明亮起来。湄洲岛素有"南国蓬莱"之称。事实上，湄洲岛不只是一座岛屿，还是一座灵魂的净坛，也可视为大海的一颗明珠。相传，海上女神——妈祖就诞生在这里。妈祖原名林默，也叫林默娘。妈祖是人们对"海上女神"的褒称。因她出生至满月从不啼哭，父亲给她取名曰"默"。其自小天赋异禀，兰心蕙质，聪明好学，8岁能诵经，10岁能释文，13岁学道，16岁踩浪渡海，懂医术，识气象，通航海，在她短暂的一生中，为邻里和过往的海上商贾渔民做了许多好事，经常在海上抢救遇险渔民。28岁那年，她辞别家人，在湄洲岛湄屿峰归化升天。目前，全世界有20多个国家和地区近2亿人信奉妈祖，并把湄洲岛视为魂牵梦萦，顶礼膜拜的圣地。

　　一滴水的光芒，同样足以让历史变得透明。海上女神——妈祖，一生救苦救难，普济众生，羽化后还让黎民百姓获得灵魂的慰藉。据史书上载，明代著名航海家郑和七下西洋，回来奏称："神显圣海上"。清康熙统一台湾时，将军施琅回来也奏称："海上获神助"。海上女神——妈祖就是这样神奇，其祖庙也因此屡次获得扩建重修。如今，雕梁画栋，金碧辉煌的湄洲祖庙，成为全世界华籍海员顶礼膜拜和海内外同胞神往的圣地，也就变得更加理所当然了。是的，海上女神——妈祖，已经化作海水，并通过一滴水的光芒，让人世间获得温暖和启迪。是的，我始终相信，人类内心有超越自身局限，了解世界及生存真相的渴望，而且相信，这就是人类对神的某种敬畏和寄托的原因。人的生命是极其短暂的，数十年乃至上百年也只是白驹而隙，仿佛眨眼之间，但是，人类内心离不开这种心灵上的慰藉。也许，大海的尽头便是生命的极限，也是宇宙和自然界的极限，但人类抑制不住内心的渴望，试图用短暂的生命去了解生命的本源和真相。也许，人世间所有的苦难和挣扎也只是生命存在的一种演绎，但人类为了实现自我拯救，奋不顾身的努力同样值得敬佩，于是，神的力量便出现了。

一滴水的光芒，足以让你发现，大海其实也是透明的。此时此刻，我正如一尾鱼一样，从海底抬头往上看，是的，天空是透明的。这个时候我终于彻底相信，海上女神——妈祖确实已经化作海水，化作朵朵浪花了。她的一生，始终以一滴水的姿态去普济众生，并拯救黎民百姓于水火，升天后又化作一滴水，以浪花的形式点亮湄洲岛，点亮海内外近2亿中华儿女的心，同时点亮了普天下所有女性的光芒，并撑起女性半边天，这就是她了不起的地方也是伟大之处。现实也是如此，多少人只要听到"妈祖"的名字，内心就会充满温暖，充满光芒。因此，从某种意义上讲，她的精神同时也撑起了整个中华民族的风骨。我想，这也正是她之所以能成为神并让天下人信奉最充分的理由。

古往今来，许多人都相信，在她将要出生前的那个傍晚，众人所看见的那一道从西北天空射来的晶莹夺目，异彩纷呈的红光，就是神的示现。许多人同时也都相信，在她将要羽化飞升那天，众人见她登高于湄峰之巅，告别亲人后，独自乘长风驾祥云，翱翔于苍天皎日之间，忽见彩云布合，人复不可见，也是她化神的另一种显现和告别方式。千多年后的今天，湄洲岛已经不只是一座岛屿，而演绎成一座灵魂的净坛，或许，也是一种天意。湄洲岛确实是个非常神奇的地方。

此时此刻，站在海边，让海风吹拂，让思绪飘飞。湄洲岛金色的沙滩让我顿悟，从此岸到彼岸，其实只有一滴水的距离，而那一滴水其实就是海上女神——妈祖的化身。这个时候，我忽然又有一种顿悟的感觉，心想，如果每个人都能化为一滴水并融入大海之中，也许是自然的一种造化，同时也是神的另一种旨意。一滴水能够照亮宇宙间的一切，包括脚底下的路途，那绝对是上苍的另一种恩赐。继而又想，其实每个人本来就是大海中的一滴水，只是还没有发光发亮而已。人世间确实有太多牵挂，欲望又太强烈，从而淹没了自己的思想和光芒，以致让一滴水变得很庸俗很普通。我试图努力通过一滴海水在阳光的照耀下去看见一切，可是常常会被那些耀眼的光芒挡住，那光芒又会是一种什么样的尘埃呢？我始终相信，大海其实是人类的另一处天堂。因此，当一滴水的光芒示现后，与天堂之间就没有距离了。

而且，我也相信，大海是平等的，风浪之上每个人也可能只是一片树叶或者浪花，这就已经足够了。有时候，人类抵达内心也只需要一滴水，从一滴水可以看到内心的强大，从一朵浪花也可以看到神的光芒。也因此，我又在想，如果每个人都有能化作一条鱼，那么，天空与大海其实就是一样的。或许，人鱼之欢，随波逐浪才是生命存在的最高境界。我幻想着像树叶一样躺在波浪上的那种感觉，我突然发现，其实天空也是那么蓝，而那悠悠而过变幻莫测的云彩也很像鱼的影子一样，飞过的鸟儿其实也只是一片树叶，多么不可思议的一种臆想啊。当一片树叶无忧无虑漂荡在浪花上时，它其实已经羽化成仙了。

是的，悟透一滴水，有时候需要神的启迪，也需要人类超凡悟性的淋漓尽致。正如湄洲岛一样，从海边的一座岛屿，到灵魂的净坛，中间走过了多长的距离。当海上女神——妈祖出现时，它才演化为灵魂诗意的栖息地，这就是它的神奇。突然间，我的眼前又幻化出一种情境，仿佛看见人类都是从大海里走上来的，而每个人都像刚诞生的婴儿一样，通体透明，红润又鲜活无比，仿佛浴后重生一般。

通过一滴水，可以让人看见一切，悟出生命的哲理。同样的道理，当海上女神——妈祖化为一滴水时，人类已经可以丈量出大海的深度，也可以进入神的境界。是的，我似乎开始有些相信了，大海其实就是人类最原始的故乡，而那随波逐浪的音符有如天籁更像童谣，我看见睡梦中的孩子们，正安详地做着如鱼一般的美梦，在海中戏水。

此时此刻，不远处的海潮正涌现无数的浪花……

美丽会咬人

最近，中国青年报社会调查中心对 17702 人进行的一项民意调查，结果显示，53.9%的受访者表示身边有做过整容手术的年轻人。75.1%的受访者认同，在现代社会，一个人的容貌与其个人竞争力有必然联系。由此看来，"面子"确实已关乎个人形象，也已成为广泛社会问题了，美丽会咬人。

一位社会学家曾经说过："实际上选美所昭示的永争上游的竞争精神，是女性这样一个社会弱势群体所必需的"。实践证明，"选美"已经推动了社会和经济的发展，并形成现代社会独特的人文景象。实践同时也证明，"选美"作为一种特殊的产业，伴随着世人赞同、质疑、反对和诧异的目光。然而，其活动非但没有昙花一现，还大有方兴未艾之势，实在令有些人始料未及。之所以会出现这种情况，充分反映出中国人骨子深处复杂的思想观念，即人类对美有一种发自本能的喜欢。此外，"选美"毕竟为女性提供了一个受人瞩目的舞台，也使女性扩大了影响力。这正是其焕发生命力的体现。"美女经济"的产生由此而来。

进而言之，美女既为经济，经济自然也会生产更多美女，这就是美女资源源源不断的原因，于是，包装、交换、分配、推广等，开始衍生出一条蔚为壮观的美女产业链出来。就这样，美女成为一种产品，一种市场的需求。然而，美女既为劳动者，所付出的价值也应该得到社会回报，因此一种价值交换就形成了。现实中，"美女经济"

所生产的美女如果能够一举成名，就可获得巨大的无形资产，就能做许多其他美女做不到的事情，而作为美女也就有了自身不凡的身价。

有一句话叫作："漂亮的脸蛋能出大米！"。这是20七十年代一部朝鲜电影中著名的台词。而这句话，在市场经济时代似乎得到了更广泛和充分的印证。"选美"正是在这种情况下顺应了时代的潮流，并促进了美女经济的发展。现在，许多报纸、杂志、电视，美女铺天盖地，随便搞个促销办个展览，美女更是不可或缺。什么"浴缸美女"、"香车美女"、"婚纱秀"、"空调秀"、"家具秀"等等，一个个活生生的美女亮出来，让人在不知不觉中爱屋及乌地延伸到美女促销的商品上。美女们以"形象代表"、"亲善大使"、"产品代言人"的形象出现，在市场上呼风唤雨，争夺眼球，为厂家商家建下屡屡奇功。

事实上，"选美"符合社会经济文化发展规律。也是一种"多赢"的游戏。观众赢在看了美女，心情愉悦；策划"选美"的公司赢在收到赞助费；赞助的企业赢在形象宣传随着"选美"也出名了，比买广告套餐还划算；美女赢在知名度也提高了；同时，对参赛者而言，赢在"选美"是进入娱乐圈的一条捷径，可谓多方受益。此外，美容美发、百货公司、珠宝公司、服装公司、宾馆酒店、摄影冲印等加起来，为"选美"大赛服务的人员不计其数。由此可见，"选美"带动了一系列相关行业的发展，而社会也共同创造的一个流行时尚和话题。

但是，"选美"到底是成材之道还是毁材之道？这一直也是人们谈论的话题。从某种意义上讲，传统的"选美"是男权的象征，而现代一些学者却对当前的"选美热"表示了担忧，认为过分地强调女性外表的美丽和性感，使两性之间的差异被强化分开，不利于男女平等。这种担忧应该说不是完全没道理。我认为，美不只是体现在长相上，即脸蛋和身材，也应该讲究内在美，即心灵美。

多年前，有一位15岁的美国小美女这样表露了自己的心迹："乘坐高级轿车是我们的追求，身份、财富、名誉，这一切在我们幼小的心灵中已扎下根。我们谁都梦想当公主，盼望为所欲为，拥有一切。

漂亮、爱情、殷实和名誉，美好的一切可以信手拈来"。可以说，这是众多美女内心共同的心声和追求，也造成无数美女盲目崇拜和追求的社会现实，明星热或多或少就是这种现实的产物。

"美女文化"使许多美女变得只顾虚荣，只顾追求物质上的享受，这是事实；"美女经济"也催生了众多不健康产业的出现，也是事实。社会上，纯粹以捞钱为目的的"选美"活动不少，包括扩大了色情产业的发展。事实上，现在只要打开网络，很容易就可以看到许多跟"情色"有关的网站，简直让人触目惊心。前几年，备受社会各界关注、有着全国第一大案之称的"九九情色论坛"色情网站案在合肥市中级人民法院拉开庭审帷幕。十一名被告人依次被带上法庭接受法庭的庄严审判，至今警钟长鸣。据报道，截至2004年11月15日17时，该网站"主论坛"版块注册会员共计75772名，刊载淫秽图片共计42705张，累计点击数32734600次；刊载淫秽文章共计4784篇，累积点击数24340050次；发布淫秽视频文件共计4094个，累计点击数1900525次。"买春堂"版块注册会员共计47452人，刊载淫秽文章共计207篇，累计点击数252731次。该网站已经给多少人带来危害实在难于估计。而这因"选美"而产生的负面因素确实值得关注。

当然，"选美"从刚开始好奇到抵触，再到后来与国情与女性的地位等一系列问题连在一起。经过一阵蜂起云涌之后，大家转为赞同和观赏，当然也有猜测和怀疑乃至非议种种。其实这也是一种过程。如今，人们对"选美"的是非评判越来越趋于平淡，越来越乐于接受，对参赛者的素质要求，对评委的权威性和整个操作规程也提出了更高的要求。越来越多的人开始以平和的心态来看待"选美"，也越来越多的年轻人把它看作展示自己美丽和才华的机会。更重要的是，也越来越多的人看出了"选美"当中包含着的巨大的商机，从一开始没有任何赞助到现在每一次的单项奖都有人专门赞助，当然，也越来越多的商家把它当作绝佳的推销机会。也就因为有越来越多的商业因素的介入，传媒对"选美"的操作过程也获得了巨大的利益。因此可以说现在的"选美"和过去相比，真是不可同日而语。

"人造美女"应运而生,也给"选美"带来新的变化。从某种意义上讲,人造美女也是"美女",只是会让人产生疲倦而已。据说,韩国多美女,而且长得大体上差不多,后来才知道,大都是整容出来的假美女。更有趣的是,据说韩国有一条街,专做整容,生意火爆,而这条街的顾客几乎都是中国人,因此被称为中国街。我想,之所以出现这种现象,大概有三个原因:一是试图投机取巧,想借助容貌拉自己一把;二是受大环境"以貌取人"的影响,君不见,不少用人单位完全属于"外貌协会"的;三是受外国文化的影响,不管自己外貌如何,都要跟潮流、赶时髦,花巨资进行整容。当然,也和经济实力有关,有钱才会去整容。

还有一个现象值得关注,随着美女经济、美女文化的迅速崛起,目前在大学里面也已经出现并且有可能很快形成一种现象,就是许多的女大学生们开始热衷于整容,有人为此专门做过认真调查,结果显示,女大学生们普遍反映出一种心态,就是认为整容以后走进社会,更具有竞争力和展现自己能力的机会。这种心态健康与否暂且不说,首先反映出当今社会对美的需求和对美趋之若鹜的心态。

最后,有必要提醒一句,美丽会咬人,内在美更胜外表美。

国画之国

中国画,简称"国画"。在古代,没有"国画"之说,古代绘画常用朱红色、青色,故称之为"丹青"。《汉书・苏武传》:"竹帛所载,丹青所画。"杜甫《丹青引赠曹将军霸》:"丹青不知老将至,富贵于我如浮云。"古代画工通常被称为"丹青师傅"。中国画之说,始于明末时期,随着外国传教士将"西洋画"带到中国后,与本土"丹青"形成对比,于是就有"吾国画"、"中国之画"、"中国画"之说。之后,中国画被简称"国画"。然而,中国画真正被称为"国画",应该始于1919年中国的新文化运动。当时的北京,思想界氛围活跃,许多"中国有,外国没有"的东西,被创造性地与"国"字联系在一起。什么国乐、国医、国菜、国画等相继问世,应运而生。1925年,广东癸亥合作社改称国画研究会,旨在"研究国画,振兴美术",1926年,苏州成立"国画学社"等,足以证明。

然而,追本溯源,真正的"国画"应起源于伏羲画卦、仓颉造字,或来自更早之前的各种图腾,包括由心理崇拜乃至敬畏所产生的幻象。旧石器时代,蓝田猿人、北京猿人,以及新石器时代的仰韶文化、大汶口文化等留下来的许多器皿已经证明。此后,各时期的陶器及陶器上的各种图案应该就是最原始的"国画",图案上互相追逐的鱼,跳跃的鹿等,想象丰富,栩栩如生。青铜器物上的装饰画,表现方法更为丰富,堪称一绝,有人物、风景、场面等,如宴乐、射札、表祭等,极富社会意义和审美价值。之后的禅宗,将"国画"表现得更加富有哲学意境，所谓文人画就是在这种环境下逐步形成的。《容台别集·画旨》道："禅家有南北二宗，唐时始分；画之南北二宗，亦唐时分也。"可见，中国画和禅宗关系密切。

中国画流派纷呈，似乎也成历史必然。别的暂不说，且以花鸟画为例——

五代时期，中国花鸟画就分为"黄派"和"徐派"两大流派。"黄派"即"黄筌画派"。黄筌善于技巧，继承前人轻勾浓色的技法又独标高格，深得统治阶层喜爱。黄筌为宫廷画家，亦即所谓御用画家，其善写宫苑中的奇花怪石、珍禽瑞鸟，勾勒精细，设色浓丽，不露墨痕，所谓"诸黄画花，妙在赋色"（沈括），画成逼肖其生，故有"黄家富贵"之称。"徐派"即"徐家野逸"，同属五代花鸟画两大流派之一，然其代表画家为南唐的徐熙。徐氏为金陵（今江苏南京）人，虽江南一布衣，但志节高尚，放达不羁，多状江湖，所绘的汀花野竹、小鸟渊鱼、草木虫兽，皆妙入造化。所作花木禽鸟，形骨轻秀，朴素自然，清新淡雅，独创"落墨法"。他的作品注重墨骨勾勒，淡施色彩，流露潇洒的风格，故后人以"徐熙野逸"称之。黄徐两派对后世影响甚大，故从某种意义上可以说，此二人堪称中国花鸟画鼻祖。

不过，应该说中国画从一开始就自成体系，之后才渐变。这一点可以从人文和地理环境进行论证。关于人文方面，上述已经作了简单介绍，就是中国画历史源远流长，有着最原始的创作冲动和本能。地理环境方面，则相对封闭，北有草原，南有高山，东临大海，西接沙漠，且"以黄河流域和长江流域为中心发展起来的华夏文明，在长期与边疆地区少数民族文化相并存的文化结构中，一般处于先进地位，形成一种根深蒂固的优越意识"，以"中"自居，过着接近于与世隔绝的生活，淡泊宁静，节奏缓慢，故养成并追求一种审美情趣。直至晚清，传统中国画柔靡画风，开始受到革新派质疑，并进行改革。于是，出现了一批个性强烈、不拘宗派、多以卖画为生的画家，如"四僧"、新安诸家、扬州八怪、海派等，这些画家追求自我，向往自由表现，特别是晚清画坛海派的繁兴，为中国画开创了新画风。

其实，自古以来"诗画同源"、"诗中有画"、"画中有诗"才是中国画成为"国画"的最主要因素。中国古代、近代，乃至现当代的著名国画家，无一例外都有很深厚的中国古典文学修养，甚至集文学家、画家于一身。苏东坡诗词享誉古今，山水画也独步北宋；唐伯虎因画名闻大江南北，也以诗名博得才子美誉；徐渭画风奇特，底蕴深厚，气势非凡，被时人称为"画坛怪才"，其戏曲创作闻名于世；近代齐白石、徐悲鸿、林风眠、黄宾虹，还有现当代的李可染、番天寿、黄胄等，其身上无不闪耀着极深厚的中国古典文学光芒。由此可以看出，要想学会创作和欣赏中国画，就必须掌握并懂得中国传统文化，尤其是古典文学。历史证明，历代尤其是元代以来，几乎所有的大画家都能诗，如八大山人、郑板桥、徐渭等。

所以说，中国画本质上应该就是文人画。也就是说，从某种意义上讲，是历代文人把中国画传下来并发扬光大。近代著名画家陈衡恪说，"文人画有四个要素：人品、学问、才情和思想，具此四者，乃能完善。"中唐王维将机理禅趣引入诗画，在诗歌和书画创作上极力讲求空灵，其思想一直影响到近现代许多著名的诗文作家和书画家。难怪从当年日本留学归来后曾出任北平女师、美专校长的姚茫父在《中国文人画之研究？序》中会这样评价："唐王右丞（维）援诗入画，然后趣由笔生，法随意转，言不必宫商而邱山皆韵，义不必比兴而草木成吟。"中国画还讲究"道法自然，物我合一"的创作方法，而这正是受庄子思想的影响。苏东坡说"余尝论画，以人禽宫室器用皆有常形；至于心石竹木，水波烟云，虽无常形，而有常理。常形之失，人皆知之，常理之不当，虽晓画者有不知。"这又是另一种境界。说出了中国文人画家心中的禅学和哲思，此乃大境界也。

人们常说，艺术来源于生活。是的，艺术创作需要灵感，而现实生活为艺术创作提供了丰富的灵感，但仅仅来源于生活是不够的，还要高于生活，只有融入时代性、时代精神，才会真正创作出好作品，这已经是被历史检验出来的真理。也就是说，见景生情、因物起兴，这是传统说法，只有将其上升为哲学思考和诗意，才会创作出更加精美和富有丰富内涵的中国画，并不断推陈出新，中国画的魅力就在于此。而要做到这一点，国学根基最为关键。当然，中国画分为人物、花鸟、山水、瓜果、虫鱼、走兽等几大类，但无论如何划分，中国画的特点和价审美情趣以及价值取向是一样的。总之，中国画重在"国"字，只有读懂"国"字才会解中国画，也才能看出审美情趣和价值所在。而要读懂"国"字就离不开中国传统文化，尤其是古典文学以及各方面修养，中国国画家们都准备好了吗？

文末，不妨也提一下，据说中国新文人画已经出现，并且预言，进入21世纪，"新文人画"画家群体已成为中国国画界的主导和中坚力量。所谓新文人画是指20世纪80年代末90年代初中国艺术界出现的一种文化现象。或许，这的确是值得关注的现象。另外，既然中国画被称为"国画"，那么，必将以"国"为本，继承传统，发展创新，将国之精神和艺术情操发扬光大，才不愧为"国画"。基于此，个人浅见，中国画应回归文人情怀，这样才能更能体现国画之国之韵味和精髓。没有文化的中国画就缺少精神和力量，审美情趣也会寡淡许多。

不流俗的写意

花中四君子，梅兰竹菊也。

世间万物繁茂，何以独梅兰竹菊为花中四君子呢？

仔细一想，莫非是文人雅士造出来的谎言？其实这也不奇怪，即便谎言也需有人侧耳倾听，授口以传，互相印证才是，否则谎言终究是谎言，成不了真实。

梅兰竹菊号称花中四君子，其实不妄也。梅，以其傲而不俗，排为老大；兰，以其雅而不傲，排在老二；竹，以其轻而不佻，排在老三；菊，以其丽而不娇，排在老四。可见，四君子并非浪得虚名，也难怪会成文人墨客笔下不流俗的写意。

从《诗经》中吹来一阵国风，诗句款款落下：摽有梅，其实七兮！求我庶士，迨其吉兮！摽有梅，其实三兮！求我庶士，迨其今兮！摽有梅，顷筐墍之！求我庶士，迨其吉兮！摽有梅，其实三兮！求我庶士，迨其谓之！据考，这是最早描写梅花的诗句。其实在这首诗中，梅老大被关注的不是花朵，而是果实。诗中讲的是一个恋爱中的女子苦等有情郎到来的焦急心情。这位恋爱中的女子希望意中人要在果实长满枝头的时候来相会，不要等到果实落尽时再来。当然，这位恋爱中的女子从花开时就开始在等待了。女子傲雪凌霜，美艳绝俗，坚韧不拔跃然纸上。即是说，内心火热的激情是苦熬出来的，就像梅花一样。"墙角数枝梅，凌寒独自开。遥知不是雪，为有暗香来。"王安石这首诗更直接表达这种心情。

就这样，梅花落满唐诗宋词。还被赋予神秘色彩，且看《神异经》里云：黄公鱼，长七八尺，状如鳠鱼。昼在石湖中，各化为人，刺之不入，煮之不死。以乌梅二七煮之，即熟，食之治邪病。梅子的神奇令人瞠目，也难怪至今社会上还有那么多人喜欢吃梅子，吃梅子竟成时尚谁能料到？梅子讨人欢心，还有典故，三国时期，曹操与刘备煮酒论英雄，据说煮的就是青梅酒。可见，梅是美人，英雄爱美人，乃天下道理。尤其当孤傲的梅花用生命力去诠释自己，哪怕天寒地冻，也要用清香去冲破矜持与羞涩，并用美丽的花朵去诉说内心的情愫与渴望，这种精神和品格怎能不令人敬佩？怎能不叫人垂怜？！与凛冽的春风相比，情何以堪。然而，数千年时光流过，置放于案头上的诗词曲赋早已化成淡淡暗香泼入墨色。于是，小桥流水断崖溪涧，点染几片情愫如画卷般展开，含苞欲放，梅影疏离，那梅枝与花朵早已瘦成一支画笔或一枚典雅印章。这样的写意岂惧天寒地冻？！

兰是君子，更是美人，一片冰心，冰肌玉骨，圣洁高雅，即使身居空谷，野草丛中，也能独自享受一种浅绿或墨绿色的寂寞。如今，且静下心来吧，听一听那一双兰手弹出来的琴音，那是流水，那是轻风，那是天籁。忽闻琴声中有种声音欲挣脱那流水，那空谷，那草莽，怎消得，知音难觅枉断肠，只能在平平仄仄的诗词里幽居。就这样，一泓秋水，映衬窗前的身影。飘逸如柳，鸿雁传书，轻柔的香，清丽婉约。而在这样的情境里，谁能解怀？"幽兰花，在空山，美人爱之不可见，裂素写之明窗间。幽兰花，何菲菲，世方被佩资籚施，我欲纫之充佩韦，袅袅独立众所非。幽兰花，为谁好，露冷风清香自老。"这是大军师刘伯温的识兰之心，可谓知己。然而，之于我面对如此惊世骇俗的美貌，则显得有些局促了。兰之贵，贵于心，贵在气质，贵于典雅自然，翩跹又如仙女，起舞于空谷，散发淡淡馨香，绵绵情意，此情此景，怎能不令人忘情？又怎能不让人眷恋？！

回到现实中来，若还能在门前竖几片篱笆，在空地上摆放几盆兰花，再摆上桌椅，又再端来茶具和热滚滚的茶水，然后，一边看书一边品茗，或者，三五文朋诗友一起，抱膝谈心，岂不快哉？只见篱笆外，几只小鸟叽叽喳喳，欢叫不已。其实这本来不应该是梦想，只是近几年来被过多的车马喧闹得有些远了而已。尽管如此，现实中并不乏"痴兰"之人，这就是对高贵的向往，脱俗的追求。其实养兰意在养心，大文豪韩愈在《幽兰操》里云：兰之猗猗，扬扬其香。不采而佩，于兰何伤。今天之旋，其曷为然。我行四方，以日以年。雪霜贸贸，荠麦之茂。子如不伤，我不尔觐。荠麦之茂，荠麦之有。君子之伤，君子之守。明月如霜，好风如水，凉爽的闲庭中，听兰咏兰抚兰爱兰，有时候，孤芳自赏也是一种贞洁幽美境界。泼墨兰花，其实只需几笔，便可点亮内心，丰富洁净精神品格。

中国文人墨客大都对竹子怀有特殊感情，恨不得把所有好词好句都用上，什么虚心向上，坚忍不拔、高风亮节等等，概不能外。画家更喜欢画竹，似乎很少有画家没画过竹的，这真是个有趣的现象。竹排老三，也就理所当然了。"生挺凌云节，飘摇仍自持。朔风常凛冽，秋气不离披。乱叶犹能劲，柔枝不受吹。只烦文与可，写照特淋漓。"康有为借竹抒怀，壮志凌云，不愧是有气节之人，可敬可佩。竹乃精神气节和品质的象征，充满佛家和道家的人文关怀。其实，我之于竹，更喜欢其浪漫主义情怀。无论是春风秋雨，哪怕是严冬，撷几丝阳光步入竹林那种情怀是慕名的，顿时会有清凉舒爽的感觉。夏日的竹林，就更不用多说了，竹林外，晴空万里，赤日炎炎，竹林里，却是凉风习习，仿佛从骨子里吹出来的，那种回归自然的美妙，恐怕神仙也常偷偷下凡避暑。抬头只见竹叶如蝶，万千飘飞，婀娜多姿，沙沙作响，似乎在演绎无数爱情故事。想当年，恰青春正茂，情窦初开，每逢夏日，每每偷来时光，与好友一起入竹林，或一边烧烤，或一边引喉放歌，着实快意。雨后春笋，更是长满唐诗宋词，短韵长句，有如竹笋。而那笋稍不留意，一走神就会化作妙龄女子，窈窕身材，莫不让人暗开情窦。若是有缘，此时此刻，又有青鸟鸣叫，那这个媒可就当定了，猪蹄面也有了。

闲话也不多说了。说到竹，不能不说简，竹简于中国文化的重要性和重要地位也不用多提了。幻想中，有一古人正手捧竹简徐徐步入竹林，然后端坐于一块青石上，研读时光。阳光从竹叶间摇落下来，闪着佛一样的光芒，真是入定了。苏大诗人东坡先生说，"宁可食无肉，不可居无竹。"到底达到了怎样的境界。我只知道，每逢走过竹林，哪怕只是匆匆而过，已被那生机勃勃的劲节感化了。

　　不知是哪位文人，把菊列为隐士，谦谦君子，飘逸风度，笑傲权贵。我想大概和大诗人陶渊明有关吧。"结庐在人境，而无车马喧。问君何能尔？心远地自偏。采菊东篱下，悠然见南山。山气日夕佳，飞鸟相与还。此中有真意，欲辨已忘言。"这种隐士情怀令天下人称羡不已。于是，哪怕菊不是隐士也成隐士了。相比之下，四君子中，菊是较为含蓄的，不轻易流露内心的情感。实际上，菊丽而不娇，傲然临霜，怒放于群芳凋零之际，肯定有过人之处，其隐忍的个性，或是为了崇高理想而厚积薄发，抑或是怀才不遇才选择隐士生涯，但无论如何，其不畏肃杀，展现万方媚态，默默地装点遍地铺金的金秋十月，本身就有大侠之风。

　　从春走到秋，实际上是从古走到今，菊的成熟与沉稳，注定要让人刮目相看。尤其是在偏僻之地，透过清凉的日子，那种质朴的野性，又不知滋润过几多天真。而我更加欣赏于那些落在菊花上的蝴蝶，或者蜻蜓和蜜蜂，它们仿佛也是阳光的剑客，又有神的力量，能令时光不老，岁月不老，周而复始的出现，能不让人抚须会意而笑吗？此时此刻，不远处的村庄，黄昏的炊烟已起，多少流落风尘的古诗词也开始飘着饭香了。或许，现代社会也该赋予其新的写意了。

　　是的，这是一个充满写意的季节和年代，花中四君子笑了。

文人与茶

自古以来，文人与茶关系密切。唐代诗人刘禹锡有诗云：“生怕芳丛鹰嘴芽，老郎封寄谪仙家。今宵更有湘江月，照出霏霏满碗花。”宋代八大家之苏轼也有诗云：“武夷溪边粟粒芽，前丁后蔡相宠加。争新买宠各出意，今年斗品充贡茶。吾君所乏岂此物，致养口体何陋耶？洛阳相君忠孝家，可怜亦进姚黄花。”诸如此类诗句，不胜枚举，不必多提。

在近代文人中，林语堂算是个茶道高手，他的“三泡”说，风趣幽默，道尽茶道与人道的奥妙，被广为流传。他说，“严格地论起来，茶在第二泡时为最妙。第一泡譬如一个十二三岁的幼女，第二泡为年龄恰当的十六岁女郎，而第三泡则是少妇了。”林语堂果然是个生活幽默大师，令人佩服。他还说“只要有一只茶壶，中国人到哪儿都是快乐的。”真是精辟之极。已故台湾著名作家三毛对茶道也很有研究，她说：“饮茶必饮三道，第一道苦若生命，第二道甜似爱情，第三道淡如清风。”把茶道和人道完全融在一起。林语堂的“三泡”说和三毛的“三道”说是否得自曹雪芹在《红楼梦》里有关妙玉“三杯茶”描写的启发，或纯属“英雄所见略同”我不得而知，但确有异曲同工之妙，不妨请看——

妙玉拉宝钗和黛玉吃“体己茶”，另拿出两只杯来。一个旁边有一耳，杯上镌着“瓝爮斝”三个隶字，后有一行小真字是“晋王恺珍玩”，又有“宋元丰五年四月眉山苏轼见于秘府”一行小字。妙玉便斟了一䀉，递与宝钗。那一只形似钵而小，也有三个垂珠篆字，镌着"点犀盉"。妙玉斟了递与黛玉。将前番自己常日吃茶的那只绿玉斗来斟与宝玉。后因听了宝玉的逢迎话，妙玉又寻出一只九曲十环一百二十节蟠虬整雕竹根的大盏来。

黛玉因问："这也是旧年的雨水？"妙玉冷笑道："你这么个人，竟是大俗人，连水也尝不出来。这是五年前我在玄墓蟠香寺住着，收的梅花上的雪，隔年蠲的雨水那有这样轻浮，如何吃得。"对不同的人，奉不同的茶，选不同的茶具，妙玉品茶之精，超凡脱俗。茶到了妙玉手里，已经不只是解渴之物，还演绎成一种形式，一种消遣，一种讲究，更赋予一种品格和格调。难怪妙玉会得出这样的高论："一杯为品，二杯即是解渴的蠢物，三杯便是饮牛饮骡了。"更绝的是，在《红楼梦》第二十五回中，凤姐儿送给林黛玉两瓯茶叶，并打趣道："……你既吃了我们家的茶，怎么还不给我们家作媳妇儿？"凤辣子真不愧为凤辣子，一句话就把茶和婚姻联系在一起，惹得黛玉娇羞无比。中国传统文化常让老外惊叫，原因就在这里。

其实，讲到茶和婚姻的关系，早在宋朝就已盛行。那时，聘礼又叫"茶礼"，行聘礼俗叫作"下茶"，女方接受聘礼以后，叫作"吃茶"，回礼一般选用果物，有时也加上茶。至今中国很多地方的农村还把订婚叫作"受茶"，把订婚的礼金叫作"茶金"。如果男女双方都有意，就会约定时间成婚，婚礼往往广邀宾客，大摆宴席，其中茶、酒和奏乐是必不可少的。清代，结婚的礼仪演化成系统化的"三茶之礼"，即求婚时的"下茶"、婚礼上的"定茶"以及同房时的"合茶"。由此可见，中国茶文化早已深入民间并演绎成一种契约式的婚姻伦理，蔚为大观。

老舍先生更不愧为茶道高手，他还能把茶喝成一门艺术。他在《多鼠斋杂谈》中写道："我是地道中国人，咖啡、可可、啤酒皆非所喜，而独喜茶。有一杯好茶，我便能万物静观皆自得。"的确，老舍生前有个习惯，就是边写作边品茶，一日三换茶，泡得浓浓的。以清茶为伴，文思泉涌，难怪能创作出《茶馆》这等不朽名篇。北京的"老舍茶馆"中外闻名，举凡游客不到老舍茶馆走一趟喝一碗茶必引为憾，尤其是文人墨客。鲁迅先生喝茶也颇有讲究，他说，"有好茶喝，会喝好茶，是一种'清福'，不过要享这'清福'，首先必须要有工夫，其次是练出来的特别的感觉。"还有他的兄弟周作人干脆将自己的书房命名为"苦茶庵"，并在经典散文《喝茶》中写道："喝茶当于瓦屋纸窗下，清泉绿茶，用素雅的陶瓷茶具，同两三人共饮，得半日之闲，可抵十年的尘梦。"他还说："茶道的意思，用平凡的话来说，可以称作为忙里偷闲，苦中作乐，在不完美的现实中享受一点美与和谐，在刹那间体会永久。"由此可见，文人与茶自古就有着一种割舍不了的情缘，或称其为气味相投更加合适吧。

话说至此，不禁想起公元850年，阿拉伯人通过丝绸之路从中国获取茶叶，17世纪末，英国东印度公司每年从中国进口4000吨茶叶，从而获得了巨额利润。继而想到，宋仁宗皇帝庆历四年（1044）十月，宋与元昊签订不平等条约，同意每年以赏赐的名义，分多次无偿给予西夏大量物资，除银、绢外，茶叶作为西夏索取的大宗物资，春季给2万斤，乾元节给5千斤，贺正节给5千斤，加起来，宋朝每年要无偿"赐"给西夏茶叶达3万斤之多。

其实，茶成为朝廷"贡品"，几乎每个朝代都有，茶也因此肩负起不可承受之重，这是让人始料未及的。然而，中国人爱喝茶，这是永远改变不了的事实，可贵的是，中国人在喝茶过程中还能悟出许多人生哲理，并做出很大学问来，这是让外国人不得不叹服之处。正所谓茶里乾坤大，壶中日月长。人生如茶，茶如人生，茶道即人道，正是此理。其实，善饮之人，早已超出一般茶的概念。也就是说，对于一个真正懂茶之人，万物皆茶，皆能品出人生的况味。当然，讲的是心境，是超然的心态和人生观，有了它，喝什么茶都是香的，这就是境界。不过，如此一讲，《红楼梦》里有关妙玉"三杯茶"的描写似乎就显得有些过于执着了。

擦肩而过

　　一个人从一座城市来到另一座城市，或从某山区来到某座城市，为的是等待机会，争取机会，把握机会，飞黄腾达，实现人生的某个重要的转折，可是，机会一次次的擦肩而过，他失望了，也衰老了，于是就感叹命运捉弄人。他每天不停地忙碌着，拼命地工作着，后来终于实现人生预期的愿望，却因此失去了许多东西，包括与爱情一次次地擦肩而过，最后孤零零的身影被夕阳一再拉长，这种凄美的结局，确实会给人以一种隐隐作痛的感觉。人生的意义和价值何在？

　　人的一生，注定要与一些东西擦肩而过，或在不经意间，或有所察觉，稍纵即逝的机会其实很多，可是，当你留意到它的时候，便会马上有一种非常可惜的感觉，但又说不清到底可惜在哪里。或许，应该就可惜在擦肩而过这四个字上面。的确，人生当中有许多东西与人擦肩而过后，从此再也不回头，一如落日绝情般的潇洒。

　　在机会面前擦肩而过确实是人生的一大遗憾，也确实是一种美丽的忧伤。不过，话说回来，在现实生活中，人们并不会太过注意这种擦肩而过，只有当长长的叹息伴随着某个人时，才会感到孤独和遗憾。不过，现在我所要讲的擦肩而过，并不停留在对这种人生喟叹上。从某种意义上讲，诸如此类的人生感叹，要嘛太多愁善感，要嘛人老掉牙了，不必多提，否则，人就会被某些情感所束缚。

　　我所要讲的擦肩而过，主要是指那种不经意的存在，或某种不经意的错过。而每一种不经意的存在和错过，并不是一个感叹词，也不是一个感叹号,更不是惊叹号,而是指人的某种经历,或流动在人迹关系中的某种匆忙和邂逅。现实中,还有一种表情比冷漠还冷漠,好像世间上每一个个体都是独立的一样,其实不然。

可以说,每一个个体联合在一起就是一个整体。也就是说,可以把每一个个体都看成是一个整体的一部分或一个组件,缺一不可,这就是生命和生存的秘密,也是自然界之所以能往复循环的根本原因。但是,人活在世间注定要与许多事情擦肩而过,人与人之间也一样,不可能每个人都认识,也不可能与每个不相识的人打招呼。或许,这就是人与人之间生存的局限,果真如此,实在是造化弄人。

人如果能在经历每件事情,或与每个人邂逅的时候,都留意一下或打个招呼,说不定机会就来了,缘分也到了,这应该算是经验之谈吧。因此,我要说,其实这并非完全不可能的事情,关键是人的内心有太多的挂碍,如果能抛弃这些挂碍,相信人就会变得轻松和快乐起来。可是,人有可能抛弃那些挂碍吗?显然是不可能的,这就是人始终飞不起来的原因,不过,我相信,人总有一天会飞起来。

其实,不管你是哪里人,也许你是来自某山区,也许你自小成长在都市里,其实都是一样的。我们每个人每天都要和许多事情许多人擦肩而过,这是没办法的事情,可是,难道我们不会首先学会留意一下吗?假如你学会了留意,那么,至少说明你已经是个有心人了。如果你还学会了与陌生人打招呼,那么,你将很快修得功德圆满,至少已积下许多福缘。这样下去,离飞起来就不远了。

关于爱情方面,擦肩而过的事情则更多,因此留在心底里的那种痛也会更多一些,尤其对女性而言,似乎更是如此。除了爱情之外,还有一种眼神更加值得关注,那就是关爱。我认为,人应该多一些关爱的眼神,这样世界就一定会更加美好和温馨。可是,我发现,现实中许多关爱的眼神也与人擦肩而过。举个例子,我们常会遇上一些值得关爱的人和事,可是我们擦肩而过,好像事不关己一样。

其实,这是非常不应该的,因为今天你忽略了身边的某件事情或某个人,哪怕是途中的某个事物,同样的道理,别的人和别的事物也会同样与你擦肩而过,这样你的人生就会留下更多的遗憾,灵魂也会因此受到更多的扭曲，从而有一种痛的感觉。错过，不管是有意还是无意，都有可能意味着某种永远的失去，尤其是灵魂。当人的灵魂因为种种原因而受到扭曲的时候，那么，这个仇就冤定了。

说到灵魂，虽然是虚无缥缈捉摸不定的，但是，灵魂与灵魂之间也常常互相擦肩而过，这是真的。也许，人们很少会去想这件事情，或很少有人会去感受和关注它。即便有，也可能只是瞬间的事情，即便停留的时间长一些，也可能因为种种原因，或畏惧或摸不着头脑而随风飘逝而擦肩而过，这也是很遗憾和可惜的事情。当然，灵魂是什么？其实谁也说不清楚的，但也并非完全不可说或无法说。

其实自然界也是有灵魂的。可以说，空气和阳光还有种种大自然的气息就是自然界的灵魂。此外，大山就是自然界的骨头，道路和河流就是它的筋脉或血管。说到这里，我想起了某本医书上有这么一说，人之所以会有痛感，会衰老乃至病亡，就是因为血液流通不正常造成的，灵魂在生命的枝头上颤抖，然后随风飘荡在空中和山野间，这是多么可怕的事情，同时是很自然的东西，属于自然的规律。

灵魂与灵魂擦肩而过，其实本来也是很正常的事情，和现实中的一切并没有什么两样。但我所看到的灵魂往往是孤独的，而且是冷漠的，有时候甚至比孤独还孤独，比冷漠还冷漠。灵魂在飘向自己的天堂时，往往是迷惘的，就像民间所说的无主孤魂一样。事实上，灵魂是很寂寞的，即使遇上别的灵魂，也可能因为互相陌生或者互相困惑而擦肩而过。灵魂飘向天堂的路其实也是很挤的。我还看见过有些灵魂也喜欢打哈哈，却像个哑巴，只见其影不闻其声，很滑稽的样子。

不过，一般地讲，灵魂是看不见的，要想看见灵魂必须用思想。也就是说，只有当你的思想长出眼睛时，你才能看出灵魂的模样。灵魂与灵魂擦肩而过的情形你才能看清楚。当然，也有一种灵魂是不必用思想的眼睛去看的，有些灵魂会像云雾一样出现，稍候就消失得不见踪影了，这正是灵魂不可捉摸的地方。

正因为如此，灵魂与灵魂之间其实也是需要学会互相问候，互相关心和关注，甚至互相取暖的，只有这样灵魂才不至于太孤独和冷漠，但是，谁能使唤自己的灵魂呢？说到底还是不可能的，或者很难做到的，更何况是别人的，但每个人还是要努力学会使唤灵魂的本事。譬如，有时候，人在做梦的时候，或许就是人的灵魂出窍的时候，这个时候，如果每个灵魂都能在梦中互相问候，多好。

　　回到现实中来，我们每天都和周围的一切擦肩而过，实在是很可惜的。尤其是当我们看见许多人为了生活得更好，拼命去赚钱，以致累得失魂落魄，实在是得不偿失。当然，赚钱不是一件坏事，但假如钱赚到了灵魂却没了，就很可惜，就很不值得，毕竟人不只是为钱或权势而活着，获得灵魂的快乐最要紧。

　　我希望，有一天能够和灵魂席地而坐，谈古论今，谈天说地。也就是说，我希望，每个人都能多长几个心眼，不要与周围的一切擦肩而过，包括灵魂，岂不快哉？而我也相信，灵魂与灵魂之间也是可以席地而坐的。当然，这不应该是一种妄想。真正有心眼的人，每天早晨起床，一定会先揉一揉眼睛，然后冲着灿烂的阳光微笑，而每临夜晚，也一定会伸一伸懒腰，然后进入梦乡与灵魂对话。

文章千古事

"锄禾日当午,汗滴禾下土。谁知盘中餐,粒粒皆辛苦。""春种一粒粟,秋收万颗子。四海无闲田,农夫犹饿死。"这是唐代诗人李绅写的诗《悯农二首》,这两首诗脍炙人口,堪称杰作,短短四十个字生动形象地描绘出农民劳作的艰辛,感叹劳动果实来之不易,对民生疾苦充满同情并揭露了当时社会的不公平,李绅因此获得了"悯农诗人"的称号。但是,不久前却听到"大家讲坛"里说,李绅其实是个生活极奢侈、人品极低劣之人,其为官后更是花天酒地、贪图享受,往往一餐要耗钱几百贯。他特别喜欢吃鸡舌,每餐一盘,耗费活鸡三百多只,院后宰杀的鸡堆积如山,因此被同时代的众多文人嗤之以鼻。这怎么可能呢?一个能够写出如此富有同情心并充满正义感的诗作之人,怎么可能是如此品行极低劣之人呢?如果李绅真是这样一个大混蛋,所谓"文如其人"之说,岂不成了天下之大笑话?所谓诗须真,又岂不成了滑稽的表述?须知,自古至今,不知有多少人受到这两首脍炙人口的诗作影响,可以说,天下学子都是读这两首诗长大的,如今这么一说,今后又如何教天下学子呢?"文不如其人"当真让天下文人汗颜。

然而,话虽如此,还是讲讲有关李绅的一些事情吧——

据说李绅当谏官时得罪过一个显官李逢吉。李逢吉趁敬宗刚登基,就参了李绅一本,敬宗就找个借口把李绅贬为瑞州司马。李绅被贬,一路上翻山越岭到了康州。康州到瑞州没有旱路,只有一条水路

——康河,而康河水浅难以行舟。地方官说:"李司马有所不知。这康河有条老雌龙,这河水涨不涨,全看它高兴不高兴。康州人凡有急事上端州,都备下三牲礼品,上媪龙祠去求水,只要老龙高兴,马上河水就涨。李司马,你不如备上礼品,上媪龙祠祷求一番,试试如何。"李绅说:"礼品还分多寡么?""礼品多,水涨得就大就快,礼品少了,恐怕就不好讲了。"李绅勃然大怒,说道:"世上贪官污吏勒索百姓,犹令人愤恨,没想到龙为一方之神,竟也如贪官恶吏一般,可愤可恼,我偏不上贡,还要作文骂它一顿!"地方官连忙说:"司马千万不可莽撞!惹恼了老龙,恐怕要误大人行期……"

李绅:"当今天子恼我,尚不过把我贬到端州,水中一鳞虫,看它能奈我何?"来到媪龙祠,李绅命书童摆出文房四宝,研好墨,伸好纸,手指着老龙塑像,写道:"生为人母,犹怜其子,汝今为龙母,不独不怜一方子民,反效尘世贪官恶吏刮民骨髓,岂不耻为龙乎……倘不,吾当上表天庭,陈尔劣迹,定伐鳞革甲,汝不惧雷霆耶?"写好,在老龙面前点火焚了,一道清烟升起。地方官吓坏了:"李司马,可闯大祸了!这老龙十分灵验,你这檄文一下,恐三月也涨不了水啦!"李绅傲然一笑,说:"误了行期,大不了丢了这顶乌纱帽。要是惹恼了我,拼着一死,我也要毁了这老龙祠,教世人不信这等恶神!"话没落音,家人禀道:"老爷,河水涨了!河水涨了!"果然,汹涌大水从媪龙祠后滚滚而出,片刻之间,康河成了十几丈宽,深不见底的大河。地方官又惊又喜,喃喃说道:"难道老龙也怕李司马的檄文么?"

很难将这个李绅与那个品行低劣的李绅联系起来。我甚至还想质疑,这个李绅不是那个李绅,如果是,怎么可能呢?当然,历史真相到底如何,现代人也很难铁口直断,只能根据一些零碎资料做出分析和判断。再说,人性本来就很复杂,有时真是说不清道不明。每个人都有不同人生际遇,面对生存压力,某些丑陋的人性便有可能暴露出来,诗人李绅或许就是这种人,似乎看透了人生,变得玩世不恭。其实,历史上像他这样的人又何止他一个人?譬如,中国历史上十大奸臣之一——秦桧,早期也是一个很有大义之人。靖康元年(1126

年），金兵进攻宋朝京城汴京（今河南开封），要求宋徽宗割让三镇：太原、中山（今河北定县）、河间。这时身为职方员外郎的秦桧，提出了较为重要的四条意见：一是金人贪得无厌，要割地只能给燕山一路；二是金人狡诈，要加强守备，不可松懈；三是召集百官详细讨论，选择正确意见写进盟书中；四是把金朝代表安置在外面，不让他们进朝门上殿堂，当时要弭兵就得割地。北宋派秦桧和程瑀为割地代表同金人进行谈判。秦桧在谈判中尚能坚持上述意见，于是又升为殿中侍御史、左司谏。后来，金统治者"坚欲得地，不然，进兵取汴京"，朝中百官在讨论中，范宗尹等七十人同意割地，秦桧等三十六人认为不可。只是在宋徽宗，钦宗被俘后，女真贵族要立张邦昌为傀儡皇帝。秦桧在金人巨大的压力下才变节。可无论秦桧是一个什么样的人，他的诗文独步天下却是事实。陶宗仪在《书史会要》中云："桧能篆，尝见金陵文庙中栏上刻其所书'玉兔泉'三字，亦颇有可观。"相传，如今的宋体字即为秦桧所创，只因其为历史罪人，未被称为秦体或桧体而已。

由此看来，不能仅仅从其行为上去断定一个人是否英雄。同样道理，也不能简单以其诗文之好坏去论一个人的品行，正所谓，眼见未必是真实，真实也未必如所见。人性是复杂的，也会有多副面孔，有的人言行不一不奇怪。话说秦桧之变节从某种意义上来讲也是时势所逼，如果宋朝气数未尽，而且正当强盛之际，也许秦桧不会成为中国历史上十大奸臣之一，相反，有可能变成忠臣，从而留名青史，受后人景仰。再说，宋朝气数已尽，忠臣变奸臣也不奇怪，正所谓时也势也。当然，本人并非有意替秦桧辩护乃至"平反"，只是就事论事，客观论述。至于像李绅这样的人，性质则不同，他是因为贪图富贵和权势，从而人性被严重扭曲，这样的人就非常不应该，也是非常不光彩的，历史将其可恶的一面还原给世人其实就是报应。这仿佛应了江湖上的一句话：出来混总是要还的。

李绅已去，但其后人尚在，相信当得知先祖是如此之人，并被掘墓鞭尸，定会羞愧难当，可又奈何。话说回来，盛世如今，这等臭文人还少吗？是该自省。也许有些人可能会很疑惑，如此之人何以也能写下千古文章？这个问题问得好。可以说，一个能写下千古文章之人绝非等闲之流，其内心所经历的磨炼也非常人所能理解和体会。也就是说，其必有超常之能力，能洞悉人情世故，并圆滑于世间，只是因为人品不行，空负好才华，换来后世骂名，真是可惜。

正所谓，文章千古事，得失寸心知。愿以此共勉。

我是谁？

　　一个作家首先要知道"我是谁？"然后才有权力去告诉人们"我是谁？"如果一个作家连"我是谁？"都回答不上来的话，那么，他是不配当一个作家的。更何况，一个作家的任务并不只是为了回答"我是谁？"他还要回答"他是谁？"或"他们是谁？"不仅如此，他还要会回答"他是什么样的？"或"他们是什么样的？"还有，"这个时代是什么样的？"或"这个时代要走到哪里去？"往更高层次去说，一个作家还要回答"人是什么？"或"人的未来会怎样？"还有"人性到底是怎么一回事？""人类纠缠不清的又是什么？"等等。同样道理，任何人都要懂得描述自己，否则，他永远不知道"我是谁？"永远是一条糊涂虫。

　　那么，"我是谁？"当要回答这个问题时，我才真正感觉到其实我是不配当一名作家的，因为我知道我永远也回答不好"我是谁？"更别说其他。而我之所以回答不好"我是谁？"主要是因为我还没那个勇气说出"我是谁？"就像一个做错事的孩子一样，永远不敢当着大人的面承认自己的错误，或者，永远不敢去面对自己所犯下的错误一样。但我发现和我一样的人远不只我一个，几乎每个人都是一样，至少潜伏着这一面，只不过有些人做得漂亮一些，有些人做得比较圆滑一些而已。不过，殊途同归，最后谁也没有回答好"我是谁？"似乎这个问题总是在不了了之当中一了百了一样，作家也不例外。当然，真正的大作家就不一样，比如，一说到这里，我就想起了卢梭的

《忏悔录》，还有尼采的《善恶的彼岸》等等，他们真是世界一流的作家，也真是了不起的伟大作家和思想家，跟他们相比，我空有汗颜和羡慕的份儿。

"我是谁？"我只是一个很普通的人，从农村来。我自小生长在落后的农村，后来才搬到大一点的农村，现实社会中的人都把它叫作"县城"。其实，我早就知道，"县城"只不过是大一点的农村而已，而我自己又是个不安分的人，只是当面对现实时才不得不安分而已。然而，就这句看似简单的话，没有丰富内心经历的人是很难理解其中的内在含义的。老实说，一个生性不安分的人要让他安分起来，没有经过内心的磨练和艰苦的搏斗是很难做到的，尤其是灵魂。说得更透彻一点，没有付出一定的代价是根本不可能的。不过，现实虽然残酷一点，但对于一个作家来说却等于财富，只是如果换给其他现实生活中的人来说，那才是真正的残酷，因为其不善于解脱，即便解脱出来，性情也会大异。当然，面对大起大落的人生来说，也许有人也会把它化成资本去运作，唯一糟透的是，这样的人生其实也是很可怕很危险的。

"我是谁？"其实我只是一个对"人"感兴趣的人而已，不过，这样说也不圆满，因为从某种意义上讲，每个人对"人"都是感兴趣的，只不过我自己觉得相对比较自觉而已。但是，对"人"感兴趣未必是好事，当然，也未必是坏事，从人性深层角度来讲，对"人"感兴趣其实是因为对"人"心存恐惧，当然，这种恐惧也充满悬念。当我发现自己喜欢上"人"时，我的灵魂已经被带走了很远，当我回过头来想要欣赏现实生活中的灯红酒绿时，我发现现实中的我只剩下躯壳，根本不懂得血和肉到底是怎么一回事，感情又从何而来？又为何消失得如此之快又如此缠绵，总之，我感觉到现实生活中的我实在太缥缈太微不足道了，也许幸运与悲哀就在这里。于是我喜欢上了文学，并在有意无意间被人称之为作家，后来我才发现或感觉到，其实作家也是很俗气的一个名词，尤其是当它也被商业化或官样化的时候。

"我是谁？"其实遐想是我的本能，冲动也是我的本能，这一点用不着多说有诗为证:"人如果只能活到七十岁\ 我至少要耗掉一半的时间\ 才能够抵达小镇\ 从小镇到小镇\ 中间仅隔三十五步\ 但是三十五步的距离\ 差点输掉了我的全部\ 尽管我的永远也非常渺小\ 但是在小镇\ 我内心的黑暗毕竟看到了希望\ 而我所看到的阳光\ 也毕竟开始使我明亮起来"。这是我三十五岁时写下来的作品。四十岁时,我写下《在心里过年》这首诗:

四十年前
我在混沌的母体里过年
年味充满着母亲体内的血气
但我不知道我是谁
三十年前
我在童贞的岁月里过年
年味就像长辈给我的压岁钱
新得像儿歌单纯得又像会飞的风筝
而我仿佛觉得自己就像揣在口袋里的红包
二十年前
我在少年的梦幻里过年
年味尤如安徒生的童话
农夫和蛇的故事一直让我辗转反侧
后来,我画了一间小红屋
又编织了一个个美丽的谎言当枕头
十年前
我在青年的幻想里过年
年味就像那一幅幅春联一串串鞭炮
是大人们贴在门上的也是我自己点响的
可我却被梦想抛到空中
希望被现实的小鸟啄破
今年
我准备在心里过年

年味就像是去年的旧台历
　　一页一页我把它翻开
　　就像翻开自己的心灵一样
　　而青春却被岁月脱光了衣服
　　于是我的脸一下子就被酒气泡红了

　　是的，在这个被称之为"县城"的小镇里，我就是在这样的环境下成长起来的，环境让我分辨出其中的另一个我，因此，从中我感悟到了不少人生的真谛，尤其是在黑暗中成长的感觉，我相信，我将从中获益匪浅。不过，尽管如此，我生命中不安分的一部分还是经常要超越过去，企盼有人生的奇迹会降临，我一直等待着，尽管那永远只是徒劳与妄想，但奇怪的是，我发现现实生活中的人几乎人人和我一样，守住那份徒劳与妄想。
　　"我是谁？"也许这永远是个谜。当我试图要做进一步阐析时，另一个我复来到我身边，和我与陌生人一般熟悉又陌生地聊了起来。而这种熟悉与陌生，也许就叫血液也许就叫缘分也许就叫别离也许就叫神秘也许就叫痛苦也许就叫依恋也许就叫倾诉也许就叫低吟也许就叫缠绵也许就叫酸甜苦辣吧？总之，当另一个我来到我身边时，"我是谁？"这个问号就被放大了，也逼使我不得不反反复复地问自己。

"福"是一种心态

"福"倒了。

"福"真的到了。

大管家见王爷十分气恼，慌忙跪倒陈述："奴才常听人说，恭亲王寿禸福大造化大，如今大福真的倒（到）了，乃吉祥之兆。"王爷一听，转怒为喜，心想：怪不得过往行人都说恭亲工福倒（到）了，吉语说千遍，金银增万贯，一般的奴才，还真想不出这招呢！遂赏管家和家丁各50两银子。

"福"是一种心态，看来一点不假，本来挺气恼一件事，心念一转，云开雾散，晴空万里。当然，这个大管家也没白当，机灵乖巧不说，倒也有几分"福"气，要不然恐怕要倒霉一阵子了。由此看来，人是应该有"福"气的。大管家本来是想讨主子，特意写了几个斗大的"福"字，叫人贴于库房和王府的大门上。谁料目不识丁的家丁竟将大门上的"福"字贴倒了，孰料却"因祸得福"，看来"世事洞明皆学问，人情练达即文章"，真的一点也不错。当然，运气也很重要。

关于"福"字，我倒是想到另一个经典案例。传说民间贴"福"之风始于姜子牙，封神之时，各路神仙分派妥当，这时候他那丑陋、粗俗的老婆也伸手来讨神位。姜子牙无奈，便把她封为"穷神"，并规定凡是贴了"福"字的地方不能去。于是，老百姓便家家贴"福"、燃放鞭炮，驱赶这位不受欢迎的"穷神"。这个传说是否有根据很难说，因为再怎么说，姜子牙的老婆也应该受到尊重才是，要是姜子牙真这么做，岂不将他老婆打入冷宫，有借机"报复"之嫌？当然，这也只是一说。从另一个角度而言，这也是"命"吧？再说"穷神"也是个神。

然而，我想说的是，"福"首先是一种文化，其次是一种心态，也可上升为一种信仰。当然，视之为一门哲学，也是可以。"福"本来就是一种幸福企盼。

"福"是一种文化，首先体现在"福"字渊远流长上，可以说，自有人类以来，"福"就是人人企盼，家家祈求的精神信仰。从字形结构来看，"福"字乃有"衣"穿，有"畐"享，而"畐"就是"福"，"福"就是"富"，"福""富"同享，人生岂不快哉？当然，对"福"的理解各有不同，各有期待。有人认为，"有钱就是福"，有人认为，"欢乐就是福"，也有人认为，"健康就是福"，还有人认为，"儿孙满堂，享有天伦之乐就是福"等等。"福"是一种心态，也体现在上面。一个人有了"福"气，就会有幸福感，就会有盼头，就会感到每天都是有希望的。

"福"是一种信仰，也是有依据的。在甲骨文里，"福"字的写法有多种多样，其中较普遍认同的是，人用两只手捧着着一个类似于酒罐的东西供奉神灵或祖先。现在的"福"字有"多子、多田、多才、多寿、多福"之寓意，可见，或多或少都和祈愿有关。2013年3月23日，习近平总书记在莫斯科国际关系学院的演讲中说："我们要实现的中国梦，不仅造福中国人民，而且造福世界人民。"这里的"福"寓意更广阔，更丰富，甚至包含一部中华民族的奋斗史。2012年6月28日联合国联大通过，自2013年始每年3月20日定为"国际幸福日"。这就足以说明，"福"既是中国的，也是世界的，是全人类共同的精神财富。

"福"是一门哲学，这是比较高端的一种思考。而所谓高端，往往来自最底层的一种思维。别的暂且不说，笔者是福建人，自然会想到福建之"福"以及由来。目前，较为官方的说法，主要跟福州的名字有关。福建在唐初时建州，后改名为泉州、闽州，唐玄宗开元十三奶奶改为福州。之后以福州、建州各取一字而得福建。福建的许多地名，都跟山水地理环境有关。据了解，福建因山而命名的地名有16个，如福州，因福山而命名；泉州，因泉山（北山，清源山）而得名。因水而命名的地名有24个，如闽清，梅溪与闽江在此相汇，"江水浊，溪水清"舍浊就清故名；长汀，因汀江而名。"汀水向南流，南，丁位也"。如此等等。还有跟地理景观有关的地名，如莆田，多生长蒲草；永春，原称桃源，以境内草木茂盛，四季如春而改名。几千年来，福建有"山海画廊，人间福地"之称，福州有"温泉古都，有福之州"之称，或许就是以上文化和心态乃至精神信仰有关。

其实，小时候我就常听有人讲，福建名称的由来跟风水地理有关。据传，很早很早以前，有两兄弟善观风水地埋，遍览祖国河山，来到福建，立刻被福建的风水地理迷住，再也不想走了，认定福建必有一门奇佳风水宝地，可以福荫千秋百代，位及至尊，为寻得这门宝地，两兄弟一路寻龙探脉，不料，却发现福建到处都有风水宝地，而且，一门比一门好，于是，一一做下了记号。可是，弟弟心胸狭窄，人又自私，想要独得宝地，暗中把寻得宝地一一用狗血破坏，只想得到最后一门。当哥哥发现时，宝地已破坏殆尽，仰天长叹，后悔破坏了宝地，便不再寻找。久而久之，人们也知道福建是块宝地，可是为时已迟，尽管如此，福建还保留下一些宝地，故有"福建"之称。当然，这只是民间传说，不足取信。

回过头来讲，"福"是一种心态，体现在文化上，沉淀在民间信仰中，在日常生活中，每个人都在自觉或不自觉地实践着并下意识地期待着。也就是说，"福"文化的内涵和吸引力，所谓福至心灵，就是一种心态的感应。所谓福如东海，就是一种心理期待，因此，从某种意义上讲，"福"文化确实已经溶入民间血液中，并上升为一种梦。难怪习主席提出"中国梦"后，每个中国人内心深处都能认可，并且涌现出一种幸福感和期待。是的，习主席把每个人的幸福梦想说出来，这就是正能量的发挥，所以，我认为，"福"是一种心态，这点共识很重要。

话说至此，我突然想到 2008 年北京奥运会时，吉祥物"福娃"的文化创意。五个福娃名为：贝贝、晶晶、欢欢、迎迎、妮妮，谐音"北京欢迎你"，这不正是文化创意的提升和美好心态的显露吗？中国五千年的华夏文明，浓缩在一个"福"字上面，这不仅是一种结晶，也是一种提升和创造。

有福同享，有难同当。这不是一句口号，而是一种心态。当今中国，越来越强大，国人也越来越有幸福感，这不是逞强，而是传递和谐与共同富裕的橄榄枝。

此外，我还想到"中国结"等等，那不正是"福"文化的现代演绎吗？

"吾闻之，唯厚德者能受多福。"愿天下人共勉之。

"慢"的哲学

有人说，这是一个缺乏思考的年代，仔细一想，似乎很有道理。现代社会所发生的变化真是太快了，仿佛一夜之间就全然不一样了，城市变大了，乡村变小了，到处可见高楼林立，还有四通八达的高速公路。现代人生活的节奏也变快了，仿佛"快"字成了时代的代名词。

的确，在现代社会许多人眼里，升官要快，赚钱要快，出名也要快。政府也一样，为了快出政绩，想尽办法提高GDP，决不能落后。在各种文件、报纸、网络中，随处可见与"快"字有关的字眼，如快速、快递、快车、快步、快班、快报、快闪、快餐、快感、快件、快艇、快车道等等，似乎可以说，现代人的生活已经被"快"字所占领。是的，在这个"知识大爆炸"和"信息大爆炸"的时代，要想让一个人慢下来，谈何容易？要想让整个社会慢下来，更不可能。"快"字已成当今社会的常态并被普遍认可和接受，是事实。

然而，由于"快"，人们已经快来不及思考了，这也是事实。其实，"快"字并不能包治百病，反而会累出许多毛病出来，比如会让人变得浮躁、慌乱、急功近利、目光短浅、人情淡薄等等，因此，我建议，现代人在追求"快"生活的同时，不妨也走"慢"一点，学会思考，懂得享受，让人生轻松一些，潇洒一些，让生活变得更加有滋有味一些，岂不更加美好？

是的，"快"是一种节奏，也是一种荒乱。而"慢"却是一种哲学，一种浪漫与思考。换言之，唯有"慢"才是人生永远的追求，也是人类不断进取的法则和永恒的真理。子曰："夫惟不争，故天下莫能与争。"这就是"慢"字哲学的精髓所在。现代人因为太追求"快"字，而出现一种忙乱并给人以慌张的感觉，仿佛一切都来不及想，来不及做就已经成为过去了，这是多么可怕的一种现象。

我相信，从小生活在都市里的人，一定会对"快"字产生反感，老是会有一种被抛弃的感觉，尤其是那些整天生活在"快"节奏中的人，应该会更向往都市以外的"慢生活"。当然，在都市里也有"慢生活"的人，而这些人大都生活在底层，其生存状态更多的是接近于一种无奈。而且，我还相信，当那些厌倦了都市"快"节奏中的人，漫步走在山乡的山水、田园、村落、古建筑之间时，一定会有一种满足和幸福感，脸上荡漾出来的笑容一定比阳光还灿烂。

是的，"慢"是一种生活的态度，也是一种享受。就像夏日的凉风一样，让人感觉无比舒服。记得，德国著名哲学家海德格尔曾经说过："人诗意地栖居于世上之时，静静地听着风声也能体味到真正的快乐。"是的，只有山乡才能是真正体会这中曼妙和灵动，也只有山乡才能找到这种诗意和浪漫情怀。在那里，我们看到了白墙，红砖，黑瓦，还有绿树底下的小猫，小狗，鸡，鸭，鹅等等。是的，走进大自然，才会感觉到什么叫作"慢"节奏，我们又需要些什么，那绿油油的田野和大地多么清新，那波光潋滟的水花和波纹多么柔和，如此等等。当然，也会有人提出，假如让你永远生活在乡下，生活在"慢生活"状态下你会怎样？会真心愿意吗？这个问题提得多么好啊！现代人就应该有这种换位思维，其实也不缺少这种思考。

当一个乡下农人还处在脸朝黄土背朝天，为一日三餐而劳累奔波甚至焦虑时，所谓"慢生活"和人生态度与哲理，确实不只是一种奢侈，甚至是一种侮辱。同样的道理，如果让一个长期享受都市福利而又无法过确保其过上闲适恬静乡下生活的人，到乡下过上"慢生活"的日子，那岂止是一种讽刺。不可否认，现在确实有不少城里人想过乡村生活，也有不少乡下人想进城市体验快节奏和灯红酒绿，但是，也不可否认，更多的时候其实只是停留在一种"想"而已。因为真正想要过"慢生活"并体验其中的好处，也是有条件和机会的。

是的，"慢"是一种智慧，也是一种需求。在高速发展的现代社会里，每个人都有自己的追求和感受，每个人在构建自己的家庭和人生目标的过程中都付出了努力，但到头来，千辛万苦寸心知，最要紧还是要让自己的内心平稳下来，从而睡上个安稳觉，而这种营造出来的温馨其实是很难得的，因此，才会在"快"与"慢"的哲学中犹豫，徘徊，期待，盼望……"慢生活家"卡尔•霍诺说，"慢生活"不是支持懒惰，放慢速度不是拖延时间，而是让人们在生活中找到平衡。这话说得多么在理啊，有些人对"慢"字可能存在某种误解，在这里可以得到启示。

是的，"慢"其实是一种时尚，也是一种精致的人生观，同时是一种品味的追求。"采菊东篱下，悠然见南山"是多么的闲适，"明月松间照，清泉石上流"又是多么的纯朴无瑕。可是，现代人还要多久才能享受和体会呢？不过，话又说回来，其实生活的"快"与"慢"与文化背景有关，与地理位置和时代特征也有关，譬如，我所生活的漳州地区，几千年来的农耕文明所影响，长期生活在"慢"节奏中，天然有一种恬静和闲适的朴素人生观。相反，如果想让中国最早也是最前沿的深圳特区也"慢"下来，显然是一种奢侈，至少目前是这样。

事实上，"慢"也是一种节奏，更是一种对信仰的坚守。试想一下，每逢周末，一个人，或约上三五知己，来到乡村，面对青山绿水，坐下来细细品味生活中的"快"与"慢"，那该是多么的美妙。这个时候，再泡上一壶茶，那舌尖上的美味，真是人间极品。我相信，此时此刻，就算是神仙也会动了凡心。那么，就让我们一起来过上"慢生活"吧。其实，慢生活的序幕已经拉开，人类正努力寻找诗意的栖居地。然而，那些乡下人呢？都成了神仙了吗？

是的，"慢"既是一种哲学，也是一种境界，一种与大自然浑然一体的大气氛围。

路，形而上的记忆

三十岁以前，我一直找不到路，总有种上不了路的感觉，总感觉人家是在大路上走，而我是在底下小路上走，而且，小路时断时续，若有若无。有时在梦境中，看见大路上行走的人们陆陆续续，三五成群，接二连三，偶尔，我也能走到上面去，跟在人们后面走，但很快就掉队了，因为前面的人群很快就消失了，只剩下灰蒙蒙一片，连脚底下的路也变模糊了。我很快又迷失了方向，走着走着，又走到下面的小路上，仿佛进入太虚幻境一样。我知道，那是一条形而上的路。

三十岁以后，确切地讲，是三十一岁以后，也就是自从结婚以后，对于路的感觉，才有了一些变化，以前的那种迷惘仿佛一下子就没了，但依然没有上路的感觉，相反，前面的路忽然消失了。从此以后，我很少再有那种上路的感觉了。人的命运往往就是如此，永远不可能有让你觉得清晰的时候，即便有时是清晰的，稍不留神，马上又变得模糊了，而每个人其实都还在路上走，只是没有太多互相注意而已，有时连自己在哪里也不知道。我就是在这条形而上的路上行走，每个人都是如此。"地上本没有路，走的人多了，也便成了路。"这是鲁迅先生的名言。

地上到底有多少条路，谁也说不清楚，也无从知道，每个人每天都是那样来来去去，上上下下，来去匆匆，每天都要走很多的路，有些路短，有些路长。短的路很快就到了，长的路永远也走不到目的地，有些人走到半路上就倒下了，从此再没有走下去，但后面的人跟着，继续往前走。其实离脚步最远也最近的路在心里。可是，许多人并不知道，知道也是模糊的，接下去就稀里糊涂了。

人就是这样，总是不停地走，不知疲倦地走，即使累了也还在走，你不走，地球照样运转，宇宙照样循环，从东到西，从南到北，从春到夏，从秋到冬，从早到晚，不走也不行，不走照样会老去，路永远带着你走，走到生命的终点。记忆也是一样，同样是形而上的，记忆里的东西越来越多也越容易老去。晨光中，我们看见一个小孩子在学走路，脚步不稳但很健康也很可爱，暮色下，我们看见一个老人也在走，但夕照下，其身影已黯然下去了，多少会让人产生悲怆的感觉。

现实中的路，有的有起点，有的没有起点，心中的路也一样，但是，路的终点在哪，始终没有人知道，人们只知道要行走，至于要走向哪里走到哪里，没有人知道，形而上的路就是这样，永远没有起点，也没有终点。恍然一悟，其实任何东西的存在也都是形而上的，包括存在的方式。而人类其实只是自己复制出来的产品而已，没有人知道自己的过去和将来，一切都是形而上的，包括生命本身。

如今的我，早已过不惑之年，路之于我也还是形而上的，这一切其实都是命定的，谁也无法改变。不过，自从过了不惑之年后，我前面的路已经渐渐明朗起来了，我看见了许多匆匆的过客，也悟到了一些道理，其之所以会在路上烟消云散，是因其本就来自灰尘，化为乌有是必然的事情，而有些人之所以能够清晰起来，主要是因其吸收了太多的阳光和天地的精华，让记忆深入时光的空间。

回过头来，所走过的路确实都是有记忆的。我看见许多灰尘飘浮在空中，但道路是虚无的，唯有记忆还在光中闪光，那是不朽的光芒。当然，这种光芒也是形而上的光芒。总之，一切都是形而上的，也都是灰尘，包括记忆。而我终将也要化作灰尘，但愿光中的记忆能够达到永远。几乎所有的人都难逃虚无的劫难，路就在脚底下延伸着，而记忆已经化作一块块的石头，此时此刻，正在空中飞。

世界和平大会

8月份，收到一份发自台湾的邀请函，署名"2014世界和平大会"，吓了一跳。我乃何许人也，去参加这么一个严肃而盛大的会议？按理，这应该是国家领导人或有关部门和人士去开才是，怎么让我这等普通平民百姓去开这样的会议呢？之后想想也释然，往细里讲，世界和平大会其实事关每个人，只要有机会任何人都有权力去参加。更何况，原本我是准备去召开世界客属大会高峰论坛，没想到，今年论坛和大会合并召开。也因此，我才知道台湾有一个成立于2001年的"中华世界民族和平展望会"，且至今年已办了七届。据介绍，前五届每年大会台湾地区领导人马英九都参加，第六、七届由台湾地区副领导人吴敦义光临指导，而前六届国民党荣誉主席吴伯雄都有参加，今年因身体有恙，无法抵达现场。

台湾想成为"世界和平制造者"的重要角色，值得肯定。尽管这个"世界和平大会"放在台湾召开多少会给人以一种"大题小做"的感觉，但无论如何，这是一件好事，每一个人都应该也可以成为世界和平的制造者，更何况是台湾。这次的"世界和平大会"地点放在台湾的国宾大饭店，据说这是个政治味很浓的酒店，我由于来去匆忙，还没来得及体会和感受，不过，单从"国宾"二字就或多或少会给人产生这种联想了。但这并不重要也不说明什么，关键这是一件盛事。

本届大会开幕式场面热闹，气氛活泼，参加者达800人之多，其中有来自美国、法国、英国、日本等十几个国家和地区。大陆是以福建省客联会为主要代表，有两位执行会长带队参加，包括本人在内就4人。大陆还有其他代表团，如河南代表团和龙岩客家代表团，总人数十来个。当晚，中华世界民族和平展望会理事长刘盛良宴请了大陆代表团，气氛和谐而美好，毕竟两岸一家亲，坐在一起就是亲热，互相用客家话、闽南语问候几句，倍感温馨和亲切。为了表示心意，本人赠送一张画给大会组委员，另赠送一张给刘盛良理事长，实现了圆满。

这次大会除了主办方和马政府要员发表讲话外，还举行了"和平论坛"，大陆先后有两位专家上台发表演说，其中一位就是福建省客联会执行会长吴汉光教授。吴教授是从福州大学退下来后专门从事客家文化研究的，可以说是专家中的专家。他此次发表演说的题目是《弘扬客家文化为中华和平崛起积累正能量》，他的演说获得了与会专家们的认可和热烈鼓掌。吴教授在演说中说，客家文化是汉文化和中华文化的重要组成部分，它既继承了中原文化的主要传统，又有本身的特色。他还说，客家人热爱和平，珍惜和平，维护和平不仅是族群传统，也是求生存客观现实的需要。他还说，要和平必须要有实力，要不被人欺负，要能以平等地位和外人相处。过和平的日子，祖国必须就像唐帝国那样强大。他又说，开创新事业，不仅要有新思维，而且要有稳定的和平环境，并能团结一批人共同奋斗。最后他说，客家人根的意识及热爱桑梓的感情，能使中华民族紧密团结，在中国历史上人民团结国家就强大，有充足的力量稳定和平环境，不战而屈人之兵，使挑战者止步。吴教授的演说获得与会大众积极的响应。会后，另一位客联会当家执行会长刘有长代表福建向大会赠送礼品，并和我一起上台赠画。值得一提的是，福建省客联会代表团另一位团员罗秋玉罗董事长是专业做低碳环保节能企业的，此行她另有重要目的就是前往合作企业，台湾著名龙头企业台塑集团参访对接，她的公司福瑞至东大与台塑集团子公司台塑网合作愉快前景乐观。当天，台塑网蒲少杰董事长亲率领导班子主要成员着正装热情接待，还亲自沏茶，待客之道甚为讲究，礼仪周到，让人倍感温馨，感情自然而然亲密无缝接轨。会后，蒲少杰董事长还亲自赠送事先备好的茶给客人，我也回赠一幅画，情溢于言表。

上台发表演讲的专家、学者还有多位。如"台湾大学"校友会长杨朝明，他是个医学专家，他上台发表演讲的题目是《医术、健康、人权、和平》，他从台日医学交流方面去畅谈人权与和平，观点也有新颖和独到之处。龙岩学院闽台客家研究院执行院长、福建省高校人文社科研究基地客家学研究中心主任张佑周从人与自然的和谐、人与社会的和谐、人与人的和谐、人与神的和谐上台发表《客家土楼的和谐追求》的演讲，也是精辟独到，掌声不断。此外，还有中国国民党中央评议委员、海基会顾问兼董事长特别助理朱瓯先生也上台发表《从世界和平的视角看两岸关系的现状与展望》；台南应用科技大学创新育成中心主任、中华国际儿童产业暨教育协会副理事长丁知强上台发表《文化创意因子与东方特色的潜力》，此人长期就学就职于日本，有些创意理念也是值得倾听与借鉴的；台南维新诊所脊骨神经复健中心副院长上台发表《保健脊椎护一生》，很有人文精神，医学道德也值得推崇。总之，此次"和平论坛"精彩纷呈，观点新颖独到，不失为一次好的心灵与脑力激荡。唯一稍感的是，或许因人太多场面太大杂意太多，经常无法很好倾听专家们的真知妙论，但是，整个会场气场饱满倒是事实。

我相信，"世界和平大会"应该是人人期盼的大会。试问，天底下有谁愿意战争希望战争？战争给人类带来的严重后果和惨痛教训难道还少吗？既然如此，有些人不免一问，那么，世界上为什么还会有战争？这个问题问得好啊？世界上之所以还会有战争就是因为人类太贪婪太狭隘了。人类因为太不了解自己，以为拥有越多就是越幸福，以为占有越多就显示自己越能干越伟大越了不起，殊不知，这要看拥有什么占有又是怎样拥有和占有的。其实，不管怎样拥有和占有，又或者拥有和占有什么，关键还要看是否和谐是否用和平的手段获取，如果是强取或用不和谐不和平的手段去获取，就必然引起争议，日久年深，就必然引起战争了。两岸的今天，从某种意义上讲就是战争造成的，这是血与火的教训，这是灵与肉的拼搏，这是亲情与爱情的撕裂，请问，人类为什么非要如此不可？！当然，历史有历史的原因，国家有国家的原因，民族也有民族的尊严，个人也有个人的局限，但不管什么原因，和平是最重要的，世界和平人类享受太平才是人间正道。

回过头来讲，台湾成立"中华世界民族和平展望会"是一件好事，连续召开七届"世界和平大会"也是一件鼓舞人心的大事，这至少说明两岸同胞内心深处都是渴望和平的，终归到底就是渴望骨肉团圆，共享幸福美好。既然如此，我建议，两岸有必要真心实意坐下来好好谈谈统一的问题，因为只有两岸统一，祖国才能实现真正的强大，民族的自豪感和自信心才会倍增。我认为，台湾召开"世界和平大会"的真义应该就在这里。这也正是目前两岸同胞内心真正的共同的期盼。相信，有了这个"世界和平大会"，实现两岸统一指日可待。

诗星陨落，硬骨矗立

——痛悼牛汉先生

　　10月9日上午，像往常一样打开<文艺报>电子版浏览，突然，我的眼睛被一个标题刺痛：著名诗人牛汉逝世。犹如晴天霹雳，万分意外！9月29日晨，那个享年九十岁，身高一米九的诗人倒下了，那个在中国诗坛可以跟艾青、臧克家齐名的重要诗人离去了，那颗闪烁着真诚而饱经沧桑又硬骨矗立的诗星陨落了。一颗饱经沧桑的赤子之心不再跳动了。星空一下子寂寥而凄凉了许多。而我曾经有幸得到他鼓励的后辈，只能暂时把其他事情放下，用无比痛惜和哀伤的心情，写下这些文字，以表达内心的伤感和怀念。

　　1993年，幸蒙原<诗刊>常务副主编、中国作协全委委员及理论批评委员会委员丁国成举荐，使我终于有机会到文学"黄埔军校"鲁迅文学院创作研究班学习，在此期间，在一次诗歌笔会上，我认识了牛汉老师，没想到他的家就在鲁院附近，于是，曾经两次登门拜访。我第一次去拜访牛汉老师时，他赠我一本新书<滹沱河和我>，并郑重签名。这本书同样令我视若珍宝。第二次去他家，得到了他的墨宝，上面写着：诗须真。落款为：卢一心诗友留念牛汉1993年7月。这幅墨宝至为珍贵，至今珍藏保存。记得，当时我和一位同学同去，刚进门，就闻到了一股墨香，一看书桌上摆着一幅著名书法家沈鹏的墨宝，墨迹未干，牛汉老师跟我说，你来迟了一步，早一点让沈鹏也给你写一幅。说罢，略为沉思，对我说，我给你写一幅留念吧。

真是受宠若惊，也令我那位同学羡慕不已。

牛汉老师写过一首长诗叫《梦游》，堪称"世界第一"，并且空前绝后，因为这首长诗是他亲身经历，在写这首长诗之前，他已经得了近四十年梦游症，从不自知到后来自知，经历了一次特殊的人生旅行，用他的话说，是进行了一次对另一个世界的秘密飞行。记得，当时他跟我说起梦游经历时，是多么惊心动魄。他说有一块石头压在他的胸口，他试图努力推开它，发出巨大的吼声，然后从窗户冲出去，奔跑在大街小巷，有时飞行在空中，精疲力竭，灵魂才又回到躯体。那块石头后来被牛汉老师称为"镇心石"："几十年来/它把我的肺叶/压成了血红的片页岩/把呐喊把歌把叹息把哭诉/从崐胸膛里/一滴不留地统统挤压净光，对绝大多数人来说，梦游绝对是一个完全陌生、新颖、独特的世界。即使对梦游者本身来说，也很难知道自己是在梦游。"每次醒来/留不下任何记忆/仿佛生命刚刚诞生"。"二三十年来/我顽强的身上/留下一块块乌黑的伤疤/它们都是阳光之下/受到崐的重创/而在漆黑的夜间梦游/没有摔伤过一回/即使摔倒在地/也不感到一点疼痛"。牛汉老师一生经历了近数十年梦游史，从开始无意识状态到有意识地梦游着，这是多么奇妙的旅行啊！"不是从噩梦中惊醒/我没有做梦/我走入梦中/躯体失重/变成一个内囊空洞崐的人形/被感觉不到的风/轻轻地吹动"。在牛汉老师的诗中，"鹰"一直被他视为大英雄，"鹰旋飞着，歌唱着""在风云变幻的天空/画下鹰的壮丽的一生"，仿佛只有飞翔才是他最崇高的理想。当然，这也是一对矛盾体，谁不想飞/而谁又能从这/苦难的大地上飞起来呀！诗人苦难的内心世界谁能真正理解？牛汉老师说，我像一个机敏而有经验的越狱者……

牛汉老师是山西省定襄县蒙古族人，他的家乡有一条河叫滹陀河，这就是他散文集<滹陀河和我>诞生的缘由。《滹沱河和我》这篇文章后来被选入九年义务教育课本七年级第一学期第七课。这篇文章充分表达了作者对故乡深深的思念之情，作者在这篇文章中把所有的思乡情结都寄托于滹沱河之上。文章开头是这样写的："从我三四岁时起，祖母常两眼定定的，对着我叹气，说：'你这脾气，真是个小滹沱河。'每当我淘气得出了奇,母亲和姐姐也这么说我。"最后他写道:"滹沱河是我的本命河。它大,我小。我永远长不到它那么大,但是,我能把它深深地藏在心里,包括它那深褐色的像战栗的大地似的河水,那战栗不安的岸,还有它那充满天地之间的吼声和气氛。"足见作者和故乡连成一体的生命感悟。

  牛汉老师远祖是成吉思汗的骁将忙兀特儿的后代,从小就练拳摔跤,并痴迷于泥塑和绘画,15 岁参加中共地下组织、16 岁写下第一首诗,只可惜,他写下的许多壮丽诗篇在战争年代丢失了。他的诗,带着不驯服的性格、带着野性,蕴含着深重的苦难,在被捕猎的命运中挣脱出来,有如汗血马,"四脚腾空的飞奔/胸前才感觉有风","浑身蒸腾出彤云似的血气/为了翻越雪封的大坡/和凝冻的云天/生命不停地自燃";这是流尽最后一滴血,用筋骨还能飞奔千里的宝马,诚然这是悲剧。他的一生著作颇丰,出版 20 几本诗歌和散文集,作品被译成俄、日、英、法、韩等多种文字,是极少的几位获得国际诗歌奖的中国诗人之一。2003 年荣获马其顿共和国"文学节杖"奖。2004 年获首届"新诗界国际诗歌奖?北斗星"奖。2011 年获第三届中坤国际诗歌奖。此时此刻,他那高大却瘦弱的身躯又浮现在我的眼前,让我由衷地感动着。是的,对于一个真正诗人而言,风骨最为重要。牛汉老师的一身硬骨仍将和他的诗文一起矗立着,或如风般飞翔。

看 戏

　　闽南人爱看戏，所以闽南的戏种很多也很独特，很好地保留了传统文化精髓。闽南较出名的戏种有高甲戏和歌仔戏，还有木偶戏和布袋戏等等，传播很远深受喜爱，可以说世界上有闽南人的地方就有闽南戏在上演。在闽南，不只是老年人，连年轻人也爱看戏。

　　我小时候爱看戏，现在也还爱看戏，虽然还算不上戏迷，但有时候晚上散步，看见有戏班子在演戏，总会停下来看一阵子。闽南人看戏可以不论地点，不分场合，只要有人在演戏，就可以停下来看。演戏也不分场所，路边或某个空旷地随便搭个台子就可以，而看戏不用收门票，附近的男女老少要想来看戏，可以自带椅子，有的还早早就把椅子搬来，放在好位子上，等开戏时就可以好好享受。路过的观众，有的像我一样，走路到那里就停下来看。有些人骑着自行车或摩托车，来到现场就停了下来，然后坐在上面饶有兴致地看，带看小孩的人就让小孩站在车上，大人双手保护着，就这样一起看。以前看戏的人大都是以老龄人为主，现在小年轻也很多，连那一对对正在谈情说爱的人也常会借看戏的机会加深感情。其实应该是醉翁之意不在酒。

　　闽南人爱看戏，和遍布各村巷大大小小的庙宇有关。每当逢年过节，尤其是庙会期间，社戏必定是重头戏之一，绝对少不了，这也是闽南戏长盛不衰的主要原因。以前看戏我一直看不懂到底要看什么。后来我才懂得，老年人是去听戏的。当然，对舞台设计和服装包括演员也会挑剔。小孩子爱看戏，我想主要是爱热闹，别无其他。而年轻人爱看戏，我想主要是演员和服装包括舞台设计越来越漂亮有关。而我却认为，闽南戏之所以受欢迎，主要跟民间信仰有关。闽南地区的人大都比较信神，每年神诞都会邀请戏团来唱戏，在闽南，有一种传统说法，即社戏主要是为了让地头更重。闽南人相信，通过请戏班子演戏敬神，可以让本村社街巷更风调雨顺，平安吉祥。

闽南人看戏是入了迷的。记得爷爷说过，为了看场戏，即使碰到下雨天，只要有演戏，也是一定要去的，可见多么入迷。以前我曾经很担心，有朝一日，闽南戏也会像物种一样，随着时代的变化和发展而逐渐消失，因此有一种濒危的感觉。现在我倒是越来越不担心了，因为它跟民间信仰连在一起，只要民间信仰存在，它就永远不会消失。即便在各种新媒体发达的今天，我依旧这么认为。老年人爱看戏跟以前没有电视和电视不普及的年代有关，看戏成了当时的人们唯一的娱乐方式，自然而然就养成了习惯，而未来的传承将主要靠信仰。

之前，我常常在想，到底是什么让戏跟信仰扯上了关系的，后来才恍然一悟，原来民间有一种观点，普遍认为，神也是喜欢看戏的。因此，每逢神诞都会邀请戏班子演戏。也因此我在琢磨着，神为什么也会喜欢看戏呢？于是，我对服装、道具和舞台设计，包括表演形式进行了一番研究，终于豁然开朗，原来这就是传统文化的力量。看戏会让人入迷的原因，就在于服装、道具和舞台设计，包括表演形式会给人造成一种梦幻的感觉，而且，这种幻觉很神秘，仿佛最接近灵魂的一种方式。而人们就是试图通过这种方式达到酬神的目的。

另外，在以前，看戏是有好东西吃的，这也是人们喜欢戏的另一个原因。在当时，吃是一件很重要的事情，因为以前吃的问题很大，平时难得放开肚皮大吃一顿，趁着酬神社戏之机，让大家开怀畅饮，实在是好时机。而如今，虽然吃已经不成问题，但借此机会把亲朋好友叫来聚一聚，不失为一件乐事。这应该也算是看戏的另一种好处吧。鲁迅在社戏中提到，看戏还能有好东西吃，还有的玩，那么从小开始养成的习惯，到老的时候还会保持下来，就是这个原因。

在闽南戏中，较为有名的传统节目有《陈三五娘》、《梁三伯与祝英台》、《月娘寻夫》，还有《娄阿鼠》等等。有意思的是，在闽南，除了戏班子演戏外，民间也会自发组织个说唱团，街头、大树下等，舞台不必大，几把琴、三两个"演员"，一台戏就唱起来啦。假如你是外地的游客，如果有兴趣，不妨坐下来静听，也许他们之中就有最最地道的乡音，不亚于北京的戏园子，难怪有人把闽南戏当成中原文化的活化石。而我却认为，闽南戏应该不只是活化石，还可能成为金光闪闪的宝石。相信，未来定会有越来越多人会喜欢它。

放　鸭

　　提起放鸭子，现在的孩子大都不知道是怎么回事了。小时候，放鸭子是我每次放学回家必做的一件事情。每当我走近鸭棚时，鸭子便簇拥着朝我欢叫，仿佛我成了众多粉丝如痴似狂追捧的大明星一样。但我不是什么大明星，而鸭子们也不是我的粉丝，不会拿着笔和签名本争着要我签名，也不会争着要和我合照。鸭子们看见我来，簇拥着朝我欢叫是因为它们知道我要干什么，鸭子们的兴奋绝不亚于那些如痴似狂的粉丝。但鸭子们的头脑是清醒的，并且非常现实。

　　不错，鸭子们已经习惯了我出现的目的。我要放它们去户外吃野食了。这个时候我突然觉得自己很独裁，太不够意思了，整天把鸭子们关在棚子里，不让它们出去，好像故意不给自由一样。我知道，当我这样想的时候是受到怜悯心和同理心的影响。其实，鸭子就是鸭子，它们不会像人类一样有情感会思考有追求自由的愿望，鸭子们的目的只有一个，那就是到户外吃野食去，别无其他。是的，我是要放鸭子们出去吃野食，这几乎是我那个时候每天必须做的一件事情。趁放鸭子之机，我也会到附近的小河里去抓鱼，这应该是最快乐的时刻。

　　但是，有时候鸭子们是十分不领情的，我好心放它们出去吃野食，给它们自由和快乐的时光和空间，它们却常常把我戏弄得泪眼汪汪。也许是鸭子们在棚子里关久了，一放出去就开始狂欢。那个时候，鸭子都放在野外的稻田里，当庄稼刚长高的时候，稻田里可供它们吃的东西少了，不一会儿，它们就会从这田到那田去，又从那田到别的田去，等要把它们赶回家时，已经不知道跑到哪里去了，只好到处找。由于庄稼们都长高了，看不到它们的影子，真是急也急死了，尤其是傍晚的时候，有时候找到天黑还找不到，大人们也担心死了。等到把鸭子赶回去以后，大人们肯定还要训几句，这是应该的，因为自己没有把鸭子放好，而大人们每天忙着下地干活已经快累坏了。

　　其实这还不算什么。有一次，我把一群鸭子放到屋后的河里去游玩，可是这群贪玩的鸭子那天也不知为什么，下水以后就不想上岸，临近傍晚时，我要把它们赶回家，可是任凭我怎么赶，鸭子不上岸就是不上岸，我从岸这边赶它们，它们跑到那边去。我又从岸那边去赶它们，它们跑到这边去，等我到这边要把它们赶上岸时，又争先恐后扑通扑通又下水了，又游向对岸去，就这样来来回回折腾了许多次，眼看天又要黑了，我急出了眼泪。那条河虽然改道但河水还很深，而且宽处尚有六七十米，根本过不了，每次过去都要绕到一个圈子，这对于一个十几岁的孩子而言，真的是叫天不应哭地不灵。

　　更糟糕的事情还在后头。等我快要把鸭子赶上岸时，眼看鸭子又要扑通下水，心里一急，手中的长竹竿用力一扫，不小心打中一只鸭子的头部，那只鸭子当场在水里歪着头打转，两个翅膀张开扑打着水面。我一看，也当场吓坏了。还好，这群捣蛋的鸭子可能也意识到自己闯祸了，竟开始一只一只乖乖地游上岸，自己回到棚子里去。我提着那只被我打晕了的鸭子犹豫着不敢回家，心里面害怕极了。那个时候养鸭子其实也不容易，一年到头，轮到自己吃得不多，大都抓到市场上去卖，而我却把一只大肥鸭打晕，回去肯定要挨骂一顿。正当不知所措时，我急中生智，突然想到有一种可以救活这只鸭子的办法。可是，转念一想又生怯了，因为这种办法唯有回到家里才有用，而此时不知道大人们从田里回家了没有，怀着忐忑的心情，十分不安地回到家里，发现大人们还没回家，松了一口气，赶紧把鸭子放在地板上，又赶紧拿来一个大木盆把它倒扣住鸭子，然后用手轻轻震动那个大木盆，只听嘭嘭嘭——地响，一阵子以后，翻开那个大木盆，我发现那只大肥鸭并没有像传说中醒来，心里越发焦急和害怕，于是，又拼命地扣着那个大木盆，尽管声音响个不停，可是鸭子就是不醒来……那个晚上，由于害怕，我躲到屋后的草垛里。之后，我听见了父母亲焦急地四处寻找，喊着我的名字，我能够体会到母亲当时的心情，终于回家了，准备让父母亲一顿痛骂，哪怕是一顿痛打，但是，当母亲看见我回家的时候，并没有痛骂我，更没有打我，母亲看见那只瘫放在家里的鸭子，心里面其实已经全明白了，她不忍心再打我骂我，只让我赶快吃饭。母亲说，天这么晚了，你跑哪去了？饭菜都凉了，刚温热，快点吃。我一听，眼泪汩汩地往下流，一边吃饭一边抽泣……

如今想来，青少年时期放鸭子的经历实在是一笔丰厚的财富。当然，身处那个年代的孩子是不会那样去想的，只有等到长大以后，在另一种生活状态下去回想过去，才会觉得可贵。几乎所有人都是这样，当懂得珍惜的时候其实已经失去或者错过了，而对待正在经历的一切总会有不耐烦或不堪承受的感觉，人生真是一本永远也读不完的书，而且越读越精彩。当然，有些人根本没耐心去读这本书，只当匆匆过客。其实，这也会有自己的精彩，至少也会满足于自己的风景。

钓 鱼

现在有人把钓鱼看成很贵族化的一种休闲方式。而我却认为，钓鱼其实是很平民的一种。当然，这样的见解并不矛盾，各人的经历和理解角度不同，观点也就有异。把钓鱼看成是很贵族化的一种休闲方式也是没有错的，现在许多达官贵人或显赫族群每有余闲就会驾车自备鱼竿鱼饵去某山庄或海景边上垂钓，名曰休闲，或叫遣兴，亦称品位。我所说得很平民化其实主要是基于我个人的经历。

小时候的我，很喜欢钓鱼，每每看到有人在钓鱼，心里面便会发痒，恨不得马上就蹲下来垂钓。我小时候的钓鱼经历是非常有趣的。记得，我刚学会钓鱼不久就挨了大人们一顿痛骂，因为别人是去钓鱼，而我还没去就钓到邻居一只肥鸡。那只鸡趁我没注意，把鱼饵吃进脖子里拿不出来，最后邻居只好把那只鸡杀了，我也因此挨了大人们一顿痛骂。事情的经过是这样的。我家屋后有条河流，由于改溪造田，那条河流变浅，但河里的鱼很多，尤其是每次发大水，河里的鱼似乎一下子变得更多了，因此，常常有人在河边钓鱼。那个时候钓鱼与休闲无关，钓鱼的人只想把河里的鱼钓起来带回家当菜肴。我看到那些人常常钓到不少鱼，也跟着去钓，偶尔也能钓到几条鱼回家。父母亲虽然不太赞成我去钓鱼，认为那是贪玩浪费时间，可我爷爷却十分赞成我去钓鱼，因为我常能钓回几条鱼，而爷爷是非常喜欢吃鱼的。况且，那年头有鱼可吃，简直是跟过节一样，一般都舍不得自己吃而是拿到市场去卖。爷爷不仅为我做了几根钓鱼竿，还为我做了鱼网，有空时我还经常去抓鱼。有一次，我做了一条暗钓，也就是在一条绳子上挂了好几个鱼饵，然后把它放进河里，两边或一边固定位置，这样就不会被鱼拖走。用这种暗钓钓鱼人可以不在现场，傍晚时候放进河里，天亮时再去拿回来就行，要是有鱼上钩也就用不着担心什么。那次，也是我第一次学别人放暗钓，没想到在放鱼饵时，先把那只肥鸡给钓了，不被大人们痛骂才怪，也因此，我对这件事情记忆犹新。

说起钓鱼，趣事一件件涌上来。也不知道为什么，我钓鱼的运气向来非常好，几乎每次行动都会有所收获，这件事情让邻居的舅舅也眼红起来。本来他是不喜欢让孩子们去钓鱼的，可是看我每次都会有那么多收获，慢慢也心痒了。有一天他突然下决心，给他的三个儿子都配备了渔竿，让他们跟着我去河边钓鱼。也不知道为什么，他的三个儿子就是很少有机会钓到鱼，这让他很没面子，不久之后，他就没收了三个儿子的渔竿，从此不让他们去钓鱼。我钓鱼的运气真的非常好，举个例子，我曾经在不到二十天里钓到了十五只鳖，而别人一年到头也很难钓到一只，也因此我心里常常发毛，心想，为什么会这样呢？我钓鱼上瘾的时候，不管刮风下雨，也不管烈日骄阳，都会准时垂钓。有一次，我就在一场约十几分钟的雷阵雨中，钓到了一只鳖和几条青鱼，那个时候我就用一张塑料纸罩住身体，坚持在雨中垂钓，收到了意外的惊喜。说到钓鳖这件事，有段经历非常有趣。有一次，我钓到了一只大鳖，差点没钓上来，因为我钓鱼的鱼绳是用以前用来结斗笠的坡璃绳拆下来的，非常细小，不能太用力，否则稍微大一点的鱼一挣扎，绳子就会断掉，从而前功尽弃，徒留叹息并心疼不已。那次，我一上手就知道钓到了大鱼，而且判断可能就是一只鳖。由于那阵子经常钓到鳖，自然就有了经验和感应。大鱼露出水面，一看果然是一只大鳖。内心一阵狂喜之余，生怕绳子断掉，就小心翼翼把大鳖拉到岸边，可是却被岸边的水草卡住了。心一急，不管三七二十一就下水去抓。一手拉着绳子，一手伸进水里。忽然，左脚踩到了那只大鳖的后背，脚不敢动。我正准备双手入水去抓它。突然，左脚后跟被它咬住了。当时年纪尚小，就在那一刹那，头脑有一闪念，听说过被鳖咬住要等天打雷才能松开。那时候也顾不得许多了，一只手抓住鳖身往后拉，另一只手卡住被拉长的鳖脖子，用力一拽，鳖的嘴巴松开了，就这样兴致勃勃把那只鳖活活抓回来。而这一番人鳖大战全都是在水底下完成的，谁也没看见，谁也不知道。后来才发现，其实我也是付出了惨痛代价的。我左脚后跟被鳖咬掉了一小块肉。那只大鳖足足有一斤七八两重，家里人舍不得吃，卖了三元五角钱，大喜。

我也曾经有过偷钓鱼的经历。那时候，邻村有一口池塘在原野里，放养了不少鱼。四周围都是麦地，我和同村的一个钓友禁不住诱惑，偶尔会偷偷跑去偷钓鱼，人就猫在麦地里，只把鱼钩抛入池塘。有过钓鱼经验的人就知道，池塘里的鱼都是喂养的，很容易上钩，因此，不用多久就可以钓到几条鱼。不过，那鱼既然是邻村人放养的，自然也不让人去钓，而且常常会去抓偷钓者，我们虽没有被抓过，但也有过几次冒险经历。如今想来，小时候的生活也是蛮有乡趣的，不像当今的小孩，几乎失去了天然的乐园，实在有些遗憾。

抓 鱼

少年时候我就非常喜欢抓鱼，但那时我抓鱼不是为了自己吃，而是为了卖，因为那个时候家里苦，宁愿自己少吃或不吃也要拿到市场上去换钱，哪怕只有五六毛钱。那时候，每当放学，回到家里把书包一放，就把鱼篓背在腰后，然后拿起捕鱼的网具就出门去了。

我家门口就有条小河流，水不深，一般只有小腿深，最深处也就在腰间下，因此不会有什么危险。那条小河的水清澈见底，小鱼儿很多。抓鱼时最好约上另一个伙伴，这样两个人一左一右，人走在小河中间，渔网也是一左一右靠在小河岸边，一边走一边赶鱼，这样鱼儿就会从岸边穿过，正好落网。于是，来一条抓一条，来几条抓几条，不亦乐乎。也可以自己独自去抓。一般情况下，我们会沿着小河往下走，约一公里远再下水，然后溯流而上，再往上走约一公里远，这样一趟下来，约一个小时左右，每次回来，大大小小可抓到一市斤左右，有时候会多一点，有时候会少一些。如果抓到七八两以上的鱼，家里人就会舍不得吃，会让我用个精巧小竹篮子提着到市场上去卖。那个时候，一斤鱼可卖到五六毛钱，高兴极了。

夏天的时候，抓鱼会更有趣，尤其是夏收之后的日子，不用下河去抓，直接到田野里就可以抓到鱼。北方人肯定不理解，田野里怎么会有鱼可抓？这不能怪他们，因为这是在南方，在号称"鱼米之乡"的闽南。那个时候，在闽南的田野里随时有鱼可以抓，尤其是在夏收之后的日子，由于庄稼收割后，田野里的地刚刚用犁犁过，又用耙耙过，而且放满了水，太阳一照，田野里的水会发烫，这个时候，本来躲在泥土里的鱼全被烫得死去活来，只等人们去把它们捡回来。后来，我才仿佛明白了一个道理，这个时候去田野里抓鱼，实际上鱼们应该是很高兴的，因为不去抓它们，它们也可能白白被烫死在田地里，把它们抓回来等于救了它们，至少不用暴尸野地，等于是帮它们提早结束煎熬。可是后来我又感到万分惭愧，感觉自己（人类）真的是太厚颜无耻了，明明要把鱼儿吃掉，还要堂而皇之找借口证明自己多么伟大多么崇高。总之，那个时候到田野里抓鱼真的是手到擒来，容易得狠。而野地里之所以会有那么多鱼，主要是因为那年头每年夏季经常会发大水，河里的鱼就跑到庄稼地里，大水退后有的鱼来不及撤走就成了田中之鱼了。也因此，那年头要想抓鱼很容易，有时候下一趟田地就可能在不经意间摸回几条鱼美食一餐。不过，田地里的鱼大都很小，主要是泥鳅和小青鱼为主，也会有其他鱼。因此，每年的夏季都是我抓鱼的好季节，许多人也和我一样。

　　我家屋后也有一条河流。那条河原本很宽畅，水也很深，一般情况下，无法下河去抓鱼。后来，由于改溪造田，那条河就变样，有一段河道就变得很窄，只有四五米宽，水也不深，可是，那是一条历经数百年甚至更久的河流。可想而知，这样的河流，水里面的鱼一定很多。记得有过那么几次，天还没亮，还在睡梦中的我就被大人们摇起床："快起床，到后溪去抓鱼。"一听说抓鱼，我立马睡意全消，比在部队当兵晨练的动作还快，不到五分钟就提着渔具赶到河边。一看，那里已经有不少人在河里抓鱼，有大人也有像我这样的小年轻，人头攒动，人声欢腾，河水也哗哗哗作响，一会儿就可以听见有人惊喜地大声叫喊。不用说也知道，一定又抓到大鱼了。那时候，天还蒙蒙亮，我赶紧来到河边，往河里一看，只见河里有许多鱼东倒西歪，有气无力的样子。我已经顾不得去想为什么会出现这样的状况了，很快就把渔具往河里一捞，天啊，一下子就捕到好几条大鱼。紧接着，一次又一次往上捞。那一次，我捕到有足足二十几斤的鱼，不过说句实在话，那一次我并没有很明显的捕鱼快感，因为那些鱼都奄奄一息，丝毫没有反抗的意图和能力。后来，我才知道，那是因为上游有家合成氨厂，厂里把氨水放进河里，导致满河里的鱼都浮了上来。我看着那么多的人用肩膀抬着鱼回家，我突然有种说不出来的感觉。

那条河流现在几乎快要不存在了，几百年乃至上千年的历史难道就这样说忘了就忘了吗？我还在想着少年时候抓鱼的事，可是，现在连河里的鱼都越来越少了，还用得着去想那些田野里的鱼吗？如今我在想是，鱼们是不是在提前演示人类未来的命运呢？

始祖马

一匹马，两匹马，三匹马……一群马从远古的沙场中驰骋而来，周围尘土飞扬。这样的场面，容易让人联想到战争，或荒漠。在古代战争中，马所起到的重要作用无法比拟。在现实中，马可以用来骑乘和载重，也可用于交通与劳动，其功劳也是无以形容。马性灵，威武，善良，坚强，活力，健康，忠诚，坚忍不拔，勇往直前的个性和精神更令人敬佩。因此，中国人总喜欢将自己的民族精神塑造成一匹骏马。"天行健，君子以自强不息"就是最经典的形容。当然，这句话本身不是在说马，但内含马的天性和精神。马总是会给人以无限遐想。

马是美的，也是令人心动的。它的安静与叱咤风云，包括它的忧伤与嘶鸣，无不美到快要让人窒息的地步。马的静与动都是发自生命本体，连血带骨，带动人的灵魂与想象。马是让人温暖的，想到马就会有一种慰藉感，也会带来希望。正因为如此，我想到了马的祖先。马的祖先名叫始祖马，至今约有五千万岁了。然而，有关资料显示，始祖马原本很小，体高约30厘米，就像普通的成年狗一样大，四肢细长，靠脚趾行走，脊背能弯曲，背部稍向上拱曲，尾巴较短。以嫩树叶为食，虽然吃草，但不能像现代马那样大口咀嚼。因身体灵活，可在草丛和灌木中穿行。约在五千年前，人类的先祖就开始养马并把它当成交通工具。

不过，人类先祖驯化了的马并不是最早的始祖马，而是后来进化了的马。始祖马在进化之初的13万年里体型逐渐变小，从大约一只中等大的狗的体型变为普通家猫的体型，平均体重也逐渐减小，从5.5公斤减小到3.9公斤；而在接下来的4.5万年时间里，它的体型又逐渐变大，体重增长到6.8公斤。为何始祖马有这样一个体型变小又变大的过程？研究人员发现这与气候变化关系密切。美国《科学》杂志曾刊登报告称，大约5600万年前，有一种体形和猫相似的马曾横行北美洲的丛林间。当时，由于火山频繁爆发，甲烷大量排放，致使地球变得相当热。为了适应这种特殊环境，小型马大量存活，人们称它们作"始祖马"。这样的考证和描述进一步证实了始祖马的来历和体型特征。另据考证，在中新世以前，马类动物主要分布于北美森林，到中新世时才迁移到欧亚大陆，最后进入非洲。马也通过中美地峡向南美洲扩撒。大约两万年前，马在北美洲灭绝，南美的马灭绝得更早。现代饲养的马是由欧洲野马驯化而来的。由此可以得知，马进化的历程也是很艰难的。而马兴衰的历程实际上是奇蹄动物的兴衰历程，奇蹄动物除了家马外在现代普遍呈衰落的趋势。不过，也有人认为，始祖马不是现代马的祖先，而是把它归为蹄兔类，认为它很可能就是一种绝种的蹄兔，但并没有找到合理的解释，因其出现和消失并不符合进化的顺序。反过来，据考证，始祖马和现代马都有十八对肋骨。由此可以证明，始祖马确实就是马的祖先。

英国著名科幻作家威尔斯在小说《时间机器》里描述了未来的小矮人世界，在他的描述里，未来的人类体型如同现今的孩童。关于这一点，得到了美国研究人员的支持，认为科幻小说中描绘的未来小矮人世界是很有可能的，因为全球变暖将使得包括人类在内的所有动物体型不断变小。可见，气候对人类的影响已经到了令人意想不到的地步了。人类也真的不可等闲视之，当引起足够警醒。

对于始祖马，我是这样认识的。它首先是恐马时代哺乳动物的一属，亦即食草动物之一种，体形矮小，行动敏捷，动作迅速，之后受气候等自然因素影响不断繁衍进化。而现代马是在近五千年前才由欧洲野马驯化而来，15世纪后，被欧洲殖民者带到美洲和澳洲地区，之后扩及世界各地。如今，自然界中的野马几近绝迹，因此，现代马几乎都是家马,尽管如此,马的祖先确为始祖马无疑。我想说的是,无论始祖马还是现代马,如今都已演化为一种民族精神和象征。

中国民间,视马为六畜之首,被游牧民族驯化后用于骑乘,中原民族直到战国时期赵武灵王胡服骑射开始出现骑兵,那时,古希腊与古罗马都有骑兵。直到进入 20 世纪之后,由于各种战车、直升机的出现和普及,骑兵才开始退出战争。如今,养马已经成为少数人的营生,别说什么打仗了,有些人一辈子也见不到一匹马,这并不奇怪。当然,在有些国家的大城市里,马还被用于巡警的坐骑。此外,赛马会也是如火如荼。昔日叱咤风云,赤胆忠心,勇猛无敌的天之骄子,何等矫健与豪迈。想当时,只要听到马蹄声,瞬间便会感到有一种力量的到来,这就是马的价值、意义和精神象征所在。可如今,已经很少有人在养马役马了。

古人爱马,注重于实用性,今人喜欢马,更注重于精神层面上。汉武帝刘彻死后还要"汗血宝马"作为陪葬。李汝珍在《镜花缘》里说,苻坚在一次战役中,不幸战败,奔逃中失足掉进山洞,在千钧一发之际,他的坐骑突然跪在涧边,缰绳垂下,苻坚抓住缰绳爬上来,才脱了大难。马不仅善良,通人性,还有垂缰之义,这是我喜欢马的原因,也是我尤其敬佩马的原因。当然,马还有很多优秀品质。

孔子说:"德之流行,速于置邮而传命。"中国古代驿传制度始于殷商,兴于汉盛于唐,形成了一套完整的制度,直到民国初年才废除驿站。驿站文化由来已久,而驿站文化离不开马。驿字从马就是这个意思。古时候,皇帝下达金牌圣旨,紧急军情,就是要用马。唐玄宗为博得爱妃一笑,运用特急驿传,快马从江南送来新鲜荔枝给杨贵妃吃。汉武帝曾经为得到一种汗血宝马两次发兵攻打大宛,用了近乎十万人的代价来换取,死后还要它陪葬,爱马之程度恐怕也是常人无法理喻。而这恰好说明了马在古代的重要性和无可替代。始祖马也因此更富传奇。

有意思的是,中国人自古就有以生肖记岁的习惯。东汉王充《论衡·物势》载:"寅,木也,其禽,虎也。戌,土也,其禽,犬也。……午,马也。子,鼠刀。酉,鸡也。卯,兔也。……亥,豕也。未，羊也。丑，牛也。……巳，蛇也。申，猴也。"该书《言毒篇》又说："辰为龙，巳为蛇，辰、巳之位在东南。"这样，十二生肖便齐全了。在确立十二生肖顺序时，马列第七位，与今天完全相同。生肖文化对中国人影响至深，生肖文化透着中国人亲切与善良一面。时至今日，生肖运势，生肖配对，还是国人亲热衷的话题。其实早在轩辕黄帝时就有生肖文化了。

马年说马，当提及唐代"鬼才"诗人李贺。其一生喜马成瘾，每天骑马外出，向人请教识马、育马的经验，写下《马诗二十三首》等著名咏马诗文。"一朝沟陇出，看取拂云飞""龙脊贴连钱，银蹄白踏烟""向前敲瘦骨，犹自带铜声""他时须搅阵，牵去借将军"。马为良驹，喻为贤才，《战国策·燕策》中《涓人买骨》就是讲燕昭王求贤若渴的故事。一个国家、一个民族，乃至一个时代，要强大昌盛，就必须不拘一格选贤任能。"财用不足国非贫，人才不竞之谓贫"。始祖马即为马的祖先，其丰富的文化内涵和象征性当引起国人尤其执政者的思考和关注。

最后，如果一定要我用两个字来形容马的特征和个性的话，我会选择"动"和"静"这两个字。马"动"如脱兔，追日逐月，乘风御雨，不舍昼夜，雄壮无比；"静"时泰然自若，宁静安详，温顺有加，卓然独立。不过，随着马的使用价值和功能淡化，20世纪后半期，许多国家培育出各种小马，作为宠物或导盲用途。得知这种情况，若马的祖先有灵会做何感想，莫非果然神马都是浮云？即便如此，我仍然希望每个中国人都能成为现实生活中一匹真正的"汗血宝马"。

两省村

一个小小自然村，住着两省人。

同一个小山村，却分属两省管理。

这样的一个小山村，犹如一枚别在两省衣襟上的纽扣。

这里的村民们说着一样的方言，有着一样的民俗信仰和生活习惯，甚至还有亲戚关系，可是村民们的户籍却不一样。有的是广东人，有的是福建人。

因此，这个村通常被称为"两省村"，又叫"闽粤村"。

这个村，地处通往广东省饶平县北部山区上饶镇丰柏线省道公路的最后一站，整个村庄房子依山而建，山路蜿蜒。远远看去，普通得不能再普通。

然而，就是这个原本不起眼的山村，却成为全国少见的村庄。

这个村，有两张身份证——

在福建省行政版图上，它的全称叫：福建省平和县九峰镇平等村委会隘仔坑自然村。在广东省行政版图上，它的全称叫：广东省饶平县上饶镇柏峻村委会隘仔坑自然村。这个隘仔坑村，还有个外号叫"矮仔坑"村。之所以叫矮仔坑村，并不是因为这里的人长得矮，只是因闽南语"隘"与"矮"的发音相近，久而久之，"隘仔坑"村就叫成了"矮仔坑"村了。隘仔坑村大都是客家人，平时讲客家话，也讲闽南话和潮州话，三种语言混合在一起，交互使用，这是非常有趣的现象，相信在全国也是少见，再次见证和印证了闽南语和客家话的魅力与相融合之处。语言真是太奇妙的东西，有时候你拼命想学也学不好，如英语、德语等，而在这种环境下，即使不学也能讲得很好，可见，环境才是世界上最好的学校。

这个村看似一个村，其实是两个村，堪比同父异母的一对孪生兄弟，甚至比两个长相完全相似的"双胞胎"兄弟还难辨认。"他们房子都建在一起，没有明显的分界，不进去屋子里问人，根本不知道是福建人还是广东人。"这就是这个村的现实和生存状况，所以，这是一个非常别样的所在，有着非常浪漫的情怀。我始终认为，人类生存是需要浪漫的。而且我认为，城市是缺少浪漫氛围的，至少缺少这种纯自然和朴素的浪漫。如今的许多乡村也渐渐失去了浪漫的色彩和情调，越来越被城市化了，从建筑物到周围环境的改造，包括人的情绪和欲望。

隘仔坑村还保存纯朴和自然的浪漫，与外界交流最明显的标志就是村口有一条省道通过，旁边矗立着一块湛蓝色的"广东---福建"指示牌。省道旁还有座小公园（绿化带），矗立着一块大石头，上面用毛体字雕刻着"福建"两个大字。只是在这里并没有看到像"广东人民欢迎您"或"福建人民欢迎您"这样的路牌，莫非这里曾经是被爱情遗忘的角落，如今还是"走私"最好的通道？有趣的是，就在离那块刻着"福建"字样的石头不远处，有两座互为邻居的土地公庙，一座是广东人立的，一座是福建人立的，并排面向省道和隘仔坑，共同庇佑着两省人民的平安，非常有意思。或许，唯有在此时此境，你才会相信，有时候人和神是可以共处的，而且神和人就生活在一起，并有着人类一样的想法和期待，包括美好的愿望和对温暖的渴盼。隘仔坑村如诗一般的浪漫是自己流溢出来的。

然而，此时此刻，也许人们更感好奇的是，这个"两省村"到底是怎么形成的？人类原本属于巢居动物，为生存不得不与自然和外界抗争，才演化为族群，共同抵御外强，这就是人类生存的宿命。因此可以说，人类社会发展史其实就包含一部迁徙与逃难史。从这个意义上讲，就不难解开隘仔坑村前世今生的谜底了。

据传，百年前，福建诏安县一户王氏人家逃难至此，见这里山深林茂，田垄平整，遂在此避居。随后，平和县也有朱氏到此落户。清末年间，广东柏峻村的一户刘氏人家也迁来居住。入乡随俗，刘氏改了省籍，成了福建人。1956年，一场大雨把一户刘姓村民的土房子冲倒了，在困难的情况下，他只得投靠广东那边的亲戚，并把户口迁改为广东籍。后来村里16名刘姓人家也跟着把户口迁移为广东省籍。从此，矮仔坑村人有了两个不同的省籍，这才有了矮仔坑村今日之浪漫。这里原生态的民居是一座半月形的围楼，从中可以看出这里的人文背景。

目前，这个村庄住着近30户人家，共130多人，其中，福建有15户，70多人，为"王"、"朱"两姓；广东有12户，60多人，为"王"、"刘"两姓。户籍上虽然分为两省，但他们却不分彼此，也难以分辨出哪一户是广东人家，哪一户是福建人家。不仅如此，他们所赖以生存的土地也是分不开的。一直以来，这个村的村民们都过着陶渊明式的生活。然而，外界又有多少人了解这个村呢？

记得，陶渊明在《桃花源记》中写道："土地平旷，屋舍俨然，有良田美池桑竹之属。阡陌交通，鸡犬相闻。其中往来种作，男女衣着，悉如外人。黄发垂髫并怡然自乐。"而这，不正是矮仔坑自然村最生动最真实的写照吗？在这样的村庄住下来，最浪漫的地方就是每天晚上人们都早早就入睡了，偶尔有几盏灯光会亮久一点，远远望去，犹如大山在做梦一般，给人以一种幽深静谧之感，充满诗意。然而，当大山的梦醒来以后，现实中的村庄又将面临许多问题必须解决。

那么，针对这种情况，闽粤两省有关行政部门是如何处理有关事情呢？

为了减少矛盾和纠纷，更是为了让这个村能永远和睦相处，友好相待，两省政府不约而同都对这里的人们和这块土地采取特殊灵活处理方式。首先，谁家的山地、田园归谁，让他们安居乐业，不必搬迁。其次，在日常生活方面，也根据实际情况给予方便。譬如，在用电方面，十几年前，福建省先给这个村里通了电，因此，广东人也都跟着用上"福建电"了。通讯方面也一样，由于福建先把通信线路拉到了这里，为了方便，广东籍的村民也都拉了福建的线路，电话用的是漳州区号"0596"，这么一来，就避免了打电话给邻居家都是长途的麻烦。"不过偶尔我们打电话回广东那边的村部，都要先打潮州区号0768，成了打跨省长途了，想想也有点尴尬。"还有，由于这里离九峰镇圩的距离更近，广东籍村民也都到九峰镇圩赶集、购物。九峰镇就是这样成为边贸重镇的。当然，并不只是因为这个村，而是特殊的地理位置所决定的。九峰镇是平和县最早的县衙所在地，由明代著名的心学大师，南京兵部尚书、都察院右佥都御史王阳明一手所创。九峰之地名也因城东九和山上有九峰错出而得名，足见地理位置之奇特和重要。

长期以来，许多九峰人都从这条路到广东去做生意，同样，不少广东人也从这条路来到福建做生意，互有往来。早些年，隘仔坑村有一所小学，就在那座半月形围楼右边的山坡上，是福建开办的，2003年以前，全村的适龄儿童都在这里就读，缴交相同的学费。后来，由于生源不足，两地政府实施教育资源整合，隘坑小学停办了，福建籍的孩子都到九峰镇平等村小学去读书，广东籍的孩子则回到饶平读书。其实，这个村最让两省执法人员为难的是，如果执法人员要对村民执法，只要他走到隔壁就拿他没办法了，因为只要走到隔壁就不同省籍了。当然，这只是针对普通的执法行为而言。由此，也凹显出两省司法上的漏洞。

还好，自从有这个村庄以来，村民们始终和睦相处，友好相待，不曾发生一起械斗事件，他（她）们互相通婚，过着和原来一模一样的生活方式，令人羡慕。这里的村民热情好客，不管你是专程拜访还是偶然路过，只要来到这个村，村民们就一定会露出纯朴的笑脸相迎，并主动向你问候。在当今社会中，一句"你好"原本是再平常不过的用语，可是在这偏远的小山村，你会感到倍加亲切和温馨。如果你进入某家，主人不仅会为你烧上最好的茶水，还会拿出当地特产招待，临走时还会想办法让你带走他（她）们的一点"心意"，并热情邀请你"有空再来"。尤其是同为闽南人，当你听到闽南语"拢系嘎弟郎"（都是自己人），你会倍感温暖。两省村民亲如一家，谁家有困难,大家来相帮,是这里百年来的好传统,在这里,你永远找不到陌生和拘束。晨曦和夕阳总是把最美的光辉洒在这里。绿树青山总给人健康向上和谐美好的感觉。这里的村民们崇尚自然,追求质朴的生活。

由此,我又想到了陶渊明笔下的"世外桃源":"林尽水源,便得一山,山有良田美池桑竹之属,阡陌交通,鸡犬相闻。其中往来种作,男女衣着,悉如外人;黄发垂髫,并怡然自乐……"住在这里,每天鸡犬相闻,田园相连,村民们隔邻而居,老少同嬉,夜不闭户……整座村庄坐落在青山绿水之中,山间羊肠小道烙满岁月的屐痕,这里村民们每天朝出晚归,肩扛锄头,在山坡上挥汗自如,其乐融融,劳动创造出来的美体现得淋漓尽致。闲适时,每天都可以看到鸡鸭鹅在房前屋后觅食,山坡上悠然自得的大黄牛和小绵羊,不时发出咩咩和哞叫声。还有那独具特色的客家土木房和堆放在屋檐下的柴草,以及热腾腾的灶膛……无不构成一幅淳朴、安详和宁静与和谐的图景,这种恍如世外桃源一般的生活和日子,怎能不令住厌了城市的人羡慕呢?古朴的村庄总是给人以最具生态美学和想象。

不过,末了也要说句实在话,尽管这里确实是一片令人遐思的土地,也是一座充满诗意的村庄,这里人们的善良和友好也足以令许多城里人和有钱人感到羞愧,但是,无论如何,住在这里的人们永远感受不到浪漫气氛和氛围。这里除了山还是山,除了村口那条省道似乎再也闻不到一点儿现代城市的味道,更别说现代文明了。住在这里的年轻人大都跑到城里去讨生活了,他(她)们忍受不住大山的寂寞和现代生活的诱惑。如今,住在在这里的,大都是上了年纪的人,正是这些上了年纪的人一边在不断收拾那些破旧的时光和记忆,一边又想擦亮藏在山里的日子和心情。也许,不久的将来随着周围环境的改变,人们会把这些都忘得一干二净,可是这里的人们不会去想这些,也不需要多想。因此,不妨悄悄问一句,假如让你放弃城市来到这里生活和居住你愿意吗?或许住上三五天甚至一月半月可能会乐意,日子一久,肯定就思蜀了。或许,人类的内心深处永远有一块地方是贫穷的,甚至是卑贱和散漫的,也因此,才会让许多乡下人拼命想挤进大城市，又有不少城里人喜欢上这样的村庄。互相的突围构成一场永远的宿命。

当然，坐在这样的村庄门口晒太阳，既可以享受到天底下最奢侈的山风和鸟叫声，还可以观看那些从天空上悠悠飘过的白云，偶尔的鸡鸣狗吠声，也都是免费的——

母鸡下蛋

母鸡下蛋是很平常的事,母鸡长到一定的时候就开始下蛋,这是自然规律。母鸡下蛋之前叫声不一样,有经验的老阿婆一听就知道母鸡要下蛋了,于是就会事先备好一个窝让其下蛋。窝里会铺上一些干草,好让母鸡下蛋时不会把蛋碰破压破。母鸡下蛋有时也未必一定要在事先备好的窝里下,有时会躲到外面某个草垛里,自己弄个窝就在里面下蛋,让母鸡主人好找。有时也会因此生出许多麻烦出来,甚至造成大大的误会,甚至可能发生一些意外乃至危险。

母鸡下蛋之前的叫声,不只让有经验的老阿婆听得懂,连树上的麻雀好像也听得懂,每当母鸡要下蛋的时候,屋前屋后的树上都会引来许多麻雀,叽叽喳喳叫个不停,好像在讨论明天如何分享母鸡下的蛋一样,有时争论得互相不服气,麻雀与麻雀之间也会拼个你死我活,从树上战到地面上,又飞上屋顶继续搏斗。麻雀拼命的样子同样很残暴,互相不服气,一边用尖尖的嘴巴啄对方的头和身子,一边用利爪抓对方的羽毛,还用叫声助阵,但结果往往不分胜负,很快各奔东西,算是扯平。或许鸟们其实已经分出胜负,但我们不知道,因为听不懂鸟语。再说,俗话说得好,"外行看热闹内行看门道。"这方面至少我是外行。

母鸡下蛋的时候,经常有麻雀们在树上、屋顶上,有时还会飞落地面,好像紧盯着母鸡下蛋,随时准备先下手为强,把里面的蛋汁吃掉一样,可是往往难得有这样的机会,或许麻雀们的心思早被有经验的老阿婆识破了，往往还没下手蛋就被老阿婆掏走了。那蛋一定还是温温的，拿在手里有一种很暖和的感觉。老阿婆掏到蛋以后，脸上的笑容会很幸福，偶尔会下意识地朝着树上、屋顶上的那些麻雀们看一眼，不经意的一瞥似乎就是对鸟们的嘲笑。我想，此时此刻，麻雀们一定气死了，一定对老阿婆恨之入骨，咬牙切齿。或许，此时此刻，麻雀们一定又在互相埋怨，又或者在互相探讨如何才能得到那些鸡蛋。又或许，麻雀们根本就没有偷鸡蛋的念头，只是人类自己太小心眼又太小气和多疑罢了，真是惭愧。

　　不过，有经验的老阿婆也经常会有失手的时候，母鸡下蛋也太不听话了，家里楼梯下或墙角专门为其备好的窝不用，躲到外面某个草垛里下蛋，有时候找都找不到，于是就怀疑被麻雀们吃掉。其实，老阿婆鸡蛋丢失，有可能是被某个淘气的孩子无意中发现并掏走，也有可能是被蛇吃掉。蛇吃鸡蛋是常有的事。蛇虽然是近视眼，可它往往在不动声色间就把整窝的鸡蛋全吃掉了，这一切，或许都被树上和屋顶上的麻雀们看得清清楚楚，可麻雀们不是蛇的对手，只能当冤大头。

　　在过去，乡下人靠养母鸡下蛋过日子的人大有人在，但当时人们普遍都穷，小日子难过，母鸡下的蛋往往舍不得吃，多积几个后会把它拿到市场上去卖，然后换粮食或其他东西回来填补家用，尽管那时的鸡蛋很便宜，一个鸡蛋也就一毛钱左右，但还是要拿去卖，因为粮食或其他东西似乎比鸡蛋重要，因此靠养母鸡下蛋过日子的人不少。不过，不知为什么，当时的人们头脑就是不灵活，不懂得多养几只母鸡来下蛋，这样不就连自己也有鸡蛋可吃了吗？转念一想，也能理解，在当时养太多只母鸡会被当成走资本主义道路，果真如此，不但鸡没了蛋也没了，还可能会被抓去游街示众，轮番批斗，有谁敢冒这个险？因此只能是小打小闹，大都只养一两只母鸡而已，而且大都是无助的孤寡老人在养，借以维持生计。

　　过去，邻村一个老阿婆就是靠养母鸡下蛋过日子的，她生有一儿一女，但都很穷，老伴又撒手先走，自己为了自保就养了两只母鸡，这两只母鸡也算是很有良心，或者说很懂事，仿佛比自己亲生的儿女还孝顺，很会生蛋，就这样让这位老阿婆能够生存下来，也因此她视这两只老母鸡为己命，比自己亲生的儿女还亲。可是，有一次她也因这两只老母鸡而冤枉了一个"好人"。

事情的经过是这样的，老阿婆在屋檐下筑了个简易的鸡棚，母鸡就在里面下蛋。那一阵子，老阿婆的母鸡下蛋后经常不见了。那个时候，村里有个小伙子，整天游手好闲，不务正业，经常干些偷鸡摸狗的勾当，影响很坏。于是，老阿婆就怀疑鸡蛋是被他偷走的，于是就经常对着他指桑骂槐，起初，那个小伙子看起来很生气，几次欲向她解释说没有偷她家的鸡蛋，没想到老阿婆不听他的，反而更认为鸡蛋是他偷的。后来，有一天晚上，老阿婆正在睡觉，忽听到外面有动静，老阿婆认定一定又是那个坏小子在偷她的鸡蛋，于是，悄悄起床，拿着一根棍子，准备开门去打他，然后人赃并获，让他无可抵赖。可是，他从门缝里往外观察了好一阵子却没有发现那个坏小子的影子，正觉奇怪，心想可能走了，一看母鸡还在下蛋，也就放心，打算回床睡觉。这个时候，她突然发现床帐上似有东西在晃动，感到似乎不对劲，于是就拧亮电灯。这一拧本不打紧，灯一亮把她吓得颤颤发抖，本来就已进入残花败柳之际，哪堪又遭此惊吓，好在也就早已到了视死如归的年龄，一阵惊颤之后马上镇静下来，知道那是一条大蛇。只见那条大蛇约有一米多长，倒挂在床前的一条铁线上，那条铁线平时是用来挂布帘的，早已不用挂了。那条大蛇用尾巴勾住电线，头伸直往下垂着。令老阿婆大感意外的是，那条大蛇不但没有半点恶意，还张口吐出一大堆的东西，仔细一看，竟然是鸡蛋清和蛋黄。老阿婆似有所悟，心知自己冤枉了"好人"。那条大蛇吐完蛋清蛋黄后掉头十分疲倦地从窗口游走。第二天一大早，老阿婆提着一小篮子的鸡蛋上门去给那个坏小子"负荆请罪"，没想到那个坏小子大受感动，从此改邪归正，不再做偷鸡摸狗的勾当，几年后竟成为村里发家致富带头人。有时候，一件小事也能改变一个人的命运，一个人也可能被某个意外的场景影响终身，真是如此。

其实，母鸡下蛋的佳话还有很多，但已经不必再多说了，看来善念确可度己亦救人，还会有更多的启示。事实证明，在这个世界上要闹明白的事情实在太多了，但不讳言，在这个世界上，我不明白的事情还有很多。类似那条大蛇为何会在半夜前来悔过，还给那个坏小子"不白之冤"？而那个坏小子又为何会在一念之间幡然醒悟，从此洗心革面，上演"浪子回头金不换"的人间喜剧？难道这就是冥冥之中自有天意，或有神明在暗中指点迷津吗？毫无疑问，这是很极端的一幕，有些人可能会认为这是作者编撰的，而我要说，这是千真万确的事情。

轻处的光线

说是要上某大厦34层吃自助餐,实际上是想上去观光,站在上面那感觉确有轻处的感觉,那光线也确是轻处的光线,整个厦门似乎可以悉数柔情饱览;说是每人五十几元的自助餐,可以尽情享用美食,到了上面,原来的自助餐已经取消,取而代之的是传统的点菜方式。人还未站稳,一道光线便照了过来,放眼一看,原来是一位衣着整齐,满面笑容的女服务员很有礼貌地迎了上来,并柔声地说道:"先生请这边坐。"一看就知道是个领班。稍后,又有男侍应生走过来,脚步移动着轻处的光线,他问:"先生需要什么服务吗?请尽管吩咐。"不一会儿,又见那个领班拿着菜单来到桌前,甜甜地说:"先生请您点菜。"然后将餐巾和碗筷按规范摆放整齐,轻处的光线一下子全聚在餐桌上,很明亮的那种。朋友伸手接过菜单,轻轻地翻了翻,似乎也怕扰乱轻处的光线一样,然后才轻声问道:"你们这里最低消费是多少?"女领班接过话:"对不起,先生,我们这没有定最低消费。"朋友又翻了翻菜单。女领班在旁介绍说:"这是青菜炖鸡368元,这是清蒸鲍鱼268元,服务费另加百分之十五。"朋友问:"全不包括服务费吗?"女领班答道:"是的,另外算。"朋友看了我一眼说:"你来点吧。"我笑了,随即点了一笼水饺18元,朋友又翻了翻菜单,接着也点了一碗花甲豆腐汤28元。女领班在旁还想再介绍更高级的海底龙虾,一盘888元,朋友笑着阻止她往下说"谢谢你,你的服务很周到。"轻处的光线似乎受到女领班情绪的影响,脸色有点暗了一些，女领班接着又说："不然再点一盘菜吧。"朋友问："什么菜最便宜？"女领班说："地瓜叶，一盘也是18元，也不含服务费。"我说："好了，那两样先端上来，要的话再点。"于是，女领班黑着脸去了，而我和朋友的心情却和34楼轻处的光线一样透亮而轻松，我们彼此舒心会意地笑了。

环顾四周，整个34层除了我们两个，其余都是餐馆里的工作人员，看了一下挂在服务台后墙上的钟表，已是中午12点钟有余，足见餐馆生意之萧条。然而，朋友却说以前开自助餐时要是迟来一会都没地方坐。我说那为什么要改？嫌不好挣钱可以适当调高价格，也用不着如此冷清吧？闲谈中，女领班端着茶壶给我们各冲了一杯茶水然后走开，那道轻处的光线也犹如一团白雾，偶尔会露出笑脸。这顿饭就这样足足吃了两个多钟头，旋转楼也快转完一圈了。朋友得意地说："这样的消费看餐馆怎么来挣我们的钱？"我说："算了一下，即使不用本钱，这里的工作人员平均每人大约可挣我们五毛钱左右，不过就这两样菜来说，餐馆已有百分之五百以上纯利了。"朋友更加得意了："就让餐馆去挣吧。"我说："其实我们也没违背商业规则，因为我们并没有破坏他们的经营规纪，只是按我们自己的消费方式而已，餐馆经营不善是自己的事，与我们的消费方式无关。"想想也是。然而，就在这两个多钟头里，我们确实是感受到34楼那轻处的光线，也几乎饱览了整个厦门岛上的旖旎风光，说是尽收眼底也不为过。临走时我们又环顾了四周，还好，邻桌来了两位年轻女白领，给整个34楼增加了亮色，再过去另有七、八个人围成一桌，消费当不低于三千元吧。回来的路上，朋友对我说，我们的消费水平还没达到那么高的层次，即便达到，我们也用不着跟这些人一起疯，我们可以用最低的消费来享受最高的待遇。朋友的这句话我很赞同，朋友间本该如此，不必学大款摆阔气，无意义的消费还是省着点好，这才叫真实和对生活的积极态度。我忽然又感觉到在34楼上时的那种感觉，尤其是那轻处的光线，让我依稀悟出了生活中的许多哲理。只不知，读者诸君品尝了这篇文章后，有没有看到或感受到我的那种感觉，包括所带来的那种美妙与回味。其实，只要能用心去体会，不管你是个非常有钱的人,还是穷得像我一样很轻松的文人,都可以暂且把剩余的心情放下,然后尽情地感受一下那种轻处的光线,相信,一定会觉得很过瘾的。其实,我们也只是在有意无意中向生活开了一次不大不小的玩笑而已,我想我们会永远怀念那轻处的光线。

小隐隐于野

千百年来，终南山隐士到底有多少，谁也说不清。二十多年前，美国汉学家、佛经翻译家比尔·波特寻访终南山，之后《空谷幽兰》问世，书中揭秘山谷5000多位隐居修行者，过着和1000年前一样的生活，年龄最大的90多岁，个别隐士甚至数十年在山中居住，直到终老也未曾下山。或许，5000多位隐士的说法有夸大之嫌，但终南山的神秘确实给人留下一个巨大的想象空间。

让人好奇的是，为何会有那么多人要去归隐？又为何要去归隐？也许个中原因千奇百怪，谁也说不清楚。有些人归隐可能只是为了选择独处，过自己最简单的生活。有些人归隐可能是为了逃避，有一种遁入山野的想法。其实无论什么原因，人类内心或多或少总会有那么一些归隐的念头或说情结，只是绝大多数人保持更加积极的人生观和世界观而没有选择归隐。归隐只是一种手段而不是目的。

古谚有云："小隐隐于野，中隐隐于市，大隐隐于朝"。其实，不管"朝隐"或"野隐"都是对人的一种情怀和修养的考验。记得，宋朝有个农民，名叫魏野，平时只种了几亩薄地，除了从土里刨食，没有其他收入来源，小日子过得十分清苦，尤其在那年月里，农业税还挺重，苦得魏野连房子都买不起，只能在城郊挖一窑洞，洞口栽两棵竹子，就算是自己的窝丁。尽管如此，他活得很是潇洒也感到很快乐，仿佛丝毫没有感受到来自生活的压力。农闲时，魏野总是喜欢独自一个坐窑洞口弹琴，不亦乐乎。他常以隐士自居，周围的人也把他当成隐士,因他有才华。那么,以此看来,魏野应该属于小隐隐于野这种人吧。

然而,人的命运是很难说的,不会永远都是那么低沉,哪怕是生活在很底层的人也一样,总会有那么一阵子会交上好运,有才华的人更是如此。俗话说得好,地瓜藤总有一阵子绿,就是这个道理。当大运撞来时,谁也挡不住。诚如这位颇有艺术才华的宋代农民隐士魏野,就交上了大运。当时的皇帝也算是个艺术家吧,平时喜欢游山玩水,遇上好的地方,便会命人把那个地方画下来,当那个皇帝来到魏野住的地方时,一下子就被魏野所住的那个窑洞所吸引,于是命人把那个地方画下来。就这样,魏野和他所住的那个窑洞一起出名了。按说这本来也很正常,可是就因为这样,改变了一个人的命运。这个生活在最底层的农民艺术家魏野在山洞里再也坐不住了,小日子再也无法平静,内心深处的那点欲望马上浮现出来。

当魏野得知自己的窑洞被皇帝看上时马上兴奋不已,于是,作诗颂圣,并且拿着自己的诗到处显摆,其中有句诗是这样写的,"山中征君峨小冠,能令幽居帝画看",果然像中了大奖似的,人性弱点尽露无余。不过,后人也不必太过苛求于人了。一个人活着有各自的精彩和追求。不能因为他想过好日子就贬他,也不能因为他是隐士就苛求于他,人生总有许多不得已的苦衷和无奈,谁不想出人头地呢?换言之,一个人只要不做坏事就应该对他微笑。再说,人也不可能永远走好运,也不会总是背运,过惯好日子的人总会有那么一阵子感觉生活很不舒畅,很压抑的样子,这不奇怪。正如一个人在一把椅子上坐久了,也会觉得骨头酸软,站起来走走,就感会到比坐着时舒服,要不肯定也会坐出病来,道理是一样的。当然,像魏野这种人可能还算不上真正的隐士,只是自以为怀才不遇而已。

无独有偶,宋朝还有一个隐士,名叫李渎。书上说,李渎的小日子要比魏野强些,其祖上做过官,他也继承了一点儿遗产,因此,不用上班也不必务农,依旧还能吃穿不愁,可见,条件还是不错的。现实中,他确实做到了不问世事,也不慕浮华,只是携妻带子在野外山坡上搭了两间草屋,还美其名曰"浮云堂"。后来,连皇帝派人请他出来做官，他都给辞了，还说什么"一片闲心，已被白云留住"，看来还真是个隐士，那种快活似乎也不完全是装出来的。不过，看到后面，我发觉原来这个李渎也还不能算是真隐士，还是有他无法超脱的地方。举个例子，从表面上看来，李渎好像真的是鄙视名利，可是，当他辞掉朝廷的聘书之后，都还盼着人家再聘他一次，好让他再辞一回，"以成其高逸之名"，由此看来，这家伙也是假清高真媚俗之人，而诸如此类之人，历史上还少吗？可谓不胜枚举。

说到这里，联想到现代社会也有隐士，像终南山那些人就足活生生写照。其实在我身边也有这种真实例子。这位隐士姓吕名然，年近90，平时走路健步如飞，爬山越岭，比起一般中年人身手还敏捷，脚步也更快。这位隐士的人生经历和如上所说那个魏野很相似，且更富传奇色彩。吕然也是个农民隐士，也住在一座属于自己的窑洞里，他在那个窑洞里已经住了近70年，而且也善弹琴，尤其善手艺，各种各样的手头活，只要让他看一遍，便能仿造出来，而且一模一样，惟妙惟肖，难分真假。譬如佛珠，要用手工雕出一串惟妙惟肖的佛珠，可不是闹着玩就可以的，没有一门精细手艺是不行的。还有，过去农村人打谷子常用的风车，他也是一看就会。更神秘的是，他那住了近70年的窑洞也是他亲手造的，他的那个窑洞虽小，里面占地面积不足10平方，但造的工艺堪比坚固军事碉堡，一般的手榴弹一大捆扔进去也炸不坏，更别说从外面搞破坏。据悉，该窑洞不同于普通的窑洞，四周围是用砖头垒起来的，形状为圆拱形的，最后才用一块大砖块夯下去，仿佛一把大锁锁住一样，若从外面搞破坏，不知情者是越搞工事越坚固，到头来连毫毛都伤不到半根，可见，牛不是完全吹出来的。

更有意思的是，这位隐士所住的这个窑洞还充满着神奇，曾经有过几个据说是被城市大医院宣判"死刑"的人，来到窑洞里和吕然一起住，过了一段时间后，病竟然不治而愈了，也曾经有个"疯子"（得了精神分裂症的人），在里面住了一段时间后，后来奇迹也同样发生了，这不是我信口胡编的，现实中有例可证。当然，说是不治而愈，其实也是有"治"的，其治的方法不同于城市里的名医，需要很先进的设备，又要有很好的进口药品，吕然只让病人定期或不定期喝上一点"药"，不久，病就好了。这药也不是什么名贵药，只是从香炉里掏出来的香灰，吕然用一张粗纸包好香灰，然后交给病人，嘱咐病人拿回去泡水冲喝就可以，有时也加上一些中草药，那些中草药是吕然从附近野地里随便采来的，吕然说，拿回去，用文火熬，两碗水熬成八分，喝一两帖就可以了，果然都很应验。

奇就奇在那些香灰并不是到某一寺庙香炉里取的，而是必须从吕然住的窑洞里拿回去泡水喝才行。说起这事，还真有个故事要说一下——

吕然20岁出头就住在那个窑洞里，因他讨了两个老婆，又不在一起住，家里地方太小，容不下一张大床，干脆就自己一个人跑到窑洞里住。没想到一住就是一辈子，别的地方再好，用轿子抬他去他也不要，仿佛全世界没有哪座皇宫比他住的土窑好，果然也好像如此。不过，话说住进土窑一段日子后，吕然很快发现，土窑有点潮湿，尽管以前也烧过砖瓦，但南方的地气毕竟和北方不同，北方干燥，住窑洞没问题，南方湿润，窑洞潮湿容易得关节炎。为了解决此事，吕然想，与其在窑里放一些干草、木炭之类，不如天天烧香，空气也会变好。主意打定，转念又想，烧香总要供个神仙吧？也好早晚有个伴，岂不更好？心动之下，就想人们烧香拜的都是观音菩萨，或者玉皇大帝，又或者关帝爷和太上老君之类，那么，自己烧香要供奉谁好呢？躺在床上辗转反侧，忽然心头一亮（其实窑洞里是黑黢黢的，伸手不见五指），诸神当中脸最黑者莫过于包公，让包公住进这黑黢黢的土窑里应该不算委屈吧？再说，包公仍正义的化身，公正廉明的形象早已深入人心，供他为神理所当然，也符合自己超然脱俗的心态。不久后，这座小土窑里便开始香火弥漫。这件事情也很快被外界知道，可是，外界的人在不知道内情的情况下，竟把它当成神秘的事情在民间流传，后来，纷纷有人找上门来。

更令吕然没有想到的是（或许早有预感），就是因为这尊包公神像，令他和他的小土窑名扬四海。有一天，一位外地人（一看就知道是外地人），还挺洋气的，那人提着一个皮箱，东走走，西问问，来到这座小土窑前，又是左看看，右看看，不胜感叹之至。后来，那人在窑洞里和吕然住了三天，临走时执意要把皮箱留下，他对吕然说："老神仙，这钱是用来谢恩的，因为您托梦给我，并在梦中赐给我药方，我的多年怪病才好的，所以，您老一定要收下这钱。"原来这位洋气的外地人来历十分不简单，又十分的传奇。他是一位归国华侨，专程来找吕然的，经过是这样的——这位归国华侨多年来生活在泰国，后来得了一种奇怪的病，找遍天下名医，也花了不少钱，可就是治不好，好了以后也是反反复复，后来有一天晚上他做了一个梦，梦见一位道士模样的人给了他一个方子，让他照方子熬药喝，醒来后，他将信将疑，最后横下一条心，死马当活马医，反正也别无良策，再说，他仔细研究了那药方，觉得按药方喝下应该也死不了，于是就喝了。没想到，不久后奇迹果然发生了，他的痼疾愈了。惊喜之下，感动万分。后来他将此事告诉一位方外人士，那位方外人士告诉他，治好他的怪病的人在大陆，是个神仙似的隐士，让他有机会回大陆一定要去谢恩，并告诉他，那位隐士可能住在闽南某个地方，就这样，他从泰国一问寻到了那位隐士的住处。

当他看到隐士所住的窑洞和他梦中所见到的一模一样时，简直惊呆了，世间竟有如此神奇之事，原本他心里还是不愿相信，但来到了现场，他简直五体投地了。吕然并没有收下他的那一皮箱的钱，只从中抽出一张百元港币就再也不接受了，他对归国华侨说，"无功不受禄，就算你的梦是真实的，只能说明你我有缘，如今你从泰国而来，专程送钱给我，我若全部拒绝，也不讲缘分，就拿一张百元港币以作纪念吧。"说完，拒绝再谈相关话题，只淡淡微笑，这件事情就这样过去。后来，吕然还接到过几封奇怪的信，都是从国外寄来的，但寄信的人没有一个是他认识的。吕然一辈子很少出门，谈不上有外国朋友，他也不明白那些人怎么会给自己写信，又是怎么知道地址的。信的内容也很奇怪，其中有封信是这样写的："道兄：神交已久，还记得否？道弟某启。庚年子月申日"来信地址是新加坡某城某街某巷某楼。吕然看了看那信，淡然微笑，不久便把它给忘了。

如今，吕然仍过着隐士一样的生活，不过，小土窑口门经常有小轿车停在那里，据说，许多当官的人没事的时候都喜欢找他聊天，就像当年那个农民隐士魏野，农闲时在窑洞口拉琴，常有"好事者多载酒肴从之游，啸咏终日。"不亦乐乎。由此可见，现代社会里依然有隐士存在，而且好像是真正的隐士，令享尽荣华富贵之人也不得不为之折腰，世界之大，果真是无奇不有，而且奇妙无穷。

最后，笔者还想说一句就是，真正的隐士应该像陶渊明采菊东篱下式的情怀和修养，但无论哪一种情况，隐士其实也是社会的一面镜子。

大写的"九峰人"

中国有56个民族,以族群分,有汉族人、回族人、藏族人、畲族人等。以方位论,有南方人、北方人之说。以地区论,有北京人、上海人、福建人等。正是在这种语境的延伸下,才有了漳州人、平和人乃至小溪人、九峰人、霞寨人、芦溪人、大溪人、安厚人等说法。

这里要说的是,大写的"九峰人"——

一方水土养一方人。九峰地处偏远山区,原本属蛮夷之地,王守仁开县后,给这块土地带来了一些京城文化,并营造出一种古县城的文化氛围。求学、读书之风兴起,经商意识开始萌芽并迅速蓬勃成长起来。这是九峰人的幸运和造化。

王守仁,又名王阳明,既是明朝著名军事家,又是著名教育家和哲学家(心学集大成者),与孔子(儒学创始人)、孟子(儒学集大成者)、朱熹(理学集大成者)并称为孔、孟、朱、王。由此可见,王守仁的到来必将给九峰人带来历史性的变化。

然而,1949年7月,由于平和县城从九峰镇迁至今天的小溪镇,结束了九峰镇为平和县县城的历史,让古县城又重新回复到边缘小镇的宁静。尽管如此,古县城小市民的优越感和文明意识,尤其浓厚商业意识,已经在九峰人身上扎下了根,这就是后来九峰之所以会人才辈出的重要原因。当然,九峰是块地灵人杰好地方,老百姓勤劳肯干、积极向上。

九峰人身上,有一股不屈不挠,决不服输的韧性。打响"八闽第一枪"的革命先烈朱积垒就是本地人,也是这种个性的代表。1928年,他在革命战争中被捕,面对敌人的威胁利诱,视死如归,说:"要杀便杀,何必多言!共产党人好比韭菜,是越割越长的!"这充分显示出一个革命党人视死如归与坚持信仰的韧性和决心。历史证明,朱积垒成为九峰人的骄傲。

不过,从某种意义上讲,由于县治的搬迁,九峰人还来不及完成小市民的改造,又沾染了小市民的某些旧习气,所以身上还没有完全脱去偏远山区的小农意识。或许,这也是九峰人的某种宿命。当然,这只是大写的"九峰人"的一个侧面。

其实,九峰人个性中并不乏亮点,譬如外出经商者众,海外侨胞和港澳台同胞多,其中不乏卓越成功者。如今,他们纷纷回报家乡,感恩生养的这块土地,使九峰古城面貌焕然一新。此外,九峰人文荟萃,人才辈出,出现如朱元遥、朱玛西、曾江涛等一批文化艺术人才并形成氛围。而这,正是古县城文明的种子培养出来的,同时也是魅力所在。因此,有理由相信,未来的九峰人必将更上层楼,谱写出新的灿烂辉煌的诗篇。

总之,大写的"九峰人"是值得骄傲的,他们已经融入了新的时代。

平和之美

美,是一种境界,也是一种享受。

美,源于自然,蕴于自身,取之于一颗平和之心。而平和之心的拥有,同样是顺乎自然,随美而至的饱览。

是的,春光明媚,不只是一种自然景观,也是一种美之心境,亮丽出一种人生和追求。是的,平和之心源于自然的本色,是美之极致,同时是心灵的自由和旷达体现。是的,现代生活太喧哗,太浮躁了,而节奏又变换得太快了,因此,现代人失却了品味和体会人生美好的耐心,更别说静下心来去追求一份恒远久致的美,这是一种遗憾。

不过,拥有一颗平和之心,终究是人类最美的追求和享受,也因此可以说,回归平和之心是必然的,也终将成为现代人不懈追求的主题。况且,美本身就是一种接受和品味乃至欣赏的过程,失却了耐心就等于失却了生活的热情和品位乃至对美好生活的追求,这样人类就再也找不到诗意的栖息地,因此,拥有一颗平和之心多么重要。

此外,假如人类都能够生活在静谧、广阔,碧水晴天絮云相互辉映之下,这样的日子多么美好,到处弥漫着浪漫的现实主义色彩,这是多么美妙的一曲旋律,又是多么让人兴奋的一种喜悦?感恩之心油然而起。愿我们的生命和生活,如春日般平和,如春花般美致。

宽　容

　　有个姑娘要开音乐会，在海报上说自己是李斯特的学生。演出前一天，李斯特出现在姑娘面前。姑娘惊恐万状，抽泣着说，冒称是出于生计，并请求宽恕。李斯特要她把演奏的曲子弹给他听，并加以指点，最后爽快地说："大胆地上台演奏，你现在已是我的学生。你可以向剧场经理宣布，晚会最后一个节目，由老师为学生演奏。"李斯特在音乐会上弹了最后一曲。

　　得理不饶又固然有一定道理，但得饶人处且饶人岂不更显风范和气度？人，生活在群体中，与他人交往会遇到各种状况，有时难免产生误解、矛盾等，但如果能拥有一颗宽容的心，世界会因此更加开阔，生活也会充满温馨。

　　宽容是一盏明灯，点亮它，心就不会迷路，也不用惧怕黑暗。

　　宽容是一扇窗口，打开它，微风徐徐吹进，到处都清新舒爽。

　　宽容是一朵绽开的鲜花，给人芬芳，让人陶醉，装点我们的世界。

　　宽容是一道亮丽的阳光，给人温暖，让人舒心，照耀我们的生活。

　　宽容闪耀着人性的光辉，是健康的表现，是成熟的标志。宽容是一座圣殿，里面供奉着高贵、尊严、善良、理想……假如生活欺骗了你，不要悲伤，也不要埋怨，宽容地面对。你，会慢慢变得坚强和自信，会收获最甜美的果实。

请记住这个美好而神圣的日子，每年的 11 月 16 日——世界宽容日；请秉持一颗宽容的心。

生命的底色

我经常有一种错觉,总以为阳光是有性格的,并且和人有关,至少我个人是这样认为的。我从小生长在乡下,小时候,乡下的阳光就一直是我所喜爱的,我喜爱它的暖洋洋,也喜爱它的火辣辣,尤其在冬天的时候,更是让人觉得温馨,即使是夏天,光着膀子让它晒,有时也脱皮,过后,也觉得挺刺激的。我想,我之所以有这样一种感觉,最关键在于,乡下的阳光早已沁入我的皮肤,进入我的血液,成了我生命的底色。

关于阳光的记忆,有一件事情最让我难忘,那是在九岁的时候,家里生活困难,父亲被打入冤狱,母亲忙里又忙外,忙得不知白天黑夜,还要照顾我和妹妹。有一次,母亲花了几天早晚的时间,到村子后一条小河边锄草,并把那些草捞上岸晒太阳,打算晒干后再挑回家烧成肥料,过了几天,我放学回家,挑着担子去河边,准备帮母亲把那些干草一点一点地挑回家,母亲说我还小,不让去,但我还是去了。那天阳光很热,当我正要装草时,同村一个年纪比我小一岁的孩子喊来他哥哥,他哥哥正在河里抓鱼,此时从河里上来,用脚踩住我的手,不肯让我装,说那草是他捞的,他哥哥大我两岁。母亲知道后赶过来,没说什么就叫我把空担子挑回家,回到家里母亲哭了,但我没哭。

后来我离开乡下到城里居住,经常写一些文章在全国各级报刊上发表,久而久之,懂得一些道理,渐渐的,就把这件往事给提炼出来，觉得人无论生活在哪里，在什么情况下过日子，都应该好好珍惜，都应该感到快乐，母亲培养了我们，我们不应再让母亲难受。乡下人有乡下人的日子，城市人有城市人的日子，只要能活出个样子，就可以了。这些话也许许多人不愿再听，也许会认为这已经过时了，而我依然很珍惜这些经历，因为我认为，只有经历过苦难的人，才会懂得苦难的价值，也只有沐浴过乡下阳光的人，才会领悟到乡下阳光真正的和煦。

如今，在我的印象中，乡下就像一幅水墨画，画中有低矮的黑瓦房，瓦房后有茅草坪，不远处还有黛色的山峦等等，无不给人以美好的印象。这时，如果能够再出现一抹阳光，从山峦那边斜照过来，那一定会更令人兴奋，给人惊喜的。试想，现在城里人不也是在寻找着这些吗。可以理解，过惯了太多的灯红酒绿，内心意图回归简朴，也是正常。可是，过惯太多的贫困日子，便迫不及待地想走出这乡村，也很普遍，而一旦闯出去以后，许多人往往很快把乡村给忘了，这是很不应该的。作家贾平凹曾说"倒数三代，我们都是农民。"如果你富起来了，也应该记起乡村，以及那一抹阳光。

卢一心：一颗诗心书画人生

初次见卢一心，他站在一棵树下面等着我们，几乎没有一眼认出他来，等他迎向我们走来，才开始仔细打量这个我们马上要采访的被冠以诗人、作家、画家一众头衔的人。要说先生儒雅，他身着西装白衬衫，上衣拿在手上，一见便先递上自己的名片；要说文人清高，先生在我们来之前已在树下等候，聊天时他双手摞在一起，手指干净。

逐梦画家的童年：渴望画画

画家的称呼对卢一心来说也就是这一两年的事情，也不是不做诗人了，只是画家这个角色于他来说才可能是更长久期待的，与其说是"圆梦"不如说是触碰到了"最初的梦想"，说起这个，卢一心给我们讲了这样一个故事：

在他五六岁的时候，那还是一个物质极其匮乏的年代，一张三五分钱的年画家里也不舍得买，父亲就亲自动手画年画。父亲画了两条鱼，在简陋的餐桌上，鱼儿显得极为活灵活现，当时还小的卢一心觉得那画十分漂亮，而这竟成为他最初的艺术启蒙。

不过父亲还是极力反对卢一心学画的，在过去不论画画还是写作都被视为不务正业，父亲也是良苦用心。即使这样，在他心里父亲依旧是他艺术的启蒙老师，给了他最初对美的认识。

还有一件事对卢一心来说也是记忆深刻,当时家里穷买不起纸笔,抵不住学画心情的他给在北京的亲戚写信,求亲戚带几支画笔能让他好学画画。亲戚用近半个月的工资给卢一心买了一大捆一百支的画笔。不仅如此,亲戚还带回一些塑料花,这在当时可很是稀罕,卢一心小心翼翼保管着,对着塑料花一遍又一遍临摹。为这件事他被家人责备了好长段时间。

后来他开始写作,初写就是诗歌。卢一心写了十几年的诗歌,他的诗不事雕琢,常是些写自然和乡情的诗,不乏感人之作。早年写诗的经历对他的画作不无影响,对诗意的追求有过之而无不及。在那些作诗到日思夜寐的日子里,作画也不曾缺席,尽管时断时续。2009年,他出版的第一本长篇小说《三平祖师》,书内的插画都出自本人之手。到现在,卢一心说他有大部分的时间绘画,日常上午写作,下午绘画,晚上随心做些喜爱的事情。

他用诗心在作画:半生书画观

作为一个作家,从20世纪90年代起,他的诗就在《诗刊》发表,并以其自然朴素的句子,讴歌大自然和淳朴乡情,毫无做作扭捏之态,引起诗坛的关注。此后他的创作更是行云流水,广泛的涉及散文、评论、小说等等多种的文学表达形式,而卢一心注定是一个多面手,不甘于一个角色的寂寞,最近他开始转战画坛,并小有成就。

他的画也是特色十足。线条沽泼流畅,笔墨淋漓,浓淡湿枯运用得恰到好处。构图也自成格,尤其是留白处看似随意,实则颇有讲究。虚中有实,实中生虚,妙成天然。可以说,花鸟画看似容易,其实出新很难,尤其是现在画者众多,想另辟蹊径却十分不易。而卢一心笔下的葡萄画,却给人带来了几分惊喜。同样的题材,他画出了"不一样"的感觉。

从写到画,这两种不同的艺术形式在卢一心看来,既不是相同的也不是不同的。文学作品和绘画艺术是两个审美层面,一个用文字来表达，一个用图像视觉，而它们殊途同归于同样都是让人在阅读欣赏它们的过程中能够产生愉悦和美的享受。只不过，卢一心认为，相比较而言绘画这种表达方式更大众化一点，也越来越受大众喜欢。

绘画在卢一心看来，是他用另一种方式来观察现实生活。

葡萄画是他的绘画主攻。葡萄在他的理解下有两个重要的层次，葡萄成熟、甜美、团结，围绕着一个藤蔓葡萄一整串一整串的，这跟如今的社会精神是一致的，而葡萄在民间还有多子多孙的意思，喜气，接地气。这就是为什么卢一心的作品自然朴素，而又充满感情，他不是凭空作画，即使普通如葡萄，他也能发现其雅俗共赏、喜闻乐见的内涵。

如卢一心所说，他是一位本土作家，他写乡音乡情，他画的画也愿能让看到的人感到轻松，生活甜美。他创作《三平祖师》，历时一年多田野调查，他说作为一个本土作家，本土文化，佛教文化，有这么深厚的东西，理所当然去写这个题材。

从卢一心对写作绘画素材的选取和艺术加工上来看，他就像是一个穿梭于田野、乡村天地之间的行者僧，他赤着脚贴近大地，更难得有一颗不曾被风化、追求美和诗意的赤诚之心。

访谈实录：

卢一心，福建平和人。中共中央统战部优秀信息员、中国作家协会会员、中国作家书画院画家。画作被周碧初美术馆和海内外知名人士收藏，应邀参加2013年诗文风流？翰墨飘香——中国作家书画作品展，并获得优秀奖（最高奖）等。《文艺报》、《台港文学选刊》、《厦门文艺》、《海峡导报》、《鲁北晚报》、《福建统一战线》等报刊发其画作及其评论。其诗作《折叠》（外一首）发表于《诗刊》2001.11，并被列入"2001年实力诗人新作展"。

卢一心：卢

凤凰福建：凤

谈童年与父亲：艺术的启蒙老师

凤：首先很感谢卢先生接受我们的采访，近两年您从文字转向绘画也是让很多人很惊讶，能跟我们聊一下您如何与绘画结缘的吗？

卢：好。可能你们不太了解，我最初的愿望就想画画。但是因为当时家里太穷没钱自己买这些纸笔，所以弃画从文。虽然家庭环境不允许我把注意力放在画画上，可曾经我还为了画画在初二年的时候就偷偷写信给一个亲戚，这个亲戚从北京调到福州来，我便让他帮忙买几根铅笔。他当时给我买了一大捆，一百只的铅笔，还是专门画美术的那种笔。虽然当时只有五分一角每支，但是在当时的价钱已经算是很大，一百根等于十块钱。十块钱差不多是半个月的工资，当时工资就几十块，所以这个亲戚非常的热心，买笔给我。因为这事被家人责备了好一阵子。

家里不支持我画画除了因为画画非常耗钱之外，不像现在学美术好像很高尚，以前学美术是属于不务正业的，被视为旁门左道，不属于正宗，正宗属于学语文数学这些工科的东西，所以美术还是比较边缘的。

亲戚那会不但给我买了铅笔，而且还给我们寄了塑料花，塑料花当时很稀罕。我们现在鲜花很多，以前连塑料花都很难得一见，塑料花被我偷拿了几根，然后跑到一个同样学美术的同学家里，没去上课，就对着花一直在练素描。但后来没有继续下去，我就差不多初二开始写作，写作刚开始也家里不支持，写作也是不务正业，考试没有专门考写作，所以当时就是说，写作本身也没有被重视。但写作我还是一直坚持了下来，专门在写的就是诗歌，写了十几年。那个时候写诗歌非常投入，有时候一个晚上睡不着，起来就想写诗。

后来真正专业在写作是04年开始，专业写作我的涉及面还是比较广，涉及一些评论、长篇小说、散文这些等等都是。2009年以后基本上到今年为止，每年至少正式出版一本书，差不多现在将近也有十本书。现在还有两本在出版社，已经在那边弄了，但写作中间我并没有放弃画画。

凤：您曾在博客上写过这么一句话："当画家原本是我人生的第一个梦想，但小时候因为家里穷，买不起纸笔而放弃，弃画从文，尽管如此画家梦从没离开我的每一天。"儿时梦想过去了那么多年，为什么你还一直想要坚持呢？

卢：画画应该说我的第一个启蒙老师，是我父亲，我父亲本身是一个教师，他也是非常有才气的，当时在那种最艰难的那个六十年代，那个艰难的日子里面，比如说当时的一张年画，也是三分五分，家里买不起，买不起这个年画我父亲就自己画，当时还小，小时候，画了一幅画放在餐桌上，那很简陋的餐桌上画了两条鱼，在水里面游的两条鱼，非常漂亮的两条鱼，所以就是因为这个最早的印象，给我后来的人生，其实是埋下了最早的对艺术的美感，尽管我父亲不支持我画画，但是他是我画画的第一个启蒙老师。

凤：您的父亲学过美术吗？

卢：他算是多才多艺，他指导过考上美术院校学生，有时候他们也拿画给他看，就说他本身是有艺术天分的，但是当时那种年代，怀才不遇。所以为什么会坚持，因为画画给我最早的产生美感的，就是从父亲那边过来的。在过程当中我经常性都会画画，我第一本的长篇小说里面的插图就是我自己画的，本来我是要请一些比较专业的人插图，但征稿的插图出版社与我都不满意，最后就决定自己动手画，出版社竟然很满意，于是就造就了这样的事情。

凤：应该说父亲画的年画的鱼是在你几岁的时候？

卢：那大概就是七八岁的时候，可能还不到七八岁，就五六岁。

凤：那么小你就印象那么深刻。

卢：有人说其实一辈子一个人的成就其实是他二十岁之前的经历，你二十岁之前经历了什么东西，你接触到什么东西，感悟到什么东西，看到的什么东西，往往是第一眼最深刻的。一辈子就到二十岁就可以定下你一辈子以后走哪条路，走多远。

凤：父亲成为你的启蒙老师，他不支持你的画画，他后期知道你还在画画的时候有什么看法？

卢：我画画是因为家庭的困难的情况下是没办法支持，写作他是认为说这是很难的事情，比画画更难的事情，他认为做这件事情很难有出息的，所以他认为要当一名作家没有四十年的功力是拿不下来的。所以他认为说，首先要把自己正业方面做好，然后再做其他的，父母亲的心愿也是这样的。所以现在他们看我，他们曾经反对的两件事情，我都做了，做得还可以，他们也觉得他们已经上了年纪，看得也很轻松，不像以前了，他们也很高兴。

谈转型：用另一种视角观察生活

凤：我在读您的长篇小说《三平祖师》以及您其他一些文学作品中，都会出现一个"三平寺"，这是为什么呢？

卢：一个原因是，我写的三平祖师，他是一个唐代高僧，一生惩恶扬善，恩惠广济，敕号"广济禅师"。他成为三平祖师的地方就在漳州市，三平祖师文化是闽南文化的重要组成部分，所以我作为一个本土作家本身，对本土文化，对佛教文化，有这么深厚的东西，理所当然去写这个题材，这是一个。

而推动我去写这个题材的另一个原因就是机缘。台湾李立安导演和一个制片人，他们打算拍这个戏，那个制片人跟我还算熟悉，后来他找到我，叫我来写这个戏。我原来就有这个想法写这部戏，所以我当然很愿意去做这个任务，花了比较长的时间，这个比较不好写，跟其他小说不一样，它是一个真人真事，并且在民间广为流传，而且是一千多年来没有明显与这个有关的书籍，只有唐代的户部侍郎、两任漳州刺史，都是钦差的这类人，到漳州后来有写上一些文章。

凤：那您写这本书过程中想必经过了很多的田野调查吧。

卢：那是肯定的，写长篇小说本身就要做很多的工作，但写这个书跟其他小说更不一样的在于，它是真人真事，广为流传的民间版本非常多，这是非常困难。三平祖师从一个得道高僧上升到神的境界保佑地方，他已经遍及全世界三十几个国家，影响非常广泛。在写长篇小说的过程当中，采访搜集了相关的资料加上自己的东西写成书，后面有很多散文随笔也与这个有关，所以本土作家写这个本土文化，本身也是义不容辞。

凤：当你在文学方面有了这样一个成就后，还是始终放不下小时候的画家梦，你也说过，如今有机会把它当成是中国梦来实现，那么为什么画家会成为你的一个"中国梦"。

卢：这里面也有两个层次，一个它是我的第一个梦想，另外一个我认为文学作品和绘画艺术虽然是殊途同归，但是两个审美层次。一个是用文字来表达，一个是用图像视觉的东西让读者感受一种美的追求。现在中国在朝向文化中国，中国梦前进，以我的理解，中国梦就是文化中国。他真正要实现这个梦想的出发点、引爆力在文化，经济是一个平台更主要还是要靠文化。文化中文学和绘画的表达方式不同，而我本来就有这个强烈的愿望，正好有这么一个时机和平台。我觉得写了这么久到了目前这个阶段，开始画画是我用另一种视角观察现实生活。

另外我认为还有一个很重要的原因是，其实绘画的这种表现语言，更大众化一点。在社会传媒更加五花八门的过程中，文学有一定程度上被边缘化了，反而在世界艺术的绘画里面，越来越受大众喜欢，它可以用来作装饰家居，高雅，时尚，不用像看文章那么累，看文章累了看看画也好啊，会觉得看画和看文字不一样的感觉，这是我们审视生活不同角度的原因。

凤：您现在绘画领域的主攻方向是什么？

卢：现在专攻葡萄，在我的理解里面葡萄大概有这么几个层次，关键词：成熟。甜美团结，你看葡萄一整串，围绕葡萄串也一整串果实，这跟现在的社会精神是一致的。而且另外一个，社会大众非常喜欢，容易接受，放在家里非常喜气，民间还有一种意思，多子多孙。所以葡萄既有时代性精神又很大众化，喜闻乐见，雅俗共赏，所以吸引着我，引申来说还可以说到两岸关系，同根合作，这也是我愿意画它的原因。我现在认定，葡萄是我要画到底的东西。

凤：从作诗转到作画至今有谁曾经或者正在影响着你。

卢：我这个圈子里面的朋友，文学不用说，绘画的朋友也不在少数，比如周榕清教授，他在漆画油画方面十分有造诣，现在主攻漆画，在艺术这条路上已经走了很久，被誉为八闽之子，像这样的朋友有很多。他们在专业领域上的造诣都值得我借鉴学习。

凤：我看到一篇采访你的报道写到"作为一名业余选手，可喜可贺"应该说您现在已经逐步脱离业余选手，转到专业选手了吧。

卢：2004年我就专职在写作，从2000年断断续续在画画，这两三年专职画画，绘画文学从某种意义上说都是专业，不是专业上的专业，而是专职在做这件事情，说专职比较准确。

凤：您的理想生活是什么样？

卢：我现在已经越来越单纯了，所以没有其他应酬我就是上午写作，下午画画，晚上自由安排，干什么都可以，更多花超过一半时间在画画；之前超过三分之二时间在写作。所以两件事情慢慢走过来有一个过程，我1990年就在省级刊物上刊载，已经走过一段很长的路过来了。

基本上长期以来都是这样，现在想换另外一个角度记录生活，另一种表现形式观察现实生活。走到现在走了那么长一段时间了。以后没有太大原因，会在这两条路上继续走下去，已经不单是小时候愿望而是今后的目标，某种程度上的圆梦。

凤：达到怎样的程度算是圆梦？

卢：这个并没有想过，首先一定要把我能够表达的东西表达出来，通过画画写作包括书法，把我心中所想的表达出来，要达到什么这并不是想达到可以达到的，只有靠努力，在不断实现过程中，读者喜不喜欢，观众喜不喜欢，自然他会有一个客观的评价。作为写作者和绘画者要考虑的问题是把自己的事情做好，尽量把自己最好的状态表现出来就好了。

谈文学与艺术的融合：追求最高的诗意

凤：有人称您为诗人、作家、画家、书法家等等，这么多身份当中您最认同哪个角色？

卢：去年，《文艺报》世界美术专栏里一篇访谈，她用了《他用一颗诗心在作画》这样的标题，我觉得他对我的了解和角度还是比较准确的。

为什么我写了这么多年的诗歌，写散文、小说包括画画，其实最高的理想是一种诗意的追求。在大学生眼里，诗是一种简单的东西，以我现在来看诗歌是最难的。为什么，它的诗意，什么叫诗意，什么叫诗意的表达，这是一种很高雅，很神性的东西。你的小说如果能够写出诗意，那么你的小说是很棒的。画画如果能够让人感受到诗意那一定是非常美的。虽然这些艺术形式是殊途同归的，但其实不管你怎么把它分开，它是没有分开的，他都有共同的东西，我的理解就是文学作品和艺术最高的境界就是诗意的追求和哲学的思考。所以角色不存在哪一个高哪一个低，绘画是能让人直接感受得到的，文学作品是要去读，读出文字背后的诗意。对我来说，绘画增加了另外一个情感寄托。

凤：有人说："从本质上讲，卢一心是一个诗人，他用一颗诗心在作画，这也是他的画不落俗套的原因。"您是怎么理解这句话的。

卢：你看诗歌小说、绘画都好，最高的境界就是诗意的表达和哲学的思考，所以为什么有诗心，就是希望我的画能给大众传来美感。文化和艺术本身是联在一起，因为有前面写作的过程，所以诗歌长期的追求诗意的过程就像现在绘画，能使读者产生美感甚至因为看到画而不开心的心情而变得轻松，生活还是这么甜美，多好。这句话的原意就在这里。

凤：您对目前整个的中国画现状怎么看？怎么理解？

卢：我越来越看好艺术市场的前景，因为中国梦本身就是文化梦也是艺术梦，就是美好的日子。美好生活离不开文学艺术，生活需要文学艺术，它会让你的梦想更加多姿多彩，更加丰富。中国要强大也是文化的强大，文化的核心离不开这两样，终归会回到诗意的表达。

凤：在您这个阶段，对年轻的想学画的年轻人有什么建议？

卢：我觉得说文学梦、诗歌梦对年轻人来说都存在都有过，曾经有过，这跟人类对诗意生活的追求、对浪漫青春的期待而自然产生的对艺术的向往、追求有关。

我认为年轻人朝这方面追求没有错，每个阶段想做什么事情尽量去做，只要不影响学习工作都可以做，因为不论你以后会不会朝这方面发展，都会为你的生活增加一些色彩。以后能够成就什么要看你以后的机缘，包括你的努力、天赋等等这些累计下来，帮助你能走到多远。如果你适合走这条路就大胆去，不要考虑现代人的想法，你一定要喜欢然后热爱然后追求，能够实现就好好实现，不能够实现去做另外最喜欢的事情。正常情况下，不要太刻意。

国画：创作随谈

  有评论说我首先是个作家，其次才是画家，我并不否认。也有人说，我这是"串门"。但我并不想用"串门"这个词来诠释作画这件事情，因为我小时候第一个愿望就是当画家，当作家是之后的选择。我作画的第一位启蒙老师是我父亲。当时家里穷，连买一张3分或5分钱的年画也买不起，父亲就自己画了两条鱼在水中游，吐几口水泡，旁边几株水草，也是生灵活现（至少在我小时候的眼里是这样）。父亲确实是个有艺术才华的小学教师，曾经指导过学生考上美院。后来，因为家里穷，没办法学画，我才走上文学道路，一晃几十年就这样过去了。其间，其实我并没有放弃圆画家梦，断断续续才有今天。当然，我也写过一些有关书画方面的文章和评论。我认为，从某种意义上讲，中国画功夫在画外。

  我画的中国画，题材上专攻葡萄。我认为，葡萄这种题材很适合人们的审美情趣。一是瓜果本身很生活化，营养丰富，是很好的一种食品，几乎人人都喜欢；二是葡萄适合写意，也适合写实，画面感强烈，看上去赏心悦目，容易勾起人们对美好生活的向往；三是葡萄本身寓意深刻，成熟，健康，和谐，美满，更重要的是，其天性中具有一种团队合作精神，而且寓意多子多孙，富贵显达。我觉得，这就是中国画不同于西方油画之处，这也是中国花鸟画最显著特点。

  自古以来，中国有"诗画同源"，"诗中有画"、"画中有诗"的说法，这也是中国画之所以会被称之为"国画"的主要原因。中国古代、近代，乃至现当代的著名国画家，无一例外都有很深厚的中国古典文学修养，甚至集文学家、画家于一身。苏东坡诗词享誉古今，山水画也独步北宋；唐伯虎因画名闻大江南北，也以诗名博得才子美誉；徐渭画风奇特，底蕴深厚，气势非凡，被时人称为"画坛怪才"，其戏曲创作闻名于世；近代齐白石、徐悲鸿、林风眠、黄宾虹，还有现当代的李可染、番天寿、黄胄等，其身上无不闪耀着极深厚的中国古典文学光芒。由此可以看出，要想学会创作和欣赏中国画，就必须掌握并懂得中国传统文化，尤其是古典文学。历史证明，历代尤其是元代以来，几乎所有的大画家都能诗，如八大山人、郑板桥、徐渭等。

所以说，中国画本质上应该就是文人画。也就是说，从某种意义上讲，是历代文人把中国画传下来并发扬光大。近代著名画家陈衡恪说，"文人画有四个要素：人品、学问、才情和思想，具此四者，乃能完善。"中唐王维将机理禅趣引入诗画，在诗歌和书画创作上极力讲求空灵，其思想一直影响到近现代许多著名的诗文作家和书画家。难怪从当年日本留学归来后曾出任北平女师、美专校长的姚茫父在《中国文人画之研究？序》中会这样评价："唐王右丞（维）援诗入画，然后趣由笔生，法随意转，言不必宫商而邱山皆韵，义不必比兴而草木成吟。"中国画还讲究"道法自然，物我合一"的创作方法，而这正是受庄子思想的影响。苏东坡说"余尝论画，以人禽宫室器用皆有常形；至于心石竹木，水波烟云，虽无常形，而有常理。常形之失，人皆知之，常理之不当，虽晓画者有不知。"又是另一种境界。说出了中国文人画家心中的禅学和哲思，此乃大境界也。

人们常说，艺术来源于生活。是的，艺术创作需要灵感，而现实生活为艺术创作提供了丰富的灵感，但仅仅来源于生活是不够的，还要高于生活，只有融入时代性、时代精神，才会真正创作出好作品，这已经是被历史检验出来的真理。也就是说，见景生情、因物起兴，这是传统说法，只有将其上升为哲学思考和诗意，才会创作出更加精美和富有丰富内涵的中国画，并不断推陈出新，中国画的魅力就在于此。而要做到这一点，国学根基最为关键。当然，中国画分为人物、花鸟、山水、瓜果、虫鱼、走兽等几大类，但无论如何划分，中国画的特点和价审美情趣以及价值取向是一样的。总之，中国画重在"国"字，只有读懂"国"字才会解中国画，也才能看出审美情趣和价值所在。而要读懂"国"字就离不开中国传统文化，尤其是古典文学以及各方面修养，这就是国画之"国"的丰富内涵之所在，因此，我认为，中国国画家们有必要在这方面多下点功夫，这样才能把路走得更宽更远更富文化内涵，从而提升品质。

说到这里，我想起了法国印象派大师莫奈，他每日的生活除了作画就是侍弄那些花花草草，正因为他对那些花花草草怀有特殊的感情并从中得到感悟，所以才有传世佳作《睡莲》的诞生。清末客居可园的岭南画派鼻祖廉居巢，花了十年时间种养花草，又花了十年时间绘画花草，难怪其笔下花草明秀清雅，充满人性感悟和人文关怀。一个画家如果能收藏各种自己喜好的字画和书籍等，然后安静地待在小花园里，并在陈设古雅的屋子里画画，室内兰香弥漫，室外梅点窗棂，还有竹影摇曳，该是多么浪漫呀。在这种环境下画出来的作品，想不清秀隽永脱尘出俗都很难了。"生挺凌云节，飘摇仍自持。朔风常凛冽，秋气不离披。乱叶犹能劲，柔枝不受吹。只烦文与可，写照特淋漓。"康有为借竹抒怀，壮志凌云，不愧是有气节之人，可敬可佩。中国画就是要把这种民族气节表现出来。